Da ward es Morgen

SAYED KASHUA

Da ward es Morgen

Roman

Aus dem Hebräischen
von Mirjam Pressler

BERLIN VERLAG

Die Originalausgabe erscheint im März 2005 unter dem Titel *wajehiboker* bei Keter-Books, Jerusalem | © 2005 Sayed Kashua | Für die deutsche Ausgabe © 2005 Berlin Verlag GmbH, Berlin | Alle Rechte vorbehalten | Umschlaggestaltung: Nina Rothfos und Patrick Gabler, Hamburg | Typografie: Renate Stefan, Berlin | Gesetzt aus der Stempel Garamond durch psb, Berlin | Druck & Bindung: Ebner & Spiegel, Ulm | Printed in Germany 2005 | ISBN 3-8270-0573-6

Für Nagiat und Naj

ERSTER TEIL

Alles muss hier wunderbar sein

1

Meine Mutter bewegt die Tür mit einem schrecklichen Quietschen. Das Kinderzimmer riecht stark, ihm entströmt ein Geruch von Antiquariaten, die nur selten betreten werden. Sie beeilt sich, das Fenster zu öffnen, wischt mit dem Lappen, den sie in der Hand hält, etwas Staub vom Schreibtisch. »Du siehst«, sagt sie, »es hat sich nichts geändert.« Und ich betrachte sie, die so ganz anders aussieht, so müde und alt. Sie schaut mich mit ihrem durchdringenden Blick an, der immer bedeutet, alles wird gut, und sagt: »Gleich ist das Essen fertig, nur eine Minute.«

»Ich habe keinen Hunger, Mutter.«

»Bestimmt hast du seit heute Morgen nichts gegessen. Es wird noch eine Weile dauern, ruh dich aus, ich rufe dich dann, es gibt auch Erbsensuppe.«

Meine Mutter ist sensibel genug, die Tür hinter sich zu schließen. Ich betrachte das Zimmer, das ich vor zwölf Jahren verließ, nichts hat sich verändert, es ist nur nicht mehr bewohnt. Drei Kinderbetten stehen leer und in gleichmäßigen Abständen nebeneinander. Ich war der Erste von uns drei Brüdern, der dieses Zimmer verließ, und nun bin ich der Erste, der zurückkehrt. Nichts hat sich verändert, außer vielleicht der Geruch, an den ich mich nicht so schnell gewöhnen kann, jetzt verstehe ich, wie Verlassenheit riecht.

Ich stelle meine schwarze Tasche auf den Boden, die Tasche, die mich seit meinem Studium an der Universität begleitet, und lege mich auf das mittlere Bett, das immer meines war. Die Berührung mit dem Bett verstärkt das Gefühl, dass dieses Zimmer seit Jahren von niemandem benutzt worden ist. Die Matratze fühlt sich feucht an, und der Geruch, der von der Bettwäsche und den Kissen ausgeht, beweist, dass meine Mutter das letzte Mal die Laken gewechselt hat, als wir das Haus verließen. Ich schaue hinauf zu der hohen Decke, und direkt über mir zeigen sich runde Flecken, grünlich und schwarz von Feuchtigkeit. Früher stieg mein Vater immer gleich aufs Dach und bearbeitete solche Stellen mit einem speziellen Mittel, bevor er sie übermalte. Nach der Größe des Flecks zu urteilen, kümmert er sich schon lange nicht mehr darum, als sei das Kinderzimmer nicht länger ein Teil des Hauses. Es existiert sozusagen nicht mehr.

Nie hätte ich mir vorstellen können, dass dieses Zimmer einmal so still sein könnte. Dieses Zimmer, das immer erfüllt war von Leben, von Streitereien, von Geschrei, von Spielen und ununterbrochenem Raufen. Doch jetzt herrscht hier eine vollkommene Stille, alles ist erstarrt, alles ist aufgeräumt. Die Bücher im Regal sind nach Schuljahren geordnet. Meine Mutter hat kein einziges Buch weggeworfen, sogar Bücher, die wir in den untersten Klassen gebraucht hatten, stehen noch immer auf den Regalbrettern. Auf den Schreibtischschubladen stehen unsere drei Namen, als könnten wir noch immer darüber streiten, wer welche Schublade bekommt. Drei Stühle, einer neben dem anderen, in genau gleichem Abstand, sind vor dem langen Schreibtisch aufgestellt, den mein Vater speziell angefertigt hatte. Er zwang uns, beim Hausaufgabenmachen aufrecht auf unseren Stühlen zu sitzen, die keinen Zentimeter verrückt werden durften. Mein Vater hatte uns genau ausgemessen und für jeden Stuhl vier Kreise auf den Boden gemalt, auf denen seine Beine stehen mussten. Je nach unserem Wachstum änderte er die Kreise und verschob die Entfernung der Stühle vom Schreibtisch entsprechend unserer Körpergröße. Nichts bereitete ihm größeres Vergnügen, als nach Hause zu kommen, die Tür des Kinderzimmers zu öffnen und zu sehen, dass wir auf unseren festen Plätzen saßen, die Köpfe über Bücher und Hefte gebeugt. Immer sorgten wir dafür, so zu sitzen, wie er uns bei seiner Rückkehr von der Arbeit sehen wollte. Das war nicht besonders schwierig, im Gegenteil, es machte uns manchmal sogar Spaß. Und trotz aller Streitereien und Kämpfe, die wir miteinander ausfochten, schauten wir uns fast immer an und lachten, sobald unser Vater die Tür wieder zugemacht hatte.

Mein Stuhl war der mittlere. Ich stehe nun vom Bett auf und betrachte ihn, diesen Stuhl, der am weitesten vom Tisch entfernt steht. Damals war ich der Größte der Familie, sogar größer als mein älterer Bruder. Prüfend betrachte ich den Boden und stelle fest, dass die roten Markierungen noch zu sehen sind und dass die Stühle genau auf den letzten Punkten stehen, die mein Vater aufgemalt hatte. Ich setze mich auf meinen Platz, in der Mitte, und entdecke, dass ich, seit ich das Gymnasium verlassen habe, nicht nennenswert gewachsen bin. Der Schreibtisch befindet sich in der passenden Entfernung und mein Körper in der passenden Haltung, fast vollkommen aufrecht, und als ich versuche, Schreibbewegungen zu machen, beugt sich mein

Körper genau in dem Winkel nach vorn, von dem mein Vater behauptete, er sei der korrekte und gesündeste. Nun lächle ich, und dieses Lächeln gibt mir ein seltsames Gefühl, es ist wie ein Muskel, der lange erschlafft war und jetzt wieder funktioniert.

Ich strecke die Hand nach der Schublade aus, die, mit roter Tinte geschrieben, noch meinen Namen trägt, und ziehe sie so weit heraus, dass sie fast meinen Bauch berührt. In der Schublade stapeln sich erstaunlich ordentlich Papiere, sie ist bis zum Rand gefüllt, es würde kein Blatt mehr hineinpassen. Ich nehme den ganzen Stapel heraus und lege ihn vor mich auf den Schreibtisch. Meine Mutter hat alles so aufgehoben, wie es zusammengehört. Sogar die Zeichnungen, die am Ende der Kindergartenzeit verteilt wurden, hat sie in die Schublade gelegt. Ein blauer Himmel, eine gelbe Sonne mit Augen und einem lachenden Mund und rote Blumen. Alles befindet sich hier, nach Jahren und Zugehörigkeit geordnet, Zeugnisse von der ersten bis zur 12. Klasse, sämtliche Trimester. Klassenfotos der verschiedenen Jahrgänge. Oben auf dem Stapel liegt mein Abgangszeugnis und darunter ein Klassenfoto. Alle Schüler meines Jahrgangs stecken in kleinen Rahmen unten auf dem Bild, darüber befinden sich die Passfotos meiner Lehrer in etwas größeren Rahmen. In der Mitte der oberen Reihe ist der Lehrer, dem das größte Foto zugestanden wurde, darunter das Wappen und der Name der Schule.

Die Bilder der Schüler sind so klein, dass man ihre Gesichter fast nicht erkennt. Ohne die Namen, die unter jedem Foto stehen, wenn auch mit winzigen Buchstaben, hätte ich mein eigenes Bild nie entdeckt. Ich betrachte das kleine Rechteck genau, das mich enthält, und erinnere mich, welche Angst ich gehabt hatte, dieses Zimmer und meine alte Schule zu verlassen. Irgendwie war ich mir hundertprozentig sicher, dass dies der Platz war, an dem ich ewig bleiben wollte. Ich weinte ganze Nächte lang, bevor ich in die andere Stadt zog, um dort zu leben und zu lernen. Und ich erinnere mich auch, wie der Ort, der immer mein Zuhause gewesen war, allmählich zu einer Bedrohung wurde. Ich erinnere mich an den Tag, an dem ich wegfuhr, ich trug meine schwarze Reisetasche in der Hand und wünschte mir nichts sehnlicher, als dass die drei Schuljahre möglichst schnell vorbeigehen würden, damit ich wieder heimkommen könnte. Wie bitterlich weinte ich, als alle Nachbarn und Verwandten, die in der Woche vor meiner Abreise kamen, um sich von mir zu verabschieden, sich jeden Abend in unserem Hof versammelten und mir Geschenke brachten, meine Eltern trösteten und ermutigten. Wie weinte ich, als ich wegfuhr, wie weine ich nun, da mir nichts anderes übrig geblieben ist als zurückzukehren.

Ich betrachte die kleinen Rechtecke vor mir. Einmal habe ich geglaubt, ich würde nie im Leben die Freunde vergessen, die mit mir die Schulbank drückten, und jetzt erkenne ich, wenn ich die Bilder betrachte, keinen einzigen von ihnen. Meine Klassenkameraden waren mir immer wie ein Block von Gesichtern vorgekommen, die mich begleiteten, wohin ich auch ging, doch auf diesem Gruppenfoto, auch wenn ich jedes Gesicht einzeln betrachte, erscheinen sie mir so fremd, es ist mir in den letzten zehn Jahren sogar gelungen, ihre Namen zu vergessen. Ich habe seit damals mit keinem Einzigen gesprochen. Auch davor habe ich mit keinem gesprochen, aber gesehen habe ich sie fast jeden Tag. Warum, zum Teufel, kommen sie mir jetzt so viel gefährlicher vor als früher? Warum fürchte ich mich vor ihnen, warum habe ich Angst, sie zu treffen?

Ich lese laut ihre Namen, und sie führen mich zurück, treffen mich. Gott, wer sind all diese Leute? Was tun sie heute? Ich betrachte weiter ihre Fotos – Aschraf Hazkia, Nabeel Nasser, Hitam Soltan, Hanan Fadila. Ich habe alle vergessen, die Schüler, die Lehrer, den Direktor. Aber ich bin wieder hier, ich hatte keine Wahl. Sie sind so nah, leben wirklich nebenan, es wird unmöglich sein, sie nicht zufällig zu treffen. Ich muss vorsichtig sein. Ich blättere meine Zeugnisse durch, eines nach dem anderen, lese die Bemerkungen, die meine Lehrer im Lauf der Jahre über mich geschrieben haben. Ich hatte keine einzige schlechte Note, außer in Fächern wie Sport oder in Schreinern oder Schlossern. Ich berühre die Papiere mit Ehrfurcht, drehe sie vorsichtig um und lege sie aufeinander, ich muss auf die von meiner Mutter vorgegebene Ordnung achten.

2

Ich wache vom Geräusch des Fernsehers auf. Meine Eltern stehen noch immer früh auf, obwohl beide nicht mehr arbeiten. Ich bleibe noch ein bisschen im Bett, ich habe ohnehin nicht viel zu tun, und es ist noch zu früh, um meine Tochter zu besuchen. Meine Mutter klopft leise an die Tür, schiebt sie, ohne auf Antwort zu warten, ein Stück zur Seite und öffnet einen schmalen Spalt. Ich sehe ihre Augen, die mich anschauen. »Guten Morgen«, sage ich, um ihr zu zeigen, dass ich wach bin.
»Guten Morgen«, sagt sie und vergrößert die Öffnung. »Die Arbeiter sind gekommen, und dein Vater bittet dich, hinaufzugehen und sie zu beaufsichtigen.«
»Kein Problem, ich stehe sofort auf.«
Im Zimmer ist es kalt. Die Decke ist hoch, und die dünnen Wände sind feucht. »Dieser Winter war der längste und kälteste seit drei Jahrzehnten«, dieser Satz war in den diesjährigen Wetterberichten immer wieder zu hören. Jetzt ist der Winter offiziell zu Ende, und der Frühling beginnt. Ich hole einen Pullover aus meiner schwarzen Reisetasche, deren Inhalt ich noch nicht ausgepackt und in den Schrank geräumt habe, verlasse das Zimmer und gehe zum klimatisierten Wohnzimmer. Die Klimaanlage meiner Eltern wurde erst eingebaut, nachdem wir das Haus verlassen hatten, deshalb sahen sie keinen Grund, eine Verbindung zum

Kinderzimmer zu legen, sie ist nur für das Wohnzimmer und ihr Schlafzimmer bestimmt.

»Guten Morgen«, sage ich zu meinem Vater, der mit seiner Zigarette und der Tasse Kaffee dort sitzt.

»Guten Morgen«, antwortet er, ohne den Kopf vom Bildschirm zu wenden, auf dem eine neue Serie auf Hebräisch läuft, und als sie fertig ist, schaltet er schnell auf Aljazeera um, dort laufen ununterbrochen Nachrichten.

Auf dem Tisch in der Küche steht schon das Frühstück. »Kommt zum Essen«, sagt meine Mutter. Ich schaue meinen Vater an, und er schaut mich an. Ich weiß, dass es uns schwer fallen wird, am selben Esstisch zu sitzen. Meine Rückkehr ist für ihn zweifellos ebenso seltsam wie für mich. »Noch einen Moment«, sagt er, und ich stehe auf, gehe zum Küchentisch, setze mich auf den Stuhl, auf dem ich immer saß, mit dem Rücken zum Fernseher, und nehme einen Schluck Tee mit Nana. Er ist zu süß, ich habe schon vergessen, wie der Tee meiner Mutter schmeckt. Das ist ein Familiengesetz, Tee trinkt man mit zwei Löffelchen Zucker, Kaffee ohne Zucker. Es gibt keinen Spielraum für persönlichen Geschmack, so hat es zu sein, das hat meine Mutter von ihrer Mutter so gelernt. »Ich esse morgens nichts«, erkläre ich meiner Mutter, auf deren Gesicht ein Ausdruck tiefen Kummers erscheint. »Aber ich werde bald etwas essen«, sage ich, »in ein oder zwei Stunden.«

Zwanzig Schritte trennen das Haus meiner Eltern von meinem zukünftigen Haus. Der Lärm der Schleifmaschine dröhnt mir schon in den Ohren, noch bevor ich dort bin. Heute werden die Treppen gemacht. Mehr als fünf Jahre lang stand dort ein Rohbau, und erst in der letzten Zeit, nachdem ich meine Rückkehr angekündigt hatte, haben meine Eltern mit neuer Energie begonnen, den Bau voranzutreiben. Bald wird er fertig sein, mit etwas Glück in einer Woche, höchstens in zwei, hat meine Mutter gesagt, und Geld sei da, sie hätten ihre Bausparverträge aufgelöst, jetzt würden sie alles in das Haus investieren, deshalb könne ich hier wohnen. Das ist hier üblich: Gute Eltern bauen Häuser für ihre Kinder.

Ich betrete mein zukünftiges Haus, trage das Kupfertablett, auf dem zwei Gläser Tee für die Arbeiter stehen, die meine Treppen bauen. Für einen Moment schalten sie die Maschine aus. Der Mann, der aussieht, als wäre er der Verantwortliche, kommt zu mir, nimmt mir das Tablett ab und stellt es auf die Stufe, die gerade fertig geworden ist. »Sind Sie der Hausbesitzer?«, fragt er und drückt mir die Hand. »Ich bin Chamal.« Er deutet auf den jungen Mann, der ein riesiges Marmorstück abstellt und herüberkommt, um Tee zu trinken. Ich schaue ihn an und nicke zur Begrüßung.

Der Gehilfe hat eine breite Spalte, die an der Unterlippe beginnt und an der Nase endet. Das sieht nicht aus wie ein Arbeitsunfall, sondern wie ein Geburtsfehler, und hätte er meinen Gruß nicht erwidert, hätte ich angenommen, er könne nicht sprechen. Seine Stimme klingt seltsam pfeifend und erinnert mich an die Stimmen der gehörlosen Kinder aus der Taubstummenklasse, die an unsere Grundschule angeschlossen war. »Danke für den Tee«, sagt er.

Sein Chef ist offenbar schon daran gewöhnt, denn sofort fühlt er sich gezwungen, das Schweigen und das Unbehagen, das ein erstes Zusammentreffen mit seinem Gehilfen verursacht, zu unterbrechen. »Muchamad ist ein Prachtkerl«, sagt er zu mir, »zwei Jahre arbeiten wir jetzt schon zusammen. Wie Brüder, nicht wahr, Muchamad?«

Muchamad nickt, versucht zu lächeln, und die Situation kränkt mich und verursacht mir ein leichtes Gefühl der Scham, als handle es sich um einen Hund, dessen Herr sich gleich zu der Erklärung verpflichtet fühlt, noch bevor man erschrecken könnte, dass es sich um ein braves Tier handelt, Gott behüte nicht um ein wildes.

Ich werde ein großes Haus haben, viel größer als die Mietwohnungen, in denen ich bisher gewohnt habe. Es ist überhaupt nicht zu vergleichen. Ich versuche mich zu überzeugen, dass es vielleicht doch eine Veränderung zum Guten ist, vielleicht werde ich es trotz allem schaffen, hier zu überleben, vielleicht wird es schön sein, schließlich habe ich ein Haus, und habe ich nicht mein Leben lang von einem eigenen Haus geträumt? Ich gehe die Stufen zu den Schlafzimmern hinauf, diese Treppe hat der Chef mit seinem Gehilfen schon mit Marmorplatten belegt, es fehlt nur noch die Treppe zum Dach mit dem Waschraum. Die Stufen sind ein bisschen krumm, ein paar Platten stehen zu weit heraus, und andere sind wohl während der Arbeit zerbrochen. Ich weiß nicht, ob es gut wäre, die Arbeiter darauf hinzuweisen, letzten Endes stört es mich nicht allzu sehr. Ich betrete das Schlafzimmer. Die Wände müssen noch gestrichen werden. Das Badezimmer daneben ist schon fertig installiert. Auch das Badezimmer für zukünftige Kinder ist bereits fertig. Eigentlich bleibt nicht mehr viel zu tun. Nach den Treppen ist das Geländer dran, dann der Anstrich. Der Schreiner hat den Küchenschrank schon eingebaut, und in zwei, drei Tagen wird er kommen und die Türen einsetzen.

Ich brauche das Haus nicht zu verlassen, denke ich und rauche im Schlafzimmer eine Zigarette. Ich werde noch nicht mal zum Einkaufen hinausgehen. Ich werde in meinem Haus sitzen und mich für nichts interessieren. Mit Leichtigkeit kann ich mich unsichtbar machen, mein Leben so einrichten, dass niemand weiß, dass ich zurückgekommen bin, sich niemand für meine Rückkehr an diesen verdammten Ort interessiert. Zumindest habe ich ein großes Haus, in dem ich mich begraben werde, schließlich komme ich wegen des Gefühls tiefer Erschöpfung hierher, die mich im letzten Jahr ergriffen hatte und von Monat zu Monat stärker wurde. Was hat mir die große Stadt noch zu bieten? Nichts, gar nichts, nur Angst. Nie habe ich mich dort in meiner Wohnung sicher gefühlt, allerdings gebe ich mich auch nicht der Illusion hin, hier Frieden zu finden. Nur werde ich hier keine Miete für einen Platz bezahlen müssen, an dem ich mich fürchte.

Der Chef und sein Gehilfe kehren zu ihrer Arbeit zurück. Ich stehe in der Öffnung des Schlafzimmers und schaue ihnen zu. »Beeil dich, du Esel«, sagt der Chef und wartet auf den Eimer mit dem Mörtel, den ihm sein Gehilfe mit der gespaltenen Lippe und dem demütigen Gesicht bringt. Die Situation ist mir ein bisschen unangenehm. Der Chef, der etwa in meinem Alter zu sein scheint, versucht, ein Gespräch anzufangen, er lächelt breit. »Man hat Sie überhaupt nie gesehen. Ich war erstaunt, als ich Sie gesehen habe, Sie müssen wissen, dass ich alle Leute Ihres Alters kenne. Die jungen Leute, die Kinder, kenne ich nicht mehr alle, denn das Dorf wird immer größer, aber die Ihres Alters, die kenne ich alle. Bestimmt haben Sie in Deutschland studiert. Arzt?«

Ich schüttle den Kopf.

»Was haben Sie dann studiert?«

»Journalistik«, antworte ich.
»Sie sind also Journalist?«
Ich nicke.
»Bei den Juden?«
»Ja.«
Und schon finde ich mich in ein Gespräch verwickelt und breche das Versprechen, das ich mir gerade gegeben habe – mit niemandem in Berührung zu kommen. Wie wäre das an einem Ort wie diesem auch möglich?
»Ich sage Ihnen, nirgendwo ist es besser als daheim. Ich habe auch bei den Juden gearbeitet, und glauben Sie mir, obwohl man dort besser verdient, ist es doch ein anderes Gefühl, verstehen Sie, als Sie heute Morgen hergekommen sind, haben Sie ein Tablett mit Tee gebracht, dort können Sie eine Woche arbeiten, und niemand kommt zu Ihnen. Ich sage ja nicht, dass alle so sind. Aber jetzt, bei dieser Lage, wird es immer schwerer. Sie machen schon keinen Unterschied mehr zwischen uns und den Bewohnern der besetzten Gebiete, alle sind Araber. Sie haben doch bestimmt auch gedacht, dass ich vom Westjordanland komme, als Sie mich in meinen schmutzigen Kleidern gesehen haben, bestimmt haben Sie Angst gehabt.« Er lacht.
Muchamad steht dort, und ich hoffe, dass er nichts von unserem Gespräch hört, vielleicht ist er ja doch taub. Unsere Blicke treffen sich, und er senkt schnell die Augen, als wäre ich ein Grenzpolizist oder Gott weiß wer. Und der Chef, der wahrscheinlich die Verwirrung und das Senken des Blickes mitbekommen hat, lächelt wieder und erklärt: »Sie werden mich nicht so über ihn reden hören, ich und Muchamad, wir sind wie Brüder, stimmt's, Muchamad?« Er dreht sich zu ihm um, und Muchamad lächelt. »Er ist

schon zwei Jahre bei mir, ein ausgezeichneter Arbeiter. Und ich sorge für ihn, bringe ihm alles, Essen und Trinken, ich gebe ihm meine alten Kleider, damit man ihn an den Kontrollpunkten nicht anhält. Wissen Sie, dass ich auch im Gefängnis landen würde, wenn man ihn dabei erwischt, wie er mein Auto fährt? Ja, mein Bruder, ich beschäftige eine tickende Zeitbombe, einen Terroristen.« Er lacht. »Fragen Sie ihn, er kann ohne mich nicht leben, was, Muchamad?«

3

Es ist später Nachmittag, und der Autoverkehr ist dichter, als ich erwartet hatte. Neue Autos fahren langsam die Straße entlang, die meisten Insassen sind junge Männer. Die Wagen sind voll, in fast allen sitzen zwei gut angezogene Menschen vorn und drei hinten. Und die Autos sind so sauber, als seien sie gerade aus der Waschanlage gekommen. Ich reihe mich in den Verkehr ein, der träge dahinfließt, vor allem auf der Hauptstraße des Dorfes, an der das Haus meiner Schwiegereltern steht, zu dem ich unterwegs bin.

Es ist die Uhrzeit, in der in den weiterführenden Schulen der Unterricht zu Ende ist. So war es auch in den Jahren, als ich hier im Dorf zur Schule ging, nur dass damals die meisten Jugendlichen zu Fuß und nicht mit dem Auto ankamen, um sich Bräute auszusuchen, Eindruck zu schinden, oder einfach nur, um Mädchen zu betrachten, zur einzigen Zeit, in der das möglich ist. Ich erinnere mich, dass Dutzende junger Männer am Schultor warteten, um sich den herausströmenden Schülern anzuschließen.

Ein Gedanke lässt mich lächeln, ein Gedanke, der sehr schnell ein quälendes Gefühl hervorruft, die Angst nämlich, dass man auch mich in meinem alten, schmutzigen Auto für einen der Männer halten könnte, die hierher kommen, um junge Mädchen zu beeindrucken. Ich erinnere mich genau an den Spott, den ich damals jenen Jungen entgegenbrachte, die teilweise mit Fotoapparaten in die Schule kamen und schamlos die Mädchen fotografierten, die ihnen gefielen. Sie fotografierten sie, um die Erlaubnis ihrer Mütter zu bekommen, bevor sie um die Hand dieses oder jenes Mädchens bitten wollten. Zu den Toren der Mittelschulen kamen noch mehr potenzielle Bewerber, denn die Verlobung mit einem besonders jungen Mädchen brachte hohes Ansehen. In der neunten Klasse war fast die Hälfte der Mädchen unserer Klasse schon verlobt, und hätte das israelische Gesetz Ehen von Jugendlichen unter siebzehn Jahren nicht verboten und Schülerinnen zu Minderjährigen erklärt, wären sie schon vor der Oberstufe verheiratet gewesen.

Von bescheidenen Mädchen wird erwartet, dass sie nicht auf Hupen achten und mit festen Schritten weitergehen, ohne nach links oder rechts zu schauen. Jene, die den Kopf wenden, werden als sittenlos betrachtet, und jene, die den Kopf wenden und lächeln, fast schon als Huren.

Ich schaue mich nur verstohlen um, damit ja niemand glaubt, ich könnte zu denen gehören, die auf Mädchen aus sind, und ich betrachte sie, die sich am Straßenrand versammeln, halb Kinder, halb Heranwachsende, die ganz anders aussehen, als ich erwartet habe. Die Jungen gleichen Schülern israelischer Gymnasien. Ihre Kleidung ist anders als das, was wir in ihrem Alter trugen, und dabei ist das erst zehn Jahre her. Alle haben Jeans an, ihre Haare sind mit Gel gekämmt, ihre Hemden modisch. Früher waren wir alle ähnlich angezogen, wir trugen Kleidung, die im Dorf hergestellt worden war, Stoffhosen und blaue Hemden. Ich selbst hörte Markennamen wie Levi's, Nike oder

Lee Cooper erst nach einigen Jahren auf der Universität. Die jungen Männer schlendern rechts neben der Straße, die Mädchen links. Die Zahl der verschleierten Mädchen überrascht mich noch mehr. Ich kann mich nicht erinnern, dass zu meiner Zeit irgendeine Schülerin einen Schleier getragen hätte.

Erstaunlich, was zehn Jahre ausmachen können. Eigentlich kenne ich diesen Ort nicht mehr, ich kenne einen anderen Ort, der denselben Namen trägt, kenne Gesichter, die auch weiterhin auf die gleichen Namen hören, aber irgendwie verflüchtigt sich das Gefühl, dass ich an einen alten Ort zurückkehre, ich kehre nach Hause zurück, an einen neuen Ort.

Ich begrüße meine Frau, und sie nickt mit dem Kopf. Ihre Mutter steht in der Küche, an der Tür, und als ich die Hand ausstrecke, hält sie mir ihren Arm hin, ihre Hände sind voller Öl, also drücke ich ihren Ellenbogen. Der Vater meiner Frau trägt einen blauen Pyjama mit braunen Streifen, er sitzt auf der Matratze und schaut sich einen arabischen Sender an. Er macht Anstalten, sich zu meiner Begrüßung zu erheben, aber ich beeile mich, seine Hand zu drücken, um ihm die Anstrengung zu ersparen. »Die Kleine schläft«, sagt meine Frau mit einer Bewegung zum Schlafzimmer ihrer Eltern. Ich gehe hinein und betrachte sie. Wie sehr ich mich nach ihr gesehnt habe, obwohl nur ein Tag vergangen ist, seit wir hierher zurückgekommen sind. Es ist die erste Nacht, die ich nicht mit meiner Tochter in einem Zimmer geschlafen habe. Die Betten im Schlafzimmer meiner Schwiegereltern stehen auseinander, zwei einzelne Betten, jedes in einer Ecke des Raums. Meine Tochter schläft in dem Bett auf der Westseite. Ich richte ihre Decke und wage nicht, ihr einen Kuss auf die Wange zu geben, aus Angst, sie könne aufwachen, und mir würde wieder vorgeworfen, ich hätte sie gestört.

Die Beziehung zwischen mir und meiner Frau lässt sich nur als vorsichtig beschreiben. Nicht, dass sie je besonders toll gewesen wäre, doch inzwischen hat jeder von uns seinen Platz gefunden und schafft es, seine Aufgaben zu erledigen, ohne den anderen allzu sehr zu stören. Meine Frau mochte den Gedanken an eine Heimkehr nicht, diese Vorstellung war ihr verhasst und vergrößerte nur noch ihren Hass auf mich. Beim letzten Mal, als wir von der Stadt nach Hause ins Dorf gefahren waren, sagte sie, sie hätte sich geweigert, mich zu heiraten, wenn sie gewusst hätte, dass ich letzten Endes ins Dorf zurückkehren würde, und hatte hinzugefügt, der einzige Grund für sie, jemanden wie mich zu heiraten, wäre die räumliche Entfernung von dort gewesen. Es kümmerte sie nicht, dass unsere finanzielle Situation immer bedrückender wurde, auch nicht die ständig wachsenden und unerträglich werdenden Lebenshaltungskosten in der Stadt. Die Miete, die wir dollargebunden bezahlen mussten und die nicht aufhörte zu steigen, betrug über die Hälfte unseres gemeinsamen Einkommens. Es störte meine Frau auch nicht besonders, dass jeder Gang auf der Straße mit einem gewissen Unbehagen verbunden war. Sie war bereit, Parolen zu lesen, die zu ihrer Vertreibung aufriefen, zu ihrem Tod. Sie achtete nicht darauf, wie sich die Beziehungen zu den anderen Bewohnern des Hauses veränderten, oder sie achtete darauf, beschloss aber, es zu ignorieren, weil sie das Leben in der Stadt so liebte. Oder besser gesagt, weil sie die Entfernung vom Ort ihrer Geburt liebte. Sie zeigte keine Anzeichen von Besorgnis, als auf der Wand unseres Hauses eine Parole auftauchte: »Keine Araber = Frieden + Sicherheit.« Sie hasste das Dorf mehr als alles andere. Und nie gab sie einen Grund für ihren Hass an, sagte nur immer: »Du kennst die Leute dort nicht. Du weißt nicht, wie es dort geworden ist.« Seit wir heirateten und das Dorf gemeinsam verließen, wollte sie es nie länger als für ein paar Stunden oder einen Tag besuchen. Bei ihren oder meinen Eltern über Nacht zu bleiben, davon konnte keine Rede sein, trotz ihrer immer wieder ausgesprochenen Angebote, besonders an Feiertagen. Manchmal hatte ich das Gefühl, als verberge sie ein Geheimnis vor mir, was ihren erstaunlichen Hass gegen das Dorf betraf, vor allem wenn sie vage Sätze sagte wie: »Du weißt nicht, was die Leute dort demjenigen antun können, der sich nicht anpasst.« Oder: »Was verstehst du überhaupt? Wenn du eine Frau wärest, wäre das anders.«

Doch ich konnte nicht in der Stadt bleiben. Zwei ganze Jahre lang versuchte ich, meine Flucht hinauszuschieben. Eigentlich noch länger als zwei Jahre, seit damals, als alles anfing, schlimmer zu werden. Ich erinnere mich noch gut an den Tag, an dem man mich losschickte, um über die Demonstrationen der Araber in Wadi A'ara zu berichten, nachdem der Ministerpräsident zur Al-Akza auf dem Tempelberg hinaufgestiegen war. Ich war vielleicht der einzige Journalist, der von einer israelischen Zeitung dort hingeschickt wurde. Als Araber hatte ich natürlich keine Schwierigkeiten, die arabischen Dörfer zu betreten und mich zu den Demonstranten zu gesellen, war der einzige Journalist, der auf jener Seite stand, auf welche die Gewehre der Polizisten und Soldaten gerichtet waren. Ich sah die Verwundeten, die in der örtlichen Ambulanz verbunden wurden, die vielen Menschen, die sich am Eingang der kleinen Ambulanz zusammendrängten und nachschauen wollten, ob ihre Angehörigen angekommen waren, ob sie lebten, ob sie verwundet waren. Ich war der einzige Journalist, der die Angst in den Augen der verschleierten Frauen sah, die weinten und jedes Mal starr wurden, wenn ein Verwundeter kam, jedes Mal, wenn Schüsse zu hören waren. Ich war dort und wusste, dass niemand mit einer so harten und erbarmungslosen Reaktion der Polizei gerechnet hatte. Wie ich waren sie, die Demonstranten, überzeugt, Bürger des Staates zu sein, sie konnten sich nicht vorstellen, dass man auf sie schießen würde, nur, weil sie demonstrierten oder Straßenkreuzungen absperrten.

Die Unruhen hörten nach zwei Tagen und mehr als zehn Toten auf. Ich ging zu Beerdigungen und besuchte die Familien der Getöteten, ich interviewte weinende Eltern, hörte ihre Beschuldigungen, ihr Unverständnis. Die Atmosphäre beruhigte sich nach zwei Tagen, es gab keine Straßensperren mehr, keine Demonstrationen, keine Beerdigungen, das Leben kehrte, von außen gesehen, in seine gewohnten Bahnen zurück. Nicht mehr als ein flüchtiger Wutausbruch, für den die Bewohner des Ortes teurer bezahlten, als sie erwartet hatten. Wäre doch alles nach zwei Tagen vorbei gewesen, aber so war es nicht. Seit damals hat nichts aufgehört, etwas war dort zerbrochen, gestorben. Zwei Tage Demonstrationen haben dem Staat genügt, das Bürgerrecht seiner arabischen Einwohner zu negieren, zwei Tage, deretwegen die Rache an den Juden mit der Zeit noch schlimmer wurde.

Diese beiden Tage veränderten mein Leben. Plötzlich begann mich meine Fremdheit, die mir bis zu einem gewissen Grad angenehm war, zu stören. Die Fremdheit, der ich meinen Job und mein Ansehen verdanke, die Sprache, die ich beherrsche, die mich zu meiner Arbeit als Journalist befähigt und mir erlaubt hat, so weit zu kommen, wie ich gekommen bin, diese Fremdheit begann, mein Leben zu bedrohen. Sogar an meinem Arbeitsplatz, an dem ich immer Wertschätzung und Sympathie erfahren hatte, der in meinen Augen immer ein geschützter und sicherer Ort gewesen war, änderte sich alles. Der Bericht über die beiden Demonstrationstage war, seit ich begonnen hatte, dort zu arbeiten, der erste Bericht, der in der Redaktion bis zur Unkenntlichkeit verändert wurde, der auch zu einem Gespräch mit dem Chefredakteur führte, das eher einer Abmahnung glich. Zum ersten Mal wurde mir Parteilichkeit vorgeworfen. »Am Ende wirst du uns den Eingang zur Redaktion versperren und verlangen, dass wir dir auch noch Beifall klatschen«, sagte der Redakteur und begleitete seine Worte mit einem Lachen. An jenem Tag wurde mir klar, dass ich meinen Arbeitsplatz verlieren würde. Als ich verstand, dass die Beziehung zu mir von der allgemeinen Sicherheitslage abhing, wartete ich jeden Tag auf mein Kündigungsschreiben, ich wusste, dass ich dort keinen Platz mehr hatte.

Aber die Kündigung kam nicht, die Redaktion beschäftigte mich weiter als Berichterstatter für die besetzten Gebiete, vor allem, weil ich der Einzige war, der diese Ware liefern konnte, ich konnte in die palästinensischen Städte und Dörfer fahren und mit Informationen zurückkommen. Aber ich wurde seit damals beobachtet, jeder Satz, den ich schrieb, wurde geprüft, jedes Wort kontrolliert. Gespräche mit dem Chefredakteur wurden zur Routine, ich musste zu jedem Detail, das ich brachte, Erklärungen und Begründungen liefern. Dieses Handwerk lernte ich sehr schnell, ich vergeudete meine Zeit und meine Worte nicht mit Diskussionen, ich setzte meine Energie für trockene Beschreibungen ein und konzentrierte mich nur noch darauf, die Aufträge, die ich bekam, zu erfüllen. Ich übernahm das Vokabular der Militärjournalisten. »Saboteure«, »Anschläge«, »Terror«, »Kriminelle«. In der israelischen Presse erlauben sich eine Reihe von Journalisten, die zur nicht-zionistischen Linken zählen, weiterhin mit scharfen Worten gegen die Besatzung und gegen die Einschränkungen zu schreiben, die der palästinensischen Bevölkerung auferlegt wurden, aber ich wagte nicht mehr, das zu tun. Nur einem Juden ist es erlaubt, die Regierung zu kritisieren. Mir traute man zu, zur Zerstörung des zionistischen Staats aufzurufen, eine fünfte Kolonne, die in die Hand beißt, welche sie füttert, und nachts von der Vernichtung des jüdischen Volkes träumt.

Ich versuchte zu überleben, das habe ich schon immer gekonnt, ich konnte mich an die Umgebung, in der ich lebte, arbeitete und meine Freizeit verbrachte, stets anpassen. Nur seit jenen zwei bitteren Tagen im Oktober fiel mir die Anpassung schwerer, ich musste doppelt so vorsichtig sein, musste Sprüche und Sticheleien von meinen Kollegen aushalten, die sie vorher nicht gewagt hatten. Ich lachte, wenn die Sekretärin mich fast jeden Morgen fragte: »Nun, hast du Steine auf den Eingang geworfen?« Ich lachte den Wachmann an, der meine Tasche an der Redaktionstür kontrollierte, ich lachte, wenn meine Kollegen über diese verwöhnten Araber sprachen, die in Israel leben und nicht wissen, wie man sich fühlt, wenn ein Kampfflugzeug über das Haus fliegt und ein Panzer durch das Viertel rollt. Ich lachte laut, versuchte meine Verwirrung zu verbergen, wenn wir das Lokal betraten, in dem wir gewöhnlich zu Mittag aßen, denn immer sagte einer meiner Kollegen, sozusagen im Spaß, zum Wachmann an der Tür: »Kontrollieren Sie ihn sorgfältig, er ist verdächtig.« Ich bedankte mich jedes Mal, wenn jemand zu mir sagte: »Die Araber in Israel sollten dankbar sein.« Ich stimmte meinen Zimmergenossen zu, wenn sie das Verhalten der Araber in Israel angriffen, ich missbilligte die islamische Bewegung, wenn sie sie missbilligten, ich bedauerte jedes jüdische Opfer eines Anschlags, ich fühlte mich schuldig, verfluchte die Selbstmordattentäter, nannte sie kaltblütige Mörder. Ich verfluchte Gott, die Jungfrauen, das Paradies und mich selbst. Ganz besonders verfluchte ich mich selbst, weil ich das alles tat, um meinen Arbeitsplatz zu behalten.

Und ich beschloss, damit aufzuhören. Irgendwie war ich überzeugt, es wäre sehr viel sicherer, in einem arabischen Dorf zu leben, irgendwie hatte ich das Gefühl, wenn alle Einwohner eines Ortes so wären wie ich, würde ich es leichter haben, schon allein durch die Tatsache, dass ich sehe, wie sie heiraten und Kinder in die Welt setzen. Ich musste in einen Ort zurückkehren, so klein er auch sein mochte, an dem sich Araber nicht zu verstecken brauchen. Umso mehr, als letztlich alle zurückkehren. Es gehen überhaupt nur ganz wenige fort, und am Schluss kommen sie, abgesehen von einigen Verstoßenen, alle wieder zurück. Es war sinnlos, meiner Frau meine Gefühle erklären zu wollen, sie hätte mich nie verstanden.

Ich bleibe nicht lange bei meinen Schwiegereltern. Meine Frau und ich wechseln kaum einen Blick, als ich, im

Versuch, sie zu beruhigen, davon erzähle, wie fieberhaft an der baldigen Fertigstellung des Hauses gearbeitet würde. Am Ende des Gesprächs wage ich nicht, den Vorschlag zu wiederholen, dass meine Frau mit unserer Tochter doch im Haus meiner Eltern schlafen solle. Meine Frau hatte sich diesem Ansinnen schon widersetzt, bevor wir gekommen waren, sie sagte, sie brauche ihre Privatsphäre und im Haus meiner Eltern sei es ihr sogar unangenehm, zur Toilette zu gehen, eine Erklärung, die ich als eine Art Bestrafung empfand. Ich verspreche zurückzukommen, wenn unsere Tochter aufgewacht sei, und füge hinzu, meine Eltern hätten Sehnsucht nach ihr und würden sich freuen, sie zu sehen, ob ich sie am späten Nachmittag ein paar Stunden mitnehmen könne. »Ich muss jetzt gehen«, sage ich, »ich habe die Arbeiter allein am Bau zurückgelassen.«

4

Mir kommt es vor, als höre ich Schüsse, einige Salven, vielleicht eine Hochzeit, oder Soldaten schießen in Tul Karem oder in Kalkilia, die nicht so weit entfernt sind. Obwohl es sich um ein Dorf handelt, ist hier viel mehr Lärm als in der Stadt. Es ist jetzt kurz nach Mitternacht, und noch immer fahren ununterbrochen Autos vorbei, man kann hören, wie sie durch das Viertel rasen und den Motor auf Touren bringen, auch zwischen den improvisierten Bremsschwellen, die von den Nachbarn errichtet worden sind. Obwohl die Entfernung zwischen einem Hindernis und dem nächsten nur ein paar Dutzend Meter beträgt, versäumen die jugendlichen Fahrer keine Gelegenheit zu beschleunigen. Das Quietschen der Bremsen und das Aufheulen des Motors der anderen Autofahrer hört man weniger stark, denn die Ausfallstraßen sind weiter entfernt, dort gibt es keine Bremsschwellen, auch kaum noch Häuser. An der Raserei ist nichts zu ändern, sie war schon immer das bevorzugte Amüsement eines großen Teils der hiesigen Jugend.

Zwischen dem Lärm eines Autos und dem Aufheulen des nächsten dringt ein Gewirr von Geräuschen an mein Ohr, zum Teil von Fernsehapparaten, zum Teil von Gesprächen, ich könnte schwören, dass ich auch die Stimmen spielender Kinder höre. Was haben sie schon zu tun, wenn sie um diese Uhrzeit wach sind? Ich kann mich noch gut daran erinnern, wie die Kinder immer voreinander angegeben haben, wie spät sie am vergangenen Abend schlafen gegangen waren. Ich ging immer früh schlafen, oder besser gesagt, ich ging früh ins Bett.

Auch in dieser Nacht liege ich schon seit über zwei Stunden im Bett, ich war überzeugt, ich würde einschlafen, sobald ich die Augen zugemacht hätte. Ein schwerer Tag liegt hinter mir, alles musste bis zum Abend fertig werden. Morgen werden wir offiziell umziehen, morgen werde ich schon mit meiner Frau und meiner Tochter in dem neuen Haus schlafen, wir drei zusammen, wie eine Familie. Ich weiß nicht, ob dieser Gedanke mich beruhigt oder ängstigt. Meine Frau und meine Schwiegermutter sind morgens in aller Frühe im neuen Haus aufgetaucht und haben sich ans Putzen gemacht. Meine Mutter schloss sich ihnen an, zu dritt schrubbten sie Stunde um Stunde die Fußböden, um die Farbspritzer zu entfernen. Das war keine leichte Arbeit. Ich musste einige kleine, aber zermürbende Dinge erledigen wie Türklinken einsetzen, Haken im Badezimmer anbringen und Vorhänge aufhängen. Die Vorhänge habe ich nicht geschafft, denn die Frauen brauchten mich, um die Fenster auszuhängen und die Rollläden abzunehmen, damit sie sie reinigen konnten, ebenso die Rahmen, an denen sie befestigt sind. Danach musste ich sie wieder aufhängen. Es war nicht einfach, mich zu erinnern, welcher Teil des Fensters zuerst eingehängt werden musste, ein kleiner Irrtum beim Zusammensetzen, und die ganze Arbeit, die man hineingesteckt hat, ist zum Teufel. Ich hasse die Fenster und verstand nicht, warum es in diesem beschissenen Haus so viele davon geben musste.

Nicht schlimm, die Vorhänge werde ich morgen aufhängen, schließlich muss man nur ein paar Löcher bohren und ein paar einfache Dübel einschrauben. Das Problem ist nur die Genauigkeit beim Ausmessen und die Herausforderung, dass die Vorhänge gerade hängen. Morgen schlafen wir gemeinsam, morgen muss unser normales Leben wieder beginnen. Die eine Woche Urlaub, die wir beide uns für den Umzug genommen haben, ist zu Ende, übermorgen beginnt der Alltag. Vielleicht ist es das, was wir jetzt mehr als alles andere brauchen: einen Alltag, der alles wieder an seinen Platz rückt, Routine, die uns wieder in den richtigen Rhythmus bringt, einen natürlichen Lauf der Dinge. Meine Frau beginnt in einer der Schulen des Dorfes zu unterrichten, und ich kehre zur Zeitung zurück, eine halbe Autostunde entfernt von hier, vielleicht vierzig Minuten. Morgen früh fahre ich mit Aschraf, dem Bruder meiner Frau, zur alten Wohnung, um einige Kisten zu holen, die wir dort zurückgelassen haben. Bis morgen gehört die Wohnung noch uns, wir haben die Miete bis Ende des Monats bezahlt, bis morgen.

5

Meine Frau, meine Schwiegermutter und die Kleine kommen am Morgen mit Aschraf im Lieferwagen, den er sich von einem seiner Freunde geliehen hat. Bis wir mit den Kisten zurückkommen, werden sie mit dem Putzen fertig sein. Es ist nicht mehr viel zu tun, nur noch den Boden wischen.

»Du kommst nach Hause zurück?«, sagt Aschraf mit einem spöttischen Lachen. »In die Heimat, was?« Er und ich kommen ziemlich gut miteinander aus. Nicht, dass wir uns besonders oft getroffen hätten. Manchmal hat er uns besucht und ist übers Wochenende geblieben. Fast jedes Mal, wenn er kam, waren wir in eine der umliegenden Bars gegangen und hatten etwas getrunken. Er hat erst vor kurzem sein Studium der Betriebswirtschaft an einer Fachhochschule beendet, und da er keinen Job in seinem erlernten Beruf fand, hat er eine Arbeit bei einer der Handy-Firmen angenommen, als Vertreter für die arabischen Kunden.

An der Hauptkreuzung mitten im Dorf versammeln sich Dutzende von Arbeitern mit Plastiktüten in den Händen. Sie stürzen sich auf jedes Auto, das an der Kreuzung hält, in der Hoffnung, es handle sich beim Fahrer um einen Bauunternehmer oder sonst jemanden, der für einen Tag billige Arbeitskräfte sucht. Aschrafs Lieferwagen wirkt auf die Arbeiter besonders attraktiv, mit solchen Autos fahren alle Bauunternehmer. Als wir an der Kreuzung anhalten, um den anderen Autos die Vorfahrt zu gewähren, stürzen die Arbeiter von beiden Seiten auf uns zu. Ich bedeute mit Kopf- und Handbewegungen, dass wir niemanden brauchen, und Aschraf, den das Ganze sehr amüsiert, macht es mir nach. Aber die Arbeiter geben nicht auf, ich höre Sätze wie: »Fünfzig Schekel, für den ganzen Tag, bitte.« – »Zehn Schekel die Stunde, alles, was Sie wollen.« Sie lassen das Auto erst los, als es sich bewegt und über die Kreuzung fährt. Aschraf lächelt immer noch, ich glaube, dass er versucht, seine Verwirrung zu überspielen, als er sagt: »Sie brauchen dir nicht Leid zu tun.« Ich bin nicht sicher, ob er damit mich beruhigen will oder sich selbst. »Sie betteln dich an, aber in ihrem Innern sind sie davon überzeugt, dass alle israelischen Araber Betrüger und Kollaborateure sind.«

Am Ausgang des Dorfes reiht sich der Lieferwagen in eine Schlange von mehreren Dutzend Autos ein, die nur langsam vorwärts kommen. »Wieder eine Straßensperre«, sagt Aschraf. »Hast du deinen Ausweis dabei?« Ich nicke, und er fragt: »Dafür bist du zurückgekommen? Glaub mir, ich verstehe dich nicht, wie kannst du an einen Ort wie diesen zurückkommen, nur wegen eines großen Hauses? Du weißt nicht, wohin du zurückkehrst, Habibi, dieses Dorf ist absolut nicht mehr so, wie es vor zehn Jahren war, oder wie viele sind es, schon fünfzehn?« Er lacht noch einmal. »Hast du gestern die Schüsse gehört?«

Kleine, schmutzig gekleidete Kinder sammeln sich um die haltenden Autos, manche bieten den Fahrern Putztücher an, andere Kaugummipäckchen, Feuerzeuge, Kämme, Scheren, Papiertaschentücher. Als sie zum Lieferwagen kommen, dreht Aschraf das Fenster hoch und scheucht sie mit der Hand weg. »Weißt du, wie viel sie verdienen?«, fragt er. »Sie spielen die Armen, statt in die Schule zu gehen, kommen von Kalkilia und Tul Karem und betteln. Jeder von ihnen macht mindestens hundert Schekel am Tag, ich wäre froh über hundert Schekel am Tag.«

Der Lieferwagen kommt langsam vorwärts, man kann schon die Polizisten an der Sperre sehen. Aschraf sagt, dass die Bewohner des Westjordanlands das beschissenste Volk der Welt sind, und lacht auf. »Seit Beginn der Intifada haben sie nichts mehr zu tun. Den ganzen Tag rufen sie bei uns an und suchen Arbeit, mit haarsträubenden Geschichten, ich sage dir, so verbringen sie ihre Zeit. Sie rufen alle Servicetelefone an, bei denen das Gespräch nichts kostet. Sie machen dich wahnsinnig, und du musst auch noch höflich bleiben und antworten, wie es sich gehört. ›Cellcom, guten Tag, hier spricht Aschraf.‹ Manchmal würde ich sie am liebsten verfluchen, sie auslachen, mitten im Gespräch auflegen, aber das ist unmöglich, denn die Gespräche werden genau aufgezeichnet. Jedes Mal haben sie neue Geschichten. Diese Woche zum Beispiel kam ein Haufen Anrufe aus Nablus, alle wollten einen anderen Rufton für ihr Telefon, nämlich eines der neuen Lieder von Diana Hadad, wo soll ich einen Rufton von Diana Hadad herkriegen? In Jenin haben sie diese Woche herausgefunden, dass sie ihr Handy so programmieren können, dass man damit auch im Ausland telefonieren kann. Tausende haben angerufen, als würde einer von ihnen je ins Ausland fliegen. Sie können nicht mal von Jenin nach Nablus fahren, sie rufen an, einfach so, jedes Mal, wenn sie von einem neuen Service Wind bekommen. Alle rufen an.

Einmal hat sich ein kleines Mädchen bei mir gemeldet und ununterbrochen geweint, und im Hintergrund höre ich Explosionen, und die Kleine erzählt mir, dass sie allein daheim ist, ihr Vater ist weggegangen, und sie weiß nicht, wo er ist. Ich habe keine Ahnung, warum sie an mich geraten ist, vielleicht war es die letzte Nummer, die ihr Vater angerufen hat, vermutlich, schließlich rufen sie den ganzen Tag bei Cellcom an. Und sie weint, und ich versuche stundenlang, sie zu beruhigen. Wenn man mich erwischt hätte, hätte man mir sofort gekündigt, aber ich blieb so lange in der Leitung, bis ihr Vater, irgendein Kerl, nach der Schießerei nach Hause gekommen ist. Verstehst du, du hörst im Hintergrund Krieg und stellst dir dieses Mädchen dort vor, allein, halb tot vor Angst, schreiend, und ich, als säße ich in irgendeiner militärischen Beratungsstelle, sage ihr, sie soll sich bücken, sie soll sich hinter der Wand verstecken, unter dem Tisch. Ich bin zu einem Militärkommandanten geworden, sage ich dir.« Er lacht.

Wir nehmen unsere Ausweise heraus, noch bevor wir an der Sperre sind. Der Polizist blättert sie durch und gibt sie schnell zurück. »Ein Glück, dass sie die Autopapiere nicht sehen wollten, der Lieferwagen gehört mir nicht, wir wären nie im Leben mit ihnen fertig geworden.«

»Steht die Sperre in Verbindung mit der Schießerei gestern?«, frage ich.

Aschraf lacht. »Was heißt Verbindung? Sie schikanieren einfach die Arbeiter. Du hast also die Schießerei gestern gehört? Es war direkt neben unserem Haus, aus einem fahrenden Auto, es waren Schüsse von Terroristenbanden.

Was hat die Polizei mit ihnen zu tun? Das kümmert sie nicht, sie interessiert nur, was mit der allgemeinen Sicherheit zu tun hat. Aber gestern sind ein paar junge Männer, die ich kenne, aus einer Bar in Tel Aviv zurückgekommen, bestimmt betrunken, und haben neben unserem Haus ein paar Runden gedreht. Ich war wach, ich stand auf der Terrasse und habe sie gesehen, und plötzlich hat einer eine Uzi gezogen und ein paar Salven losgelassen. Nur so zum Spaß. Du wirst dich noch dran gewöhnen.«

Aschraf lacht auf dem ganzen Weg, erzählt mir von meinem Dorf, seinem Dorf, dem neuen Dorf, das ich nicht kenne, und der spöttische Ausdruck weicht nicht von seinem Gesicht. Unterwegs bringt er mir bei, wie ich mich verhalten muss, um nicht in Schwierigkeiten zu kommen. »Du fährst auf einer engen Straße, dir kommt ein Fahrzeug entgegen, und es gibt nicht genug Platz für euch beide, dann fährst du sofort zurück, inschallah, auch wenn der andere nur zwei Meter zurücksetzen müsste und du hundert. Fahr immer sofort zurück, denn es könnte mit einer Schießerei enden, je nachdem, wer im anderen Auto sitzt. Du fährst auf einer Straße, und zwei Autos versperren dir den Weg, weil sich die Fahrer durch die offenen Fenster miteinander unterhalten? Dann warte ganz ruhig, Gott steh dir bei, wenn du hupst, warte, bis sie mit ihrem Gespräch fertig sind, inschallah, auch wenn es eine Stunde dauert. Warte ruhig ab, und wenn sie dich vorbeilassen, lächle und bedanke dich.« Aschraf lacht ununterbrochen, während er mir das Lexikon des Überlebens aufsagt. Er fährt fort, mir zu erklären, dass ich ruhig abzuwarten habe, wenn sich jemand in der Schlange vor der Krankenkassenambulanz vordrängt, und wenn ich vor dem Lebensmittelgeschäft stehe und jemand sich vordrängt, muss ich den Mund halten. Er schwört mir, dass solche Vorfälle in den letzten Jahren schon mit Mord geendet haben. Sein Lachen verschwindet langsam. »Du hast keine Ahnung, wohin du zurückkommst, oder?«, sagt er, und der Ton seiner Stimme verändert sich.

6

Meine Frau ist ein Stockwerk höher gegangen, ins Schlafzimmer, nachdem sie die Kleine ins Bett gebracht hat, und ich sitze vor dem Fernseher und zappe durch die verschiedenen Kanäle, bevor die israelischen Nachrichten anfangen. Ich habe eine Schüssel auf dem Dach, wie alle hier, hundertneunzig Kanäle, von denen über neunzig arabisch sind und zwei israelisch. Für mich ist die Sache mit den vielen arabischen Kanälen ziemlich neu und außerordentlich spannend. Ich kannte das vorher nicht, denn als ich das Dorf verließ, benutzte man hier noch Antennen, mit denen man an guten Tagen außer dem israelischen Fernsehen gerade mal die jordanischen Sender empfangen konnte. Ich genieße es, durch die verschiedenen Kanäle zu zappen. Ich bin mir nicht sicher, ob ich es je schaffe, länger als fünf Minuten die arabischen Sender anzuschauen. Erstaunlicherweise gibt es ungefähr zehn Musikkanäle, die ununterbrochen Clips mit halb nackten libanesischen Tänzerinnen ausstrahlen, ich wollte erst gar nicht glauben, dass Araberinnen sich so zurechtmachen, genau wie auf MTV. Die Lieder finde ich entsetzlich, ich habe das Gefühl, dass alle Clips gleich aussehen und alle Lieder sich gleich anhören, meistens geht es um Liebe, mit Worten, die sich von einem Lied zum nächsten nur wenig ändern, dieselben

Reime, die gleichen nervtötenden Melodien und ein bisschen Klatschen, was ich überhaupt nicht ausstehen kann. Aber ich betrachte die Tänzerinnen, ihre Kleidung und die Bewegungen ihrer Hüften.

Ich drücke weiter auf den Knopf mit dem Pfeil, der nach oben zeigt, und wechsle den Kanal. Im M.B.C. bringen sie »Wer wird Millionär?«, in Abu Dhabi läuft »Das schwache Glied«. Die frommen Sender habe ich sehr schnell zu überspringen gelernt. Anfangs haben sie mir Spaß gemacht, jetzt erkenne ich sie sofort. Ich sehe einen Scheich mit einem Turban und weiß, dass er ein Prediger oder Religionslehrer ist.

Es gibt unendlich viele dieser Kanäle, den ganzen Tag lang wird der Koran vorgelesen und darüber diskutiert, was im Islam erlaubt und was verboten ist. Ich hasse es, wie die Sprecher aussehen, ich hasse es, wie sie das K betonen, wenn sie sprechen, sie nennen das »kalkala«, ich erinnere mich, dass wir es in der siebten Klasse gelernt haben. Man muss den Buchstaben K betonen, wenn man den Koran liest, ihn aus der Kehle ausstoßen, als würde man erbrechen, kkkk. In einer Schulstunde wollte der Lehrer uns etwas über die Ketzer beibringen. »Wer sind heutzutage die Ketzer?«, fragte er. Einige sagten, diejenigen, die an Al-Ansam glauben, an Götzenbilder. Andere meinten, die, welche an die Sonne oder an Kühe glauben, und manche sagten, die Mörder, die Juden, aber keine Antwort gefiel unserem bärtigen Religionslehrer. Schließlich schrieb er mit riesigen Buchstaben »M … A … R … X« an die Tafel und forderte einen Schüler auf, das Geschriebene laut zu lesen. Dieser Schüler sprach den Namen Marx mit »kalkala« aus und wurde vom Lehrer schrecklich verprügelt.

Niemand von uns hat verstanden, was, zum Teufel, das sein sollte, Marx.

Ein paar Kanäle, besonders der offizielle von Saudi-Arabien, sind unter jeder Kritik. Dort ist alles anders, das Erscheinungsbild, die Musik, die Anfänge der Sendungen. Das alles ist mir vertraut, noch vom jordanischen Fernsehen vor zehn Jahren. Erstaunlich, dass neben der fernsehtechnischen Qualität und der Aufmachung der Studios wie bei Aljazeera und den libanesischen Sendern noch Raum ist für so rückständige Sender mit Ansagern, die nichts, absolut nichts von der heutigen Medienwelt verstehen. Alle schauen Aljazeera, besonders wenn es einen neuen Krieg gibt. Dann stinkt es den Leuten, denn auf dem Bildschirm sehen in den letzten Jahren alle Kriege gleich aus, irgendjemand wird für den nächsten Krieg etwas Neues erfinden müssen, so geht es nicht weiter, es ist zu langweilig, den schwarzen oder grünen Bildschirm anzustarren.

Ich mag Aljazeera nicht besonders. Von dem Wenigen, was ich habe sehen können, wurde mir klar, dass man dort ununterbrochen mit Fachleuten und Kommentatoren spricht und nur die Nachrichten aussendet, die sowieso jeder kennt, die Nachrichten, an die die arabische Welt gewöhnt ist und die sie gerne hört. Nie erwähnen sie die Namen arabischer Führer, nie stellen sie Untersuchungen über die Staatsführung oder über bedeutende Menschen der arabischen Welt an. Sie möchten niemanden ärgern, vor allem nicht die Ölprinzen, die am Persischen Golf sitzen, mit all ihrem Geld, denn letztlich ist es ihr Geld, das diese Sendungen finanziert. Ziemlich jämmerlich, um die Wahrheit zu sagen, obwohl der Ruf, den sich dieser Sender erworben hat, ein Schwindel ist. Es handelt sich zwar um eine Revolution auf dem Gebiet der Berichterstattung innerhalb der arabischen Welt, aber noch lange nicht um wirklichen Journalismus.

Ich schalte gerade noch rechtzeitig zu den israelischen Nachrichten um. Sie beginnen mit einem Bericht über eine Gruppe arabischer Israelis, die unter dem Verdacht verhaftet wurden, einem palästinensischen Selbstmordattentäter geholfen zu haben, nach Tel Aviv zu kommen. Vielleicht wird der Redakteur mich morgen auffordern, einen Artikel darüber zu schreiben. Ich habe das Gefühl, dass man mich in der letzten Zeit austrocknet. Seit den Kürzungen und dem Beschluss, dass ich kein Redaktionsmitglied mehr bin, sondern ein freischaffender Journalist, bekomme ich fast keine Aufträge mehr. Vielleicht werden sie mich diesmal brauchen, denn die anderen haben Angst, in arabische Dörfer zu gehen, nicht nur in die der Palästinenser, sondern auch die in Israel. Die Gruppe, die gefasst wurde, bringt mir ein bisschen Glück, dank ihnen werde ich in diesem Monat vielleicht meinen Lebensunterhalt verdienen.

Es klingelt, und an der Tür stehen meine Mutter und zwei Tanten, Schwestern meines Vaters. »Sie sind gekommen, um dich zum Haus zu beglückwünschen«, sagt meine Mutter.

»Bitte«, sage ich. Und meiner Frau, die vom Klingeln aufgewacht ist und fragt, wer da ist, rufe ich zu: »Meine Tanten sind zu Besuch gekommen.«

»Alles Gute, viel Glück, gesegnet sei das Haus, maschallah, es möge sich mit Kindern füllen«, sagen sie und schieben ihre schweren Körper herein. Ich trage die beiden Tüten mit Geschenken, die sie mitgebracht haben.

Meine Frau kommt die Treppe herunter, sie versucht, nicht zu zeigen, wie sehr sie sich über den unerwarteten Besuch ärgert. Ich hasse es, wenn sie so ein Gesicht macht, als wäre ich schuld. Als würde ich überhaupt wollen, dass irgendjemand uns besucht. »Wo ist die Kleine?«, fragt die ältere Tante meine Frau. »Schläft sie schon? Ich hätte sie so gern gesehen.«

»Sie ist im Bett, ihr könnt sie euch anschauen.« Meine Tanten gehen hinter meiner Frau hinauf. Beiden fällt das Treppensteigen schwer, die ältere muss alle zwei Stufen ausruhen, sie hält sich am Geländer fest und atmet laut, sagt »ja-allah« und bewegt sich wieder ein Stück nach oben. Die jüngere Tante muss alle vier Stufen verschnaufen. Beide beschweren sich über die vielen Stufen. Nachdem sie einen Blick auf die Kleine in ihrem Bett geworfen haben, kommen sie langsam herunter und setzen sich zum Ausruhen in die Sessel im Wohnzimmer, wischen sich mit ihren weißen Kopftüchern den Schweiß von der Stirn, atmen schwer, schnappen nach Luft, und erst nach einigen Minuten ist die ältere Tante in der Lage zu sagen: »Was für ein süßes Kind, sie ist dir wie aus dem Gesicht geschnitten.« Die jüngere Tante fügt hinzu: »Gott möge sie mit einem Bruder segnen, ist was unterwegs? Ihr braucht noch eines, am besten ist es, wenn eine Frau sehr jung Kinder bekommt. Ich habe mit achtundzwanzig aufgehört zu gebären, nachdem ich acht Kinder auf die Welt gebracht hatte. Das ist für eine Frau am besten, man weiß nie, wann sie aufhört, ihre Tage zu bekommen.«

»Inschallah«, sagt meine Frau diplomatisch und geht in die Küche, um die übliche Bewirtung zu holen, die hier im Dorf Gästen vorgesetzt wird. Eine Schale mit Obst,

Knabberzeug, ein kaltes Getränk. Dann wird sie die beiden auffordern zuzugreifen, wie es üblich ist, und die Tanten werden etwas essen oder trinken müssen, und am Ende des Besuchs wird meine Frau ihnen Kaffee anbieten. So funktioniert es, das Anbieten von Tee oder Kaffee ist für die Gäste ein Hinweis, dass es Zeit ist zu gehen, man muss ein warmes Getränk anbieten, auch wenn sie sich schon vorher zum Gehen entschließen. Und immer muss man sagen: »Was, ihr wollt schon gehen? Ihr habt doch noch keinen Tee getrunken.«

Niemand möchte es sich mit meinen Tanten verderben, alles muss so ablaufen, wie es sich gehört, sonst wäre ein besonders heftiger Angriff die Folge. Meine Frau kennt ihre Aufgabe, und sie erfüllt sie ergeben, abgesehen von ihrem Gesicht, dass mich fürchten lässt, es könne das Misstrauen meiner Tanten wecken. »Du hättest dir nicht die Mühe machen müssen«, sagen sie, so wie alle es immer sagen.

»Euch zu bedienen macht mir Freude«, antwortet meine Frau und besteht die Prüfung heldenhaft.

Meine Tanten sind starke Frauen, alle im Dorf wissen das und geben sich große Mühe, ja nicht ihren Zorn zu erregen. Sie sind Meisterinnen im Tratsch, in der Verleumdung und im Kritisieren aller, die ihnen nicht gefallen. Ihr Eindruck vom Haus und von uns entscheidet in vieler Hinsicht unser Schicksal.

Nach einigen Segenswünschen, Bemerkungen über die Farbe des Küchenschranks, die Farbe des Geländers und des Sofas beginnen meine Tanten, meine Mutter anzugreifen, als sie herausfinden, dass mein Vater, ihr Bruder also, ins Caféhaus gegangen ist. »Wie kannst du ihm das erlauben?«, sagt die jüngere Tante zu meiner Mutter. »Er ist schon Großvater und geht noch immer ins Caféhaus?«

»Was kann ich machen«, sagt meine Mutter, »er sitzt dort mit seinen Freunden zusammen.«

»Was heißt das, was du machen kannst?«, fragt meine ältere Tante. »Halte ihn zurück. Oder bist du ein kleines Mädchen? Das passt nicht zu einem Mann seines Alters und seines Ansehens, was ist, glaubt er, er ist noch achtzehn? Sitzt den ganzen Tag rum und spielt Karten oder Backgammon. Du musst wissen, zu mir sind Leute gekommen und haben geschworen, sie wüssten, dass er wettet und um Geld spielt, ich habe nicht gewusst, wo ich mich verkriechen soll vor Scham. Das hat mir noch gefehlt, dass irgendwelche unwürdigen Menschen mich beschämen, weil mein Bruder im Caféhaus Karten spielt. Wenn er eine gute Frau zu Hause hat, warum muss er dann weggehen und Karten spielen? Mein Mann, Gott sei ihm gnädig, saß nie im Caféhaus, vom Tag unserer Hochzeit bis zu seinem Tod.«

»Statt dass er abends in die Moschee geht und Religion lernt«, fährt meine jüngere Tante fort, »statt dass er mit guten Menschen zusammensitzt, den Koran liest und betet. Aber er zieht es vor, zu rauchen, Kaffee zu trinken und Backgammon zu spielen. Was fehlt ihm? Schau mich an, ich lese jeden Abend bis zum Einschlafen Koranabschnitte. Gibt es etwas Besseres, als Abschnitte zu lesen, die von eurem Haus und euren Kindern die Teufel und den bösen Blick fern halten? Das ist alles deine Schuld, du bringst ihn dazu, zu fliehen.«

Meine Mutter, die auf dem Gebiet solcher Gespräche erfahren ist, reagiert wie immer und antwortet mit einer

Neigung des Kopfs und dem Versprechen, dass sie alles versuchen wird, was in ihrer Macht steht. Sie wird immer so tun, als sei sie mit jedem Wort der Tanten einverstanden, sie weiß genau, dass sie keine Wahl hat, so wie sie weiß, dass die Tanten nie mit ihr zufrieden sein und nie aufhören werden, sie zu verspotten und zu kritisieren.

Meine ältere Tante erzählt von einem Mann, den sie kennt und der »eine Braut aus dem Westjordanland angebracht« hat. Sie sprechen über Bräute aus dem Westjordanland und erinnern an eine ganze Reihe von Männern mittleren Alters, die »Frauen aus dem Westjordanland angebracht« haben. »Ein junges Mädchen, achtzehn Jahre alt«, sagt meine ältere Tante über ihre neue Nachbarin, »nett, süß, weiß wie ein Engel, nicht wie das Scheusal, das er gehabt hat und das die ganze Zeit immer nur dicker wurde.«

Meine jüngere Tante stimmt zu. »Ich wäre froh, wenn jeder meiner Söhne eine Braut von dort heimbringen würde. Es gibt nichts Besseres, als Kinder zu machen, und die Frauen von heute wollen nicht mehr viele.« Ich brauche eine Weile, um zu verstehen, dass es im Dorf normal geworden ist, eine zweite Frau aus dem Westjordanland zu heiraten. Die Tatsache, dass sie von dort ist, erlaubt es, das israelische Gesetz zu umgehen, das Polygamie verbietet. »Nur weil sie nicht wollen, dass wir uns vermehren«, stellt meine ältere Tante fest. »Das ist gegen den Islam.« Was die jungen Bräute angeht, die aus dem Westjordanland geholt werden, ist für sie die Hochzeit mit einem israelischen Araber, egal wie alt er auch sein mag, eine gute Gelegenheit, der Not zu entfliehen, und obwohl die Israelis nur wenig Brautgeld für sie bezahlen, ist das doch eine nicht unbeträchtliche Einnahme für ihre Familienmitglieder, die dort zurückbleiben.

Meine Tanten knacken Sonnenblumenkerne, und je eifriger das Gespräch wird, umso eifriger knacken sie. Sie sprechen schnell, diskutieren gemeinsam, was es Neues im Dorf gibt, und vergleichen die verschiedenen Versionen von Tratsch, die sie gehört haben. Sie sprechen über einen Mann, der gestern Abend seinen Bruder erstochen hat, eine Tante hat von fünfzehn Messerstichen gehört, der anderen, die darauf beharrt, dass ihre Quelle glaubwürdiger sei, wurde von achtzehn Stichen berichtet. Sie sprechen über Frauen, die ihre Ehemänner betrügen, darüber, wie man sie erwischt hat und wo und wann. Sie erzählen von Häusern, die in der letzten Zeit ausgeraubt wurden, was man aus jedem Haus mitgenommen hat und welche Waffe benutzt worden ist, und streiten, als seien sie Sachverständige, darüber, ob es sich um eine Uzi, einen Revolver mit Kaliber 36 oder 38 gehandelt habe.

Für meine Mutter sind diese Geschichten, die meine Tanten erzählen, offenbar nichts Neues. Meine Frau hört mit einer gewissen Aufmerksamkeit zu und stellt manchmal, aus Höflichkeit oder aus echtem Interesse, Fragen wie: »Ihr sprecht doch nicht über den Bruder von Frau X?« Meine Frau kennt die Bewohner des Dorfes viel besser als ich. Ihr ist anzusehen, dass sie nicht überrascht ist von diesen entsetzlichen Geschichten, die hier vorgebracht werden, sie nimmt sie als natürlich hin, und nur ich sitze da und glaube nicht, dass solche Dinge um mich herum geschehen. Meine Tanten erzählen weiter, wie Kinder beim Verlassen der Schule gekidnappt werden, um Lösegeld zu erpressen, und wie auf Leute geschossen wird, die einfach nur im Café sitzen. Zum Beispiel hat vor einer Woche ein junger Mann mit dem Motorrad vor der Tür eines Caféhauses gehalten, ist mit einem Helm auf dem Kopf und einem Revolver in der Hand hineingegangen und hat einen Gast erschossen. »Und was wäre passiert, wenn mein Bruder in diesem Moment dort gesessen hätte?«, fragt meine jüngere Tante meine Mutter. Sie erzählen von kleinen Kindern, die vergewaltigt wurden, von Geschäften, in die eingebrochen wurde, und von jungen Leuten, die man verhaftet hat.

Meine Tanten bleiben lange sitzen, und am Schluss sagen sie »jalla« und stehen auf, um zu gehen. Meine Frau bietet ihnen Tee an. Erst entschuldigen sie sich, aber meine Frau, geübt, wie sie ist, beharrt darauf und beschwört sie bei Gott, nicht vor dem Tee zu gehen. Sie setzen sich wieder auf das Sofa, und ihren Augen ist die Zufriedenheit über das Verhalten meiner Frau anzusehen.

Bis der Tee kommt, höre ich noch weitere Geschichten von Geldverleihern und ihren Helfern, die nicht zögern, auf diejenigen zu schießen, die ihre Schulden nicht bezahlen, von einem ganzen Heer von Verbrechern, die von Geschäftsbesitzern Schutzgeld erpressen und die Frauen derjenigen vergewaltigen, die sich weigern zu bezahlen. Manchmal werden die Geschäftsleute auch mitten im Dorf aus ihrem Auto gezerrt, und die Schläger konfiszieren das Auto am helllichten Tag, wie Gerichtsvollzieher. Ich erfahre von einem bedauernswerten Mann, Besitzer eines Lebensmittelgeschäfts, dessen Laden mit Maschinenpistolen zerstört wurde, weil er stur blieb, und der jetzt bezahlt wie alle anderen.

Als sie sich verabschieden, küssen sie meine Frau und

wünschen ihr Glück und Gottes Segen für ihr neues Haus und ihren Schoß. Meine Frau räumt die Reste der Bewirtung vom Tisch. Ich mache wieder den Fernseher an und schaue mir den arabischen Nachrichtensender an. Bevor meine Frau hinauf ins Schlafzimmer geht, frage ich sie, ob diese Geschichten stimmen.

Sie lächelt und sagt, dass man den ganzen Tag im Lehrerzimmer darüber spreche. »Was geht dich das an? Du kommst nur zum Schlafen her, du arbeitest nicht hier, so wie ich. Ich bin es, die unter diesem Umzug zu leiden hat. Was weißt du überhaupt, denkst du noch immer, dass die Lehrer ihre Schüler schlagen? Verstehst du nicht, dass es inzwischen umgekehrt ist, dass die Lehrer Angst vor ihren Schülern haben, sogar in der Grundschule? Dass es schon Fälle gegeben hat, wo die Lehrer niedergestochen wurden? Du hast mich an einen Ort zurückgebracht, wo die Hälfte der Kinder, wenn man sie fragt, was sie einmal werden wollen, ohne mit der Wimper zu zucken antwortet, sie wollen Mitglieder einer Verbrecherbande werden.«

7

Ich schreibe schon fast nichts mehr für die Zeitung, die Kürzungen sind daran schuld. Vor weniger als einem Jahr war ich noch angestellt, mit Vertrag. Mein Name war im redaktionellen Teil der Zeitung angegeben, zusammen mit den Namen der anderen Redaktionsmitglieder, und jetzt erscheint er in der Liste der »freien Mitarbeiter«. Selbst in einem guten Monat schaffe ich es nicht, mehr als zehn kleine Beiträge loszuwerden. Trotzdem fahre ich weiterhin jeden Morgen zur Redaktion. In der letzten Zeit ist es etwas beschämend geworden, meinen Arbeitsplatz hat eine junge Journalistin bekommen, die über Mode schreibt. Ich habe keinen festen Platz mehr, aber trotzdem fahre ich hin, damit sie mich sehen, damit sie sich daran erinnern, dass es mich noch gibt und dass ich bereit bin, für die beschissene Zeitung zu arbeiten. Meistens sitze ich mit den Zeitungen im Raucherzimmer, blättere darin bis zum Nachmittag, danach drehe ich eine Runde in den umliegenden Straßen. Ich esse jetzt nie mehr außerhalb. Ganz selten erlaube ich mir, mich in ein Café zu setzen und mir einen kleinen Espresso zu bestellen, und dann bleibe ich in der Regel mindestens eine Stunde sitzen und lese wieder Zeitungen.

Zum ersten Mal in meinem Leben habe ich damit angefangen, zuerst den Wirtschaftsteil zu lesen. Die Berichte von Massenentlassungen, von Konkursen, von der Armutsgrenze und der monatlichen Arbeitslosenstatistik beruhigen mich bis zu einem gewissen Grad. Die arabischen Siedlungen stehen bei der Arbeitslosigkeit und der Armut immer ganz oben auf der Liste, und für mich ist das so etwas wie ein Trost. Ich und meine Frau schaffen es bis jetzt ganz gut. Die Rückkehr ins Dorf hat die Situation einigermaßen gerettet, und eigentlich ist es der klügste Schritt gewesen, den ich habe tun können. Wir haben hier keine besonderen Ausgaben, sogar für unsere Ernährung geben wir fast nichts aus, denn wir essen bei meinen Eltern. Deshalb reicht das Gehalt meiner Frau, um unseren Lebensunterhalt zu bestreiten, obwohl die Lehrer zu den schlechtest Verdienenden im Land gehören, wenn sie nicht sogar die schlechtest Verdienenden sind.

Im letzten Monat habe ich vierhundert Schekel für den einzigen Bericht erhalten, den sie von mir veröffentlicht haben. Und trotzdem fühlte sich der Chefredakteur genötigt zu betonen, dass er für »solch einen Bericht normalerweise nur zweihundert« bezahle.

Es wundert mich, dass trotz der ständig wachsenden Arbeitslosenzahlen im Wirtschaftsteil noch immer Stellenangebote auftauchen. In der letzten Zeit lese ich sie mit großem Interesse. Anfangs habe ich noch nach journalistischen Angeboten gesucht, Redakteure, Lektoren, alles, was mit Presse zu tun hat. Aber vergeblich. Manchmal rief ich, wenn ich zur Redaktion zurückkam, bei den Personalleitern an, die angeblich junge, energische Kräfte für eine interessante Arbeit suchten, aber aus irgendeinem Grund war ich immer nach einem einzigen Telefongespräch schon ungeeignet. Anfangs habe ich auch dort angerufen, wo man junge Akademiker suchte oder betonte, der Job sei »geeignet für Studenten«. Ich schickte meine Bewerbung, ohne genau zu wissen, um was es ging, doch nie habe ich eine Antwort bekommen.

Niemand von der Familie weiß, was mit mir geschieht, und ich habe einstweilen nicht das Bedürfnis, es ihnen mitzuteilen. Auch nicht meiner Frau. Ich fahre weiterhin frühmorgens zur Redaktion, komme nachmittags zurück und tue so, als wäre ich ein Mann, der nach einem harten Tagwerk nach Hause kommt. Meiner Frau fällt allerdings auf, dass ich weniger große Artikel veröffentliche und dass mein Name in der Zeitung kaum auftaucht, doch ich habe ihr erklärt, ich sei befördert worden und nun verantwortlich für etliche Journalisten der besetzten Gebiete. Eigentlich hätte ich jetzt die Stelle eines Ressortleiters, eine Art stellvertretender Chefredakteur, der sich um neue Journalisten kümmert, und ich würde nur noch Berichte schreiben, für die viel Erfahrung nötig sei und die man Anfängern nicht überlassen könne. Wir spüren den Einkommensverlust noch nicht so sehr, eigentlich hat der wirkliche Abstieg erst im letzten Monat begonnen, und er ist wegen unserer extrem geringen Ausgaben noch nicht so spürbar. Aber ich weiß, dass es so nicht weitergehen kann. Ich kann nicht immer nur alle betrügen, ich muss eine zusätzliche Arbeit finden. Ich gebe mir große Mühe, damit mein Name ab und zu in der Zeitung auftaucht, aber ich muss unbedingt eine andere Einnahmequelle finden. Ich kann nicht nur so tun, als würde ich arbeiten, ich kann nicht jeden Morgen in der Redaktion erscheinen. Ich habe das Gefühl, dass mich einer der Verantwortlichen sehr bald auf diplomatische Art bitten wird, damit aufzuhören. Ich weiß, dass mein Erscheinen dort einige der Anwesenden stört, aber vor allem stört es mich.

Ich muss eine Arbeit suchen, bei der einer wie ich eine Chance hat, angenommen zu werden. Im schlimmsten Fall werde ich auf dem Bau arbeiten. Ich weiß, dass das am Anfang schwer sein könnte, aber ich bin sicher, dass ich mich daran gewöhnen werde. Aber wer sagt, dass ausgerechnet eine Arbeit auf dem Bau die Lösung ist? Ich bin sicher, dass ich auch irgendeine Arbeit als Pfleger finde, da werden immer Araber gesucht, vielleicht in der Altenpflege, vielleicht bei Behinderten. Das ist meiner Meinung nach am besten. Niemand braucht etwas von meiner neuen Arbeit zu erfahren. Keiner von meinen Angehörigen muss sich deshalb beschämt fühlen. Ich kann es mir nicht erlauben, arbeitslos zu werden, ich kann es mir nicht erlauben, in finanzielle Bedrängnis zu geraten. Alles muss hier wunderbar sein. Ich weiß, wie wichtig das für alle ist.

Alle in meiner Umgebung reden ständig nur über das Geld, das andere haben. Ich weiß nicht, ob sie das mit Absicht tun oder ob es immer so ist, aber fast jedes Mal, wenn ich sie besuche, fangen sie an, über die Söhne von diesem oder jenem zu reden, die sich Häuser von vierhundert Quadratmetern Wohnfläche gebaut haben. Meine Schwiegermutter interessiert sich sehr für Gebäude, und manchmal habe ich das Gefühl, dass sie alle Informationen über jeden sammelt, der baut, wo er baut und wie viel es ihn kostet. Sie beschäftigt sich auch viel mit Autos, immer weiß sie Geschichten von Frauen aus der Verwandtschaft, deren Ehemänner ihnen neue Mercedes, Volvos oder Jeeps gekauft haben. Sie weiß, wann die Frauen des Dorfes mit der Fahrschule angefangen haben, wie viele Stunden sie brauchten und wie viele Prüfungen sie durchgemacht haben, bis sie ihren Führerschein bekamen. Die Geschichten über Reichtum, die ich an den Abenden höre, wenn ich die Eltern meiner Frau besuche, passen ganz und gar nicht zu all den Berichten, die ich morgens im Wirtschaftsteil lese. Es ist erstaunlich, dass alle weiterhin Häuser bauen und neue Autos kaufen, obwohl die wirtschaftliche Lage so schlecht ist. Nie höre ich Geschichten über arme Leute, die es nicht schaffen, auch nur ein einziges Zimmer anzubauen, in dem sie nach der Hochzeit wohnen können, im Haus meiner Schwiegereltern gibt es nur Geschichten märchenhafter Erfolge. Manchmal nennt meine Schwiegermutter den Namen eines jungen Mannes, der ein Haus gebaut und für seine Verlobte oder für seine neue Frau ein tolles Auto gekauft hat, und dann lässt sie es sich nicht nehmen zu betonen, dass er einmal um die Hand ihrer Tochter, meiner Frau also, angehalten habe, aber sie hätten ihn abgelehnt. Sie sagt das mit einem Unterton von Bedauern, der mich beschämt, besonders wenn meine Frau dabei ist, die nie ein Wort darüber verloren hat. Dann sagt meine Schwiegermutter: »Gut, sie war noch sehr jung damals, und wir waren nicht wie alle, unser größter Wunsch war, dass sie ihr Studium beendet, sie hat gut gelernt, wir wollten nicht, dass sie heiratet und zu Hause sitzt.«

Mein Schwiegervater hingegen ist Fachmann auf dem Gebiet Immobilien und Einkommen. Er weiß, wer von wem ein Grundstück gekauft hat, weiß, um wie viele Quadratmeter es ging, welche Summe von einer Hand in die andere geflossen ist und welcher Makler das Geschäft vermittelt hat. Er weiß auch, wie viel gewisse Menschen am Tag, in der Woche, im Monat oder im Jahr verdienen. Nie spricht er über Gebildete, die interessieren ihn weniger, er bewertet Menschen nach ihrem Einkommen. Er kann ewig lange sitzen und beispielsweise berechnen, wie viel der Friseur auf der anderen Straßenseite im Jahr verdient. Er zählt die Kunden, die seinen Laden betreten, mindestens vierzig am Tag, am Wochenende fast hundert, ganz zu schweigen von den Festen Id-ul-Fitr und Id-al-Adcha sowie den Frisuren für Bräutigame, die fast dreimal so viel kosten wie ein normaler Haarschnitt. Er bedenkt auch das Gehalt, das der Besitzer bezahlt, die Kosten für Scheren, Geräte und alle möglichen Duftwässer und bestimmt sicher dessen monatliches Einkommen. »Minimum« ist das Wort, mit dem er seine Schlussfolgerungen bezüglich des Einkommens anderer Leute definiert. Er schätzt Besitzer von Autowerkstätten, die in großem Stil erfolgreich sind, Transportunternehmer, Geldwechsler, Bauunternehmer, Besitzer von Baugeschäften, Händler von Schuhen und Kleidung.

ZWEITER TEIL

»Es gibt irgendeine Sperre
am Ortseingang«

1

Die Zeitung ist nicht gekommen. Wieder einmal hat der Austräger geschludert oder ist krank. Plötzlich stört mich der Gedanke, dass ich den Zeitungsausträger nie gesehen habe. Ich mache den Fernseher an, stelle ihn lauter und schaue nicht hin. Meine Frau ist noch oben, macht sich und die Kleine zum Weggehen bereit. »Ist die Milch schon fertig?«, ruft sie aus dem oberen Stock herunter.

»Ja«, lüge ich und beeile mich, Milchpulver ins Wasser zu kippen und umzurühren.

Ich lächle die Kleine an, die auf dem Arm ihrer Mutter die Treppe herunterkommt. »Guten Morgen«, sage ich und trete, die Flasche in der Hand, auf sie zu, doch zuerst gebe ich ihr einen Kuss auf die Wange. Meine Frau wird sie jetzt füttern, und ich werde die Treppe hinaufgehen, den Kaffee in der Hand, ich werde ein paar Schlückchen trinken, mir eine Zigarette anstecken und ein paar Züge rauchen, sie unter fließendem Wasser ausmachen und in den Mülleimer werfen, ich werde mich aufs Klo setzen, und wenn ich fertig bin, werde ich das Produkt begutachten. Dann werde ich mir schnell die Zähne putzen, mich umziehen und hinuntergehen. Wieder werde ich die Kleine anschauen und sie anlächeln, werde ihr noch einmal einen guten Morgen wünschen, und sie wird zurücklächeln oder nicht. Ich werde meine Tasche aus dem Arbeitszimmer im unteren Stockwerk holen, nachschauen, wie viel Geld ich im Portemonnaie habe und ob die Summe ausreicht.

Jetzt bin ich so weit. Ich hebe die Kleine hoch. In der Wettervorhersage am Schluss der Fernsehnachrichten sagen sie, es würde heute ungewöhnlich heiß werden. Meine Frau stößt ein Uff aus, mir macht es eigentlich nichts aus. Zuerst werden wir zur Krabbelstube fahren, wo wir die Kleine lassen. Sie weint jeden Morgen, wenn wir sie dort abgeben, und das macht uns beide ein bisschen traurig, aber wir haben keine Wahl, meine Frau muss zur Arbeit gehen, und ich muss vorläufig weiter zur Redaktion fahren. Ich werde meine Frau zur Grundschule bringen, in der sie unterrichtet, wir werden uns verabschieden, und sie wird fragen, wann ich zurückkomme. Ich werde sagen, ich wisse es nicht genau, das hänge davon ab, was heute los sei. Manchmal, wenn es Anschläge oder große Militäraktionen gibt, laufe ich bis zum späten Abend in der Stadt herum, denn es ist ja nur logisch, dass ein stellvertretender Nachrichtenredakteur in einem solchen Fall mehr zu tun hat. Ich hoffe, dass heute nichts Außergewöhnliches passiert. Manchmal bringt mich das ziellose Herumstreunen in der Stadt ganz durcheinander. Ich versuche, nicht immer durch dieselben Straßen zu laufen. Ich schäme mich nicht nur vor meiner Familie und den Leuten des Dorfes für den Verlust meiner Arbeit, sondern auch vor fremden Menschen, vor Kioskbesitzern oder Leuten, die in Cafés sitzen und denen ich noch nie begegnet bin. Trotzdem versuche ich, nicht mehrere Male an ihnen vorbeizugehen, damit sie ja nicht denken, ich hätte nichts zu tun.

Ich stelle das Radio an und beschließe, dieser Situation ein Ende zu machen. Die Scham muss aufhören, so geht es nicht weiter. Wenn es mir auch in dieser Woche nicht gelingt, einen Arbeitsplatz zu finden, werde ich zum Arbeitsamt gehen müssen, damit ich Stempelgeld bekomme. Vorerst muss das noch niemand wissen, ich werde jeden Morgen das Dorf verlassen, ich werde mich bei einem weit entfernten Arbeitsamt melden, zu dem überhaupt keine Araber hinkommen.

2

Irgendetwas stimmt nicht. Um diese Uhrzeit müssten die Leute doch aus dem Dorf hinausfahren, zur Arbeit, aber alle Autos kommen zum Dorf zurück, und ein Teil der Fahrer, die mir entgegenkommen, blinken mich mit den Scheinwerfern an. Ich kontrolliere sofort, ob ich den Sicherheitsgurt richtig angelegt habe, aufgeblendete Scheinwerfer deuten auf eine polizeiliche Straßensperre am Ortsausgang hin.

Je näher ich der Hauptstraße komme, die aus dem Dorf hinausführt zu den Siedlungen, zu den Kibbuzim und danach in die Städte, umso stärker wird der Verkehr, die Fahrer hupen nervös, versuchen zu wenden und verursachen einen langen Stau. Mir gelingt es, einen Parkplatz am Straßenrand zu erwischen, ich steige aus dem Auto und laufe rasch auf den Ortsausgang zu, wo sich schon Hunderte von Dorfbewohnern versammelt haben. »Stimmt es?«, fragt ein junger Mann, der ebenfalls in meine Richtung läuft.

»Was soll stimmen?«

»Dass sie das Dorf abriegeln?«

Ich weiß nicht, was ich antworten soll. Ich versuche, diesem jungen Mann nicht ins Gesicht zu lachen, ich möchte nicht, dass man mich im Dorf für hochnäsig hält. »Wir werden es gleich sehen«, sage ich und füge hinzu: »Allah jostor«, um zugehöriger zu klingen. Die Neugierigen werden jede Sekunde mehr. Auf ihren Gesichtern zeigen sich Erbitterung und Besorgnis darüber, dass sie einen Arbeitstag verlieren. Ich erkenne viele Gesichter der Leute, die sich hier versammeln, einige, fällt mir auf, kenne ich sogar persönlich. »Was ist passiert?«, fragen mich ein paar meiner Bekannten. Ich bin schließlich der Zeitungsmann des Dorfes, sie hoffen, dass ich vielleicht etwas von dem weiß, was hier passiert. Ich zucke mit den Schultern. Auf dem Weg zu den ersten Reihen der Zuschauer schnappe ich ein paar Sätze auf wie: »Alle Ausfahrten sind geschlossen.« Und: »Ein paar haben es ganz früh noch versucht, über die Sandwege hinauszukommen, die für die Traktoren bestimmt sind, aber es ist ihnen nicht gelungen.« Jemand erzählt eine Geschichte von einem der Arbeiter, der versuchte, sich den Soldaten zu nähern, und den eine Kugel erwischt hat. Die Kugel, sagt man, sei gezielt abgeschossen worden, um ihn zu töten, denn seine Hand sei genau auf seiner Brust gewesen, als er getroffen wurde.

Als ich näher komme, sehe ich, dass, ein paar hundert Meter von den versammelten Menschen entfernt, zwei Panzer die Straße versperren, die langen Kanonenrohre auf die Dorfbewohner gerichtet. Alle schauen zu diesen Panzern hinüber, zu den Jeeps und den Soldaten, nur der Bürgermeister steht mit dem Rücken zu ihnen, mit dem Gesicht zu den Versammelten, die er anfleht, nicht näher hinzugehen. Er hört nicht auf zu erklären, dass er am frühen Morgen von der Absperrung des Dorfes erfahren habe, dass es ihm schon gelungen sei, sich mit den Verantwortlichen in Verbindung zu setzen, sie hätten eine schnelle Antwort und eine sofortige Erledigung versprochen. Es handle sich wahrscheinlich um einen Irrtum, erklärt er und bittet die

Leute eindringlich, sich in Geduld zu fassen und ein bisschen zu warten, bald werde alles vorbei sein. »Ihr werdet heute noch zur Arbeit fahren können«, verspricht er, »lasst mich nur vorher klären, was los ist.«

»Die Soldaten haben wohl gedacht, das hier wäre Tul Karem«, sagt einer der Anwesenden, bringt damit aber nur ein paar Umstehende zum Lachen. Viele Rollen Stacheldraht versperren die Straße. Ich schaue nach rechts und nach links und entdecke, dass sich der Stacheldraht unendlich lang hinzieht. Jemand schwört, der Draht führe rund um das Dorf, und er wundert sich, wann die Soldaten es geschafft haben, das ganze Dorf mit Draht zu umspannen. Von weitem ist zu sehen, dass die Panzer nicht nur die Straße versperren, es stehen auch welche seitlich in den Feldern, in gleichmäßigem Abstand voneinander. Sie stehen still, ihre Motoren dröhnen. Von Zeit zu Zeit stoßen sie dichte Rauchwolken aus, und der Lärm der Motoren verstärkt sich.

3

Was passiert hier, verdammt? Es gibt zwar fast jeden Morgen Straßensperren an den Zufahrten zum Dorf, aber hier geht es um etwas ganz anderes. Dieses Ereignis, das mich anfangs beängstigt, macht mich ein paar Minuten später froh. Endlich habe ich einen guten Artikel, denke ich, wann wurden zum letzten Mal Panzer gegen die arabischen Staatsbürger eingesetzt? Ein derartiger Artikel hat sogar Aussicht, auf das Titelblatt zu kommen, vielleicht lädt man mich für bestimmte Radiosendungen ein, wie früher, in den guten Tagen. Und ich bin schließlich drinnen, im Herzen der Geschichte, sowohl Journalist als auch Einwohner des umzäunten Dorfes. Kann sein, dass man mich sogar ins Fernsehen einlädt. Ich bin schon ein paarmal in aktuellen Fernsehprogrammen aufgetreten, was all meine Verwandten und Bekannten sehr erfreut hat, sogar die Eltern meiner Frau. Ich habe mich immer wohl gefühlt, wenn ein Moderator oder eine Moderatorin mich angerufen und ins Studio eingeladen hat. Ich genoss es, mit einem Taxi von zu Hause abgeholt zu werden, ebenso wie ich es liebte, mich schön anzuziehen und geschminkt zu werden. Allerdings wurde ich eher zu Sendungen am frühen Morgen oder am späten Abend eingeladen, trotzdem waren diese Auftritte für mich das Schönste, was ich mir vorstellen konnte. Vielleicht würden sie dank der Panzer zurückkommen.

Ich bahne mir einen Weg aus den ersten Reihen, versuche, mich von den Zuschauern zu entfernen, um mich bei einem Passanten über das, was hier geschieht, zu informieren. Der Dorfausgang füllt sich mehr und mehr, jetzt kommen auf der Hauptstraße auch jene zurück, die versucht haben, über Umwege zu ihrem Arbeitsplatz zu gelangen, und erkennen mussten, dass für jene Wege auch nichts anderes gilt als für die Hauptstraße. Jetzt ist es eine Tatsache: Das ganze Dorf ist umringt und abgesperrt.

Mein Handy habe ich in meiner Tasche im Auto gelassen. Ich werfe einen Blick auf die Uhr und stelle fest, dass es schon fast acht ist. Ich gehe schneller, um im Autoradio die Nachrichten zu hören, bevor ich in der Redaktion anrufe, um die Situation abzuklären. Jetzt gibt es schon keine Hupkonzerte und keine Staus mehr, die Nachricht hat anscheinend Flügel bekommen. Die Leute haben ihre Autos mitten auf der Straße abgestellt. Wohin können sie überhaupt gehen?

In den Nachrichten wird kein Wort darüber gesagt, was hier im Dorf geschieht, man spricht über die Städte in den besetzten Gebieten, über Sitzungen der Regierung, über den Anstieg des Dollarkurses, kein Wort über irgendetwas, was mit israelischen Arabern zu tun hat. Vielleicht handelt es sich wirklich um einen Irrtum, wie der Bürgermeister gesagt hat, denke ich, während ich die Nummer der Redaktion wähle. Aber ein solcher Irrtum ist, zum Glück für mich, noch immer eine Story, vielleicht für die letzte Seite, denn dort werden die etwas amüsanteren Artikel veröffentlicht.

Die Angestellte der Zentrale nimmt meinen Anruf freundlich entgegen, sie sagt guten Morgen, fragt, wie es der Kleinen gehe, erst dann sagt sie, dass der Chefredakteur noch nicht angekommen sei. Ich beschließe, ihn auf seinem Handy anzurufen. Schließlich galt ich vor nicht allzu langer Zeit als einer der wichtigsten Reporter der Zeitung, und das, was hier im Dorf geschieht, ist tatsächlich außergewöhnlich. Der Chefredakteur antwortet aus seinem Auto. Er scheint überrascht von dem, was ich sage, und versucht herauszufinden, ob es sich nicht um einen Scherz handelt. »Panzer, Bulldozer, du machst Witze, oder?« Er lacht.

Ich sage ihm, dass man schon auf jemanden geschossen habe, das heißt, ich müsse die Sache erst noch klären. »Aber es ist eine Absperrung. Schlimmer als jene, die ich in Ramallah, in Nablus und Jenin gesehen habe, schlimmer als in Gaza, eine hundertprozentige Abriegelung.«

4

Das Gespräch mit dem Chefredakteur wird unterbrochen. »Hallo … hallo …« Ich bin nicht sicher, ob er meinen letzten Satz gehört hat. Einen Moment lang denke ich, er habe die Verbindung absichtlich unterbrochen, aber das würde er mir nicht antun. Es ist doch nicht so, dass ich ihn störe, und er weiß, dass ich nie gewagt hätte, ihn anzurufen, wenn die Sache nicht wichtig wäre. Ich versuche wieder, ihn anzurufen, und höre: »Danke, dass sie Cellcom anrufen. Dieser Teilnehmer ist vorübergehend nicht erreichbar.«

Die Verbindung funktioniert nicht. Zumindest hat der Chefredakteur nicht aufgelegt. Bestimmt hat ein technischer Fehler die Unterbrechung verursacht, es passiert manchmal, dass man unterbrochen wird, wenn man unter einer Hochspannungsleitung oder etwas Ähnlichem durchfährt. Ich werde ein paar Minuten warten und es dann noch einmal versuchen. Aber der Anschluss ist noch immer tot. Ich steige aus dem Auto und wende mich an einen der jungen Männer, der zu Fuß zu der Menschenansammlung geht. »Entschuldigung«, sage ich mit einem Gesicht voller Dankbarkeit. »Entschuldigung, haben Sie vielleicht ein Handy, bitte? Meines ist tot.«

Der junge Mann nickt, zieht aus einem Etui, das an seiner Tasche hängt, ein Handy, hält es mir hin und fragt: »Was passiert im Dorf?«, ohne dass er wirklich eine Antwort zu erwarten scheint, nur als Versuch, ein Gespräch anzuknüpfen.

»Ich weiß es nicht«, sage ich und halte sein Telefon ans Ohr, doch auch dieses bringt die gleiche Antwort. »Ihre Leitung ist ebenfalls tot«, sage ich und lächle, »vermutlich gibt es einen Kurzschluss bei der Telefongesellschaft.«

Der junge Mann versucht es selbst. »Wallah, das ist komisch, das passiert zum ersten Mal.«

Es kann sich noch immer um einen technischen Defekt handeln, vielleicht aus Überlastung, oder es hat irgendwo einen Zwischenfall gegeben. An Tagen mit Anschlägen bricht das Handynetz im ganzen Land zusammen. Ich werde nach Hause zurückfahren und von dort aus anrufen, denke ich. Aber mein Wagen steckt mitten in den vielen parkenden Autos fest. Die Leute haben ihre Fahrzeuge einfach auf der Straße abgestellt, und es wird mindestens eine Stunde dauern, bis sie sie bewegen. Alle warten darauf, dass die Sperre aufgehoben wird und sie zu ihren Zielen außerhalb des Dorfes fahren können.

Ich werde von der Bank aus anrufen, denke ich, schließlich arbeitet mein älterer Bruder als Abteilungsleiter dort. Ich werde ihn in seinem Büro aufsuchen und von dort aus die Redaktion anrufen. Sie müssen sofort einen Fotografen schicken, bevor diese beschissenen Panzer wieder wegfahren. Ohne ein gutes Foto kann ich mir die Titelseite gleich abschminken. Zur Bank ist es wirklich nicht weit, eine Entfernung von ein paar Minuten zu Fuß. Inzwischen werden die Autoschlange und die Menschenansammlung immer größer. Die Leute laufen hin und her und haben nicht die geringste Ahnung, was sie tun sollen und was gerade abläuft. Sie sprechen miteinander, auf ihren Gesichtern sieht man Überraschung, ein bisschen Sorge und vor allem Nervosität und Ungeduld.

»Was ist los?«, fragt mein Bruder, als ich die Bank betrete. »Ich habe gehört, es gibt eine Absperrung. Ist was passiert?«

»Ich weiß es nicht«, sage ich und folge ihm zu seinem kleinen Büro mit den Metalljalousien. Sein Büro ist leer, auch die Bank ist ziemlich leer. Es ist noch immer früh am Morgen, und außer zwei älteren Frauen, die sich an den Schalter lehnen, gibt es keine Kunden. An der Wand hat mein Bruder ein Foto aufgehängt, von sich und dem Stellvertreter des Generaldirektors. Nicht mit dem Filialleiter, sondern mit dem stellvertretenden Generaldirektor. Mein Bruder liegt im weißen Krankenhauspyjama im Bett, mit einem Infusionsschlauch im linken Arm, seine andere Hand drückt die des stellvertretenden Generaldirektors, und beide lächeln in die Kamera.

Der stellvertretende Generaldirektor besuchte ihn, nachdem man auf ihn, meinen Bruder, geschossen hatte. Die Bank ist schon unzählige Male überfallen worden, aber auf ihn hat man nur einmal geschossen. Einer der Räuber ärgerte sich, weil nicht genug Geld in der Kasse war, und schoss auf meinen Bruder, der hinter der Theke stand. Er hatte Glück, sagten alle, nur eine Rippe war gebrochen, die Kugel hatte das Herz um ein paar Millimeter verfehlt. Im Allgemeinen schießen sie ja in die Luft oder knallen die Fenster mit ihren Kugeln kaputt. Mein Bruder lag eine Weile im Hospital, wurde einige Male operiert, dann verließ er das Krankenbett. Ein Wunder, sagten alle, ein Wunder Gottes. Nach diesem Vorfall veränderte er sich, wandte sich der Religion zu, fing an, im Ramadan zu fasten und jeden Tag zu beten, erst zu Hause und später auch in der Moschee, nicht nur am Freitag. Auch seine Frau begann zu beten. Um die Wahrheit zu sagen, sie begann sogar vor ihm, schon am Tag als er angeschossen wurde, das erste Mal im Krankenhaus, in der Lobby vor der Intensivstation, wo mein Bruder lag. Er schloss sich ihr erst an, als er wieder zu sich gekommen war und das Krankenhaus verließ. Aber sie sind nicht ganz fromm, das heißt, er betet zwar, aber er geht noch in der Badehose schwimmen, und seine Frau trägt keinen Schleier, sie trägt nicht einmal ein buntes Kopftuch. Doch das liegt nur daran, dass sie noch jung ist, der Tag wird kommen, an dem sie sich verschleiert, wie ihre Mutter, wie meine Mutter.

»Ich bekomme keine Verbindung mit meinem Handy«, sage ich zu meinem Bruder, »kann ich mal dein Telefon benutzen?«

»Wir haben auch keine Verbindung«, sagt mein Bruder und schaltet den Lautsprecher ein. Im Büro ist nur das Besetztzeichen zu hören.

5

Ich prüfe wieder und wieder das Telefon in meiner Hand, doch jedes Mal erscheint die Nachricht, dass die Verbindung unterbrochen ist. Ich seufze und gehe von der Bank zu Fuß nach Hause, zum Haus meiner Eltern. Langsam komme ich unter Druck. Endlich habe ich eine gute Geschichte, kann aber die Redaktion nicht erreichen. Und was für eine Geschichte ist das überhaupt? Würde es sich um ein Versehen handeln, hätte man es doch längst korrigiert. Und außerdem, welch ein Versehen könnte einen Staat dazu bringen, derart massive militärische Mittel einzusetzen, um ein Dorf abzuriegeln?

Ich fühle mich wie ein Idiot, ich muss mich beruhigen, nichts ist passiert. Ich ziehe zu schnell Schlussfolgerungen, wieder beherrschen mich Ängste, die meinen gesunden Menschenverstand verwirren. Warum bin ich so besorgt, es ist nur eine Absperrung, vielleicht nichts anderes als eine militärische Übung, vielleicht haben sie Hinweise bekommen, eine Bande Palästinenser habe sich im Dorf versteckt? Was heißt da Bande, bestimmt nur eine Person. Vielleicht haben sie Informationen über eine ernste Aktion, und die Soldaten dürfen sich nicht zu sehr gefährden. Oder die ganze Geschichte ist in diesem Moment schon vorbei und die Menschen befinden sich bereits auf dem Weg zur Arbeit, wie es der Bürgermeister versprochen hat. Wann werde ich aufhören, mich wie ein kleiner Junge zu benehmen? Ich hoffe, ich habe meinen älteren Bruder nicht zu sehr bedrängt.

Ich werde jetzt nach Hause gehen. Es ist sinnlos, zum Auto zurückzukehren, denn alles ist noch verstopft, und es gibt nicht die geringste Chance, dass es mir gelingen wird, zwischen den vielen Autos herauszukommen. Zum ersten Mal seit meiner Rückkehr lege ich eine so lange Strecke durch das Dorf zu Fuß zurück. Ich gehe fast nie spazieren. Die einzige Strecke, die ich zu Fuß gehe, ist die von meinem Haus zum Haus meiner Eltern nebenan. Diesen Bezirk verlasse ich fast nie, ich gehe auch nicht besonders gern zum Lebensmittelgeschäft, sondern ziehe es vor, dass meine Frau einkaufen geht. Manchmal lässt es sich nicht vermeiden, ich muss in die Apotheke oder kaufe Falafel, Kuchen oder Obst, dann gehe ich mitten ins Dorf, in die Bagdadstraße oder zum Platz Zalach a-din. In der letzten Zeit hat man auch hier den Straßen und Plätzen Namen gegeben.

Abends ist das Zentrum des Dorfes voller Autos und Menschen, und auf den Rathaustreppen drängen sich immer Dutzende junger Leute, die rauchen und Sonnenblumenkerne knacken. Von weitem sieht man, dass sie sich noch nicht einmal miteinander unterhalten, sie betrachten nur den Verkehr. Im Zentrum bewegen sich die Autos langsam und ziellos. Die Leute fahren einfach so in ihren Autos herum und begrüßen einander, sie fahren herum und beobachten die Passanten. Ich hasse es, mich zur Schau zu stellen, denn ich kenne die Blicke, die mich treffen. Wer ist das, zum Teufel? Gehört er überhaupt ins Dorf?

Hier gibt es keinen Raum für Fremde. Nicht, dass ich

ein Fremder wäre, ich bin hier geboren und habe achtzehn Jahre meines Lebens hier verbracht. Trotzdem, es gibt hier Regeln. Anfangs habe ich, wenn mir Leute entgegenkamen, den Blick gesenkt und versucht, mich unsichtbar zu machen, aber in der letzten Zeit erwidere ich ihren Blick und schaue sie genauso prüfend an wie sie mich, und manchmal erkenne ich ein Gesicht, manchmal ertappe ich mich dabei, dass ich jemanden, der mich aus einem fahrenden Auto heraus mustert, anlächle, weil ich mich daran erinnere, dass wir zusammen in die Schule gegangen sind, und hebe grüßend die Hand. Auch habe ich begonnen, zu jedem, dessen Gesicht mir bekannt vorkommt, Salam aleikum zu sagen. Egal, ob ich mich daran erinnere, woher ich ihn kenne, wie er heißt und welcher Art unsere Beziehung war, wenn es überhaupt eine gab. Mir ist klar, dass ich, obwohl ich das Haus so selten verlasse, von Woche zu Woche, von Tag zu Tag mehr Gesichter erkenne, ich weiß, dass ich immer häufiger Salam aleikum sage. Solche Dinge geschehen, ohne dass ich den geringsten Einfluss darauf habe.

Trotz der relativ kurzen Zeit, die seit unserer Rückkehr ins Dorf vergangen ist, kann ich die Läden im Zentrum betreten, ohne neugierig gemustert zu werden, als wäre ich schon seit immer und ewig als Kunde bekannt. Das Misstrauen mir gegenüber nimmt ständig ab. Ein Teil der Verkäufer erkennt mich, wenn ich den Laden betrete. Als ich zum Beispiel zum ersten Mal Falafel kaufte, stellte mir der Verkäufer keine Fragen, er schaute mich an, musterte mich und entschied, dass ich fremd sei. Ich versuchte höflich zu sein, wie es sich für einen Fremden gehörte. Beim zweiten Falafelkauf hatte er bereits das Gefühl, mich fragen zu können, ob ich ein Sohn des Dorfes sei. Als ich freundlich nickte, fragte er nach dem Namen meines Vaters und was ich arbeite, um meinen Lebensunterhalt zu verdienen, ob ich diesen oder jenen kenne, mit wem ich verheiratet sei, wessen Tochter meine Frau sei, was sie tue. Beim dritten Mal erlaubte er sich bereits zu fragen, wie viel ich bei der Zeitung verdiene und wie viel meine Frau als Lehrerin. Ich log, gab viel höhere Summen an, verdoppelte das höchste Gehalt, das ich als Redaktionsmitglied der Zeitung bekommen hatte. Ich konnte es mir erlauben zu lügen, zumindest was die Zeitung betraf, hier hat keiner eine Ahnung, was ein Journalist verdient. Von Lehrern weiß das allerdings jeder.

Es ist mir nicht angenehm, mich von Verkäufern aushorchen zu lassen, die manchmal nur halb so alt sind wie ich. Noch nie habe ich jemanden gefragt, wie viel er im Monat verdient, schon seit über zehn Jahren habe ich nicht mehr mit Verkäufern über mein Privatleben gesprochen, ich hatte fast vergessen, wie das hier abläuft. Andere Verkäufer oder einfach Leute, die mit mir in der Schlange gewartet haben, in der Bank, der Apotheke oder in der Krankenkasse, wollten, nachdem ihnen meine Identität klar geworden war, auch wissen, was ich die ganzen Jahre über getan hatte, wie es gewesen sei, in der Stadt der Juden zu leben. Hatte ich männliche Kinder? Fast immer stellten diejenigen, die mich ausfragten, fest, es sei doch am besten, ins Dorf zurückzukehren. Sie fanden es schwer zu verstehen, wie man überhaupt woanders leben könne. Sie betrachteten mich wie einen Außerirdischen und beglückwünschten mich zu meinem Entschluss, nach Hause zurückzukommen. »Gibt es etwas Besseres, als unter deinen eigenen Leuten zu leben? Mit deiner Familie?« Dieser Satz kehrte oft wieder.

Ich hasse solche Situationen, und manchmal werde ich wütend auf meine Frau, deren Aufträge mich immer wieder zwingen, ins Dorf zu gehen und Leute zu treffen. Ich würde es vorziehen, wenn sie es an meiner Stelle tun würde. Aber ich weiß, dass das nicht üblich ist. Tatsache ist, dass man in diesen Läden in der Dorfmitte selten Frauen trifft, und wenn, dann sind sie in Begleitung ihres Ehemannes oder eines anderen männlichen Familienmitglieds. Eine arabische Frau wird nie im Leben allein Humus oder Falafel kaufen. Das ist ausgeschlossen.

Das letzte Mal musste ich ins Dorf gehen, um den Ehering meiner Frau reparieren zu lassen, ein Stein war drei Wochen zuvor herausgefallen, und ich konnte die Reparatur nicht länger hinausschieben. Sie sprach von nichts anderem mehr als von dem Ring und dem herausgefallenen Stein. Das bedeute Unglück, sagte sie, dieser beschädigte Ring symbolisiere mehr als alles andere den Zustand unserer Ehe, die immer mehr zerfalle. Eine Eisentür empfing mich. Ich versuchte anzuklopfen, doch vergeblich, das Tor war verschlossen. Der Juwelier saß im Laden und betrachtete mich, schob den Kopf vor, und durch die Fernsprechanlage neben mir hörte ich ihn fragen: »Wer sind Sie?« Erst als ich meinen Namen gesagt hatte, den Namen meines Vaters und den meiner Familie, lächelte er, drückte auf den Knopf und gab mir ein Zeichen, die Tür aufzudrücken, die laut quietschte. Dann erwartete mich eine weitere Eisentür, und bis die erste Tür nicht ins Schloss gefallen war, drückte der Juwelier nicht auf den Knopf, um die zweite zu öffnen. Einige Sekunden lang, die außerordentlich beängstigend waren, stand ich in einem Metallkäfig. Dieser Laden ist bestimmt schon oft überfallen worden, dachte ich.

»Alan wa-sahlan«, begrüßte mich der Juwelier, stand von seinem Platz auf und drückte mir die Hand. »Ich habe von dir gehört, du bist vor kurzem ins Dorf zurückgekommen, nicht wahr? Vielleicht weißt du es nicht, aber dein Vater und ich waren gute Freunde. Heute, wegen der Geschäfte, sehen wir uns kaum, aber er ist wie ein Bruder für mich.« Er war anscheinend im Alter meines Vaters. Weiße Haare bedeckten seinen großen Kopf, und sein riesiger Körper füllte den rosafarbenen Chefsessel auf der anderen Seite der Theke vollkommen aus. All das Gold vor ihm glitzerte. Über der Rückenlehne des Sessels hing ein grüner Gebetsteppich, auf dem zwei Moscheen abgebildet waren. In einer Hand drehte er eine Perlenschnur und fragte, wie es mir gehe, wie es meiner Frau gehe, segnete unsere Rückkehr, fragte, womit er mir helfen könne. Ich reichte ihm den Ring. Er sagte, das sei eine Kleinigkeit, er könne es sofort reparieren, eine Sache von wenigen Minuten. Meine Eltern hatten den Ring bei ihm gekauft. Er verriet mir, dass sie auch den Schmuck zur Hochzeit meines großen Bruders von ihm erworben hätten. »Ich habe die beste Ware im ganzen Bezirk, und ich habe deinem Vater einen guten Preis gemacht, einen Preis, den ich auch meinem Bruder gemacht hätte.«

Die Schmuckstücke zur Hochzeit, die als Brautpreis gelten, sind eine große Ausgabe für die Eltern des Bräutigams, und der Juwelier fühlte sich verpflichtet zu betonen, dass meine Eltern nicht knauserig waren und die teuerste Ware gekauft hatten. Sowohl für meine Frau als auch für die Frau meines älteren Bruders. »Du musst wissen«, sagte er, »deine Eltern sind hundertprozentig aufrechte Menschen. Für deine Frau haben sie genau den gleichen Schmuck gekauft wie für die Frau deines großen Bruders, und das macht nur ein kluger Mann wie dein Vater, du weißt ja, wie das ist, eine Frau schaut, was die andere hat, und wird neidisch, sie haben es sehr gescheit gemacht. Sie haben genau dasselbe Set für deine Frau verlangt, ich musste es extra bestellen.« Er lachte. Mich habe er nie gesehen, sagte er, vielleicht, als ich klein war. Aber meinen Vater und meinen älteren Bruder sehe er jeden Freitag in der Moschee. »Sag mal«, fragte er, als er mir den Ring hinhielt, »in welcher Moschee betest du?«

»Zu Hause«, murmelte ich, »ich bete zu Hause.«

»Du kennst die Moscheen hier bestimmt noch nicht. Ich sage dir, komm zu unserer Moschee, mit deinem Bruder, so ist es am besten. Ohne allzu viel Politik und ohne zu viel Extremismus. Ich kenne deine Familie, das passt am besten zu dir. Ihr seid wie wir, nicht wie diese Wilden.«

Gestern fielen wieder zwei Steine aus dem Ehering, der Stein, den er vor kurzem eingesetzt hatte, und ein weiterer. Meine Frau sagte, ich müsse unbedingt noch einmal hingehen und ihn reparieren lassen. Obwohl sie der Meinung ist, dass die Reparatur vermutlich wieder nichts nützen wird.

6

Ich gehe an der Moschee vorbei, ein Zeichen dafür, dass ich unser Viertel schon erreicht habe. Die Alten vor dem Eingang sehen überhaupt nicht besorgt aus, drehen ihren arabischen Tabak und feuchten das Papier mit der Zunge an. Den ganzen Tag sitzen sie vor der Moschee herum und warten auf das nächste Gebet. Was haben sie sonst auch zu tun? So fühlen sie sich wenigstens nicht einsam und können stundenlang über Menschen sprechen, die vor zweitausend Jahren gestorben sind. Ich grüße sie mit einem Salam aleikum, und sie antworten mit aleikum Salam und heben die Hand.

Ich muss mich beruhigen. Die Wahrheit ist, dass ich bereits viel ruhiger bin. Bestimmt hat irgendeine Planierraupe ein Kabel zerschnitten, und das Handynetz ist zusammengebrochen, oder es ist eine Antenne zerstört worden. Alles wird gut werden. Vielleicht gehe ich nicht zu meinen Eltern, sondern vorher zum Ortsausgang. Ich werde nachschauen, ob die Straßen wieder frei sind, dann kann ich mein Auto abholen. Der Stimmung im Ort nach zu schließen, ist nichts Ernstes passiert. Aus den Häusern dringt fröhliche Musik, ägyptischer Pop, den ich kenne und der mich erfreut, obwohl ich diese Musikrichtung nicht leiden kann. Ab und zu fährt ein Auto vorbei und verlangsamt die Fahrt vor den Bremsschwellen, die von den

Bewohnern angebracht wurden, um junge, hemmungslose Fahrer zu zügeln, auch Autodiebe, die gern mit hoher Geschwindigkeit prahlen. Etliche Bewohner haben einfach kleine Betonhügel vor ihren Häusern aufgegossen, andere haben Querrinnen in die Fahrbahn gegraben. Hausfrauen kippen Putzwasser auf die Straße, wie an jedem Vormittag. Wie bin ich bloß auf die Idee gekommen, dass jemand das Dorf abriegelt?

Das Haus meiner Eltern ist das erste im Norden des Dorfes, danach entstand das Haus meines älteren Bruders, dann meines. Die beiden Häuser sehen völlig gleich aus, und auf dem Grundstück, das übrig geblieben ist, wird das vierte Haus gebaut werden, unserem genau gegenüber, für meinen kleinen Bruder, sobald er mit dem Studium fertig ist. Sein ganzes Leben lang hat mein Vater Streit um Grundbesitz gehasst, vor allem unter Brüdern, deshalb hat er schon vor vielen Jahren dafür gesorgt, dass das Grundstück gleichmäßig unter uns aufgeteilt würde. »Es soll keiner sagen, dass ich dem einen mehr und dem anderen weniger gegeben habe«, hat er immer gesagt.

Meine Eltern haben bestimmt noch nichts davon gehört, was gerade geschieht. Ich werde ihnen erzählen, ich sei heute zu spät aufgewacht und vorbeigekommen, um ihnen einen guten Morgen zu wünschen, bevor ich zur Arbeit in die Stadt fahre.

»Guten Morgen«, sage ich, und sie begrüßen mich. Meine Mutter bereitet etwas in der Küche vor, und mein Vater sitzt auf dem rosafarbenen Sofa und schaut sich eine Nachrichtensendung auf Aljazeera an. Sie scheinen nicht überrascht von meinem Besuch, obwohl er doch eine große Ausnahme ist.

Mein Vater richtet sich auf dem Sofa auf. »Was glaubst du?«, fragt er, »hat man schon jemanden verhaftet? Was wollen sie überhaupt?«

»Gott möge sie auslöschen«, sagt meine Mutter und wischt die Marmorplatte ab. »Hast du Hunger?«

»Nein, eigentlich nicht, vielleicht esse ich ein bisschen später was«, antworte ich. Also wissen meine Eltern schon Bescheid, und ich versuche herauszufinden, ob sie es aus dem Fernsehen erfahren haben, denn es kann nicht sein, dass sie heute Morgen bereits das Haus verlassen haben. Wieder habe ich starkes Herzklopfen, und ich muss mich bemühen, nicht zu zittern, als meine Mutter die Juden verflucht und erzählt, dass sie in der Nacht zuvor fast einen Herzschlag bekommen hätten, als, ungefähr um drei Uhr, jemand an das Fenster ihres Schlafzimmers klopfte.

»Wer klopft schon um diese Uhrzeit?«, sagt meine Mutter. »Wir waren sicher, dass ein Unglück passiert ist, la samach Allah, dass euch oder einem eurer Kinder etwas passiert ist.«

Es war mein kleiner Bruder. Erst klopfte er an die Tür, und als sie ihn nicht hörten, klopfte er an das Schlafzimmerfenster, direkt über ihren Köpfen. Mein kleiner Bruder war todmüde, mein Vater sagt, sie hätten kaum verstanden, was passiert war, nur dass mitten in der Nacht Sicherheitsoffiziere der Universität, begleitet von Grenzpolizisten, in die Studentenheime eingedrungen seien, alle arabischen Studenten aus ihren Zimmern geholt und jeden Einzelnen zu sich nach Hause gebracht hätten.

»Wo ist er?«, frage ich sofort, ich schreie sogar: »Wo ist er?«

Meine Mutter bittet mich, leiser zu sein, denn mein

kleiner Bruder schlafe noch. »Der Ärmste«, sagt sie, »man hat sie die ganze Nacht nicht schlafen lassen.«

Ich renne zu unserem alten Schlafzimmer, zum Zimmer, dass ich einmal mit ihm teilte. Ich mache die Tür auf, langsam, um übermäßiges Knarren zu verhindern, und betrachte ihn. Sein langer, magerer Körper liegt ausgestreckt auf dem Bett, die Decke ist runtergefallen. Erst will ich ihn wieder zudecken, aber dann wird mir klar, dass es zu heiß ist. Ich spüre, dass ich schwitze. Ich mache die Tür zu und gehe zurück. Zu meinen Eltern sage ich: »Ich gehe jetzt, aber ich komme bald zurück.« Auf dem Weg nach draußen kontrolliere ich, ob ihr Telefon funktioniert. Tut es nicht.

»Keine Verbindung«, sagt mein Vater. Und als ich schon vor dem Haus bin, höre ich meine Mutter fragen: »Willst du nichts essen?«

Wieder komme ich an den Hausfrauen vorbei, höre die ägyptische Musik, die mir auf die Nerven geht, den Trommelrhythmus und das eingespielte Händeklatschen. Ich hasse diese Musik, ich hasse diese Hausfrauen, denke ich und beschleunige meine Schritte. Diesmal schlage ich die Richtung zur Moschee ein, dieser Weg verlangt größere Anstrengung. Ich werde zu den Hurensöhnen, die vor der Moschee sitzen, nicht Salam aleikum sagen. Ich hasse sie, sie und ihre Geschichten. Wie ruhig hier alles ist, als wäre nichts los, oder? Wie sehr ich die Bewohner dieses Dorfes hasse. Sie leben nur, um zu essen, und denken keinen Schritt weiter. Ich hasse sie alle, vor allem die Alten, die uns im Stich ließen und sich mit der immer schlechter werdenden Situation abfanden. Demütige Nullen sind sie. Man braucht sie doch nur anzuschauen. Ich bin wütend auf alle. Ich weiß nicht genau, was passiert, aber das ist bestimmt viel ernster als irgendeine Unruhe oder ein Alarm wegen eines potenziellen Selbstmordattentäters, der von Kalkilia oder Tul Karem in israelisches Territorium eingedrungen ist und im Dorf Schutz gefunden hat. Verdammt, warum bringen sie die Studenten nach Hause zurück? Was hat das mit einem Alarm oder einem Anschlag zu tun? Was geht hier vor, zum Teufel?

Wieder prüfe ich mein Handy, und die Antwort, die ich bekomme, bedrückt mich nur noch mehr. Ich werde mein Auto holen und abwarten, was passiert. Erst muss ich das Auto zurückbringen. Die Ansammlung am Dorfausgang ist schon kleiner geworden, doch ein paar Dutzend Bewohner drängen sich dort noch zusammen. Der Bürgermeister ist schon verschwunden. Er hat ein paar Schläger aus seiner Truppe dagelassen, um die Leute davon abzuhalten, sich der Absperrung zu nähern. Der Stau hat sich aufgelöst, und ich kann mein Auto holen. Vielleicht werde ich erst einmal beim Rathaus vorbeifahren und hören, ob irgendwelche Informationen hereingekommen sind. Im Radio wird immer noch fröhliche Musik gespielt, man berichtet von Wirtschaftsthemen, Vergewaltigung und Diebstählen, von zerstörten palästinensischen Häusern und davon, wie viele Attentäter umgekommen sind.

Ich schaue nach, wie viel Geld ich im Portemonnaie habe, und beschließe, auf der Rückfahrt noch einmal bei meinem Bruder in der Bank anzuhalten und jetzt schon ein paar hundert Schekel abzuheben. In der Bank ist Gedränge, denn viele der Leute, die außerhalb des Dorfes arbeiten, haben beschlossen, den erzwungenen freien Tag zur Erledigung ihrer Angelegenheiten zu nutzen, unter anderem ihrer finanziellen Angelegenheiten. Ein Glück, dass ich nicht in der Schlange stehen muss, ich gehe sofort zum Büro meines Bruders.

»Hör mal«, sagt mein Bruder, »das ist was Ernstes, ich höre von den Leuten, die hierher kommen, dass das ganze Dorf abgesperrt ist. Was sagen sie bei deiner Zeitung?« Doch schnell versteht er, dass ich mich nicht mit meiner Redaktion in Verbindung setzen kann, er fährt fort: »Vermutlich gibt es irgendeinen Alarm, bestimmt einen spezifischen.« Auch die arabischen Staatsbürger Israels haben die Klassifizierung der Medien verinnerlicht, können den Alarm schon bestimmen: allgemeinen Alarm, dringenden Alarm, lokalisierten und spezifischen Alarm …

In der Bank reden alle über das, was passiert. Niemand hat es eilig, die neue Situation als Ausgangssperre zu definieren. Man wundert sich nur, was das alles wohl bedeute und welchen Grund es für die Soldaten gebe, das ganze Dorf zu umzingeln. So etwas ist seit der Zeit der Militärregierung nicht mehr passiert. Ab und zu gibt es Straßensperren, und die Autos werden kontrolliert, aber dass die Bewohner daran gehindert wurden, ihr Dorf zu verlassen, gab es sogar im Golfkrieg und in der Zeit der ersten Intifada nicht. Die Bankkunden machen keinen übermäßig wütenden Eindruck, sie sehen aus, als würden sie letztlich die Entscheidung besonnen akzeptieren. Sie murren darüber, dass sie einen Arbeitstag verlieren, betrachten die Vorkommnisse aber nicht als eine scharfe Entgleisung in der Beziehung zwischen dem Staat und seinen Bürgern.

Auch ich versuche, einen ruhigen Eindruck zu machen, während ich die hastigen Fragen beantworte, die mir die Bankangestellten und die Kunden stellen. »Was ist, läuft ein Terrorist bei uns im Dorf herum?«

»Vermutlich«, antworte ich, und ein Kunde sagt wütend: »Du solltest dich schämen, sie Terroristen zu nennen, sag Istaschehadi, sag Fidai. Wohin sind wir gekommen, dass auch wir sie Terroristen nennen?«

Eine Angestellte mit rechteckiger Brille, weißem Kopftuch und formellem schwarzem Kostüm sagt: »Ich habe kein Problem damit, sollen sie doch hochgehen, wo sie wollen, warum verstecken sie sich bei uns? Haben wir nicht genug Probleme? Sie sollen uns in Ruhe lassen. Wir müssen uns an diesem Krieg nicht beteiligen.« Eine Frau, die in der Schlange steht und mit bunten Ketten geschmückt ist, sagt: »Das Problem sind die Kinder. Was passiert, wenn er seine Bomben zwischen Sträuchern versteckt, Chalila, und unsere Kinder spielen dort und berühren sie aus Versehen? Sie schämen sich nicht, diese Dafawi.«

Eine Welle von Gelächter ist zu hören. Für viele reicht es, das Wort »Dafawi«* zu hören, um in Gelächter auszubrechen. Nicht, dass sie sich nicht mit ihnen identifizieren, wenn sie im Fernsehen bombardiert werden oder demonstrieren, im Gegenteil. Aber die meisten identifizieren sich mit den Palästinensern, die sie im Fernsehen sehen, als wären es ganz andere Menschen als jene, die sich bei uns herumtreiben und Arbeit suchen. Die sind keine Palästinenser, sondern Arbeiter, die uns nur Probleme machen und keine Aussicht haben, je ins Fernsehen zu kommen. Hier im Dorf identifiziert man sich mit Bildern, die von weit her kommen, und vergisst, dass sie zwei Minuten von hier entfernt aufgenommen worden sind.

* Einwohner der besetzten Gebiete.

Ich verlasse den Lärm der Bank, ich habe keine Kraft, mir diese Diskussionen noch länger anzuhören, sie interessieren mich wirklich nicht. Ich weiß, dass es für eine schlimme Situation keiner palästinensischen Intifada bedarf, keiner israelischen Besatzung und keines Selbstmordattentäters, der im Dorf herumläuft. Sie wird auf jeden Fall schlimm sein. Für uns Palästinenser ändert sich nichts. An diesem beschissenen Ort wird man immer Krieg führen, es wird immer zu viel passieren, es wird zu viel Chaos und Durcheinander geben, in allen Lebensbereichen, und so etwas führt immer zum Krieg. Die echten Kriege dieses Dorfes sind Kriege um Ehre, um Macht, um Erbschaften und um Parkplätze. Im Gegenteil, manchmal habe ich das Gefühl, es wäre gut, wenn ein richtiger Krieg ausbräche, der die Aufmerksamkeit der Bewohner von den ewigen grausamen Kleinkriegen ablenken würde, die unablässig geführt werden. Mir macht es nichts mehr aus, ehrlich, es soll mir nur keiner zu nahe kommen, es soll mich nur keiner in Streitereien hineinziehen.

Ich betrete das Büro meines älteren Bruders und mache die Tür hinter mir zu. »Nun, beruhigt sich die Lage?«, fragt mein Bruder.

Ich nicke. »Ja, ich glaube, es geht in Ordnung, wahrscheinlich bin ich ganz unnötig in Panik geraten, entschuldige, dass ich dich beunruhigt habe.«

»Nein, das ist wirklich etwas Ernstes. Aber was kann schon passieren?«

»Keine Ahnung.«

Ich frage mich, ob ich ihm erzählen soll, dass unser kleiner Bruder mitten in der Nacht von der Obrigkeit zurückgebracht wurde und man nicht nur ihn zurückgebracht hat, sondern alle arabischen Studenten der Universität, aber ich beschließe, es zu lassen, denn er könnte es den anderen erzählen. Es darf nicht zu einer Panik kommen. Ich bitte meinen Bruder um etwas Geld. »Ein paar hundert Schekel«, sage ich, »vielleicht sogar tausend, wenn ich kann.«

»Du kannst«, sagt mein Bruder, »es gibt keine Online-Verbindung, die ganze Arbeit wird manuell erledigt. Deshalb weiß keiner, dass du deinen Dispokredit überziehst. Du hast tatsächlich dein monatliches Gehalt nicht bekommen.«

»Ich weiß«, murmele ich, »es gab Schwierigkeiten mit der Buchhaltung wegen der neuen Stellung, die ich bekommen habe. Es müsste schon auf dem Konto sein.«

»Ein Glück, dass du jetzt gekommen bist«, sagt mein älterer Bruder. »Weißt du, was es heute für ein Durcheinander geben wird? Das Geld aus der Zentrale ist nicht gekommen. Sie haben den Geldtransporter der Bank nicht durchgelassen, trotz der Sicherheitsbeamten, die dabei waren. Und heute ist Sonntag, die Kasse ist fast leer. Ich sage dir, wenn das Geld nicht bald kommt, werden wir nichts auszahlen können.« Er lacht jetzt. »Sie werden uns umbringen. Ich habe zum Chef gesagt, es wäre mir egal, ich würde sofort fliehen. Ich wäre nicht stark genug, um mit den Leuten zu streiten.«

»Hör zu«, sage ich, bevor ich hinausgehe, »wenn du mit der Arbeit fertig bist, komm zu unseren Eltern, ich muss mit dir sprechen.«

»Wir sehen uns dort.«

7

Ich weiß, dass ich jetzt übertreibe, ich gehe zum Auto und mache sofort das Radio an. Gleich kommen die Nachrichten. Ich fahre in den Straßen des Dorfes herum, beschließe, einstweilen nicht nach Hause zurückzukehren. In den Nachrichten wird von bevorstehenden Unruhen in den arabischen Dörfern berichtet. Der Sprecher erklärt, dass einflussreiche Personen in Sicherheitskreisen versuchen, die Regierung von einer Verkündung des nationalen Notstandes zu überzeugen. Diese Worte, im üblichen Tonfall des Nachrichtensprechers vorgelesen, hören sich an wie eine alltägliche Nachricht, kein Grund zur Beunruhigung. Aber heute ist es anders als sonst, und es ist klar, dass etwas geschieht, vielleicht plant Israel einen Großangriff auf die besetzten Gebiete. Vielleicht hat man beschlossen, Arafat zu vernichten, und ist nicht auf eine Konfrontation mit den israelischen Arabern erpicht, von denen ein Teil bestimmt demonstrieren wird. Sie wollen einfach nicht von uns gestört werden. Vielleicht versuchen sie, den Folgen vorzugreifen. Möglicherweise ist dies wirklich die Idee, die hinter der Aktion steckt, die arabischen Studenten nach Hause zurückzubringen, vielleicht fürchteten sich die Sicherheitsbeamten vor Demonstrationen auf dem Campus und haben vorbeugende Maßnahmen beschlossen, um Auseinandersetzungen zwischen arabischen und israelischen

Studenten zu verhindern. Schließlich bezeichnen alle möglichen Untersuchungen diese neue Generation arabischer Studenten als »die aufrechte Generation«, weil sie es wagt, am Nakba-Tag und am Tag der Erde Fahnen zu tragen. Ich versuche mich zu überzeugen, dass alles gut sein wird, aber vergebens. Sie haben Panzer geschickt, zum Teufel, und vielleicht wird die Krise doch nicht so schnell zu Ende sein, wie alle jetzt meinen. Vielleicht passiert wirklich etwas Großes in unserem Bezirk. Es könnte jedenfalls nicht schaden, einen Großeinkauf zu machen. Ich werde meiner Frau erklären, ich hätte einen freien Tag gehabt und nicht gewusst, wie ich die Zeit verbringen soll, deshalb hätte ich beschlossen einzukaufen. Ich werde ihr sagen, ich hätte nicht gewusst, was wir zu Hause haben, deshalb hätte ich von allem etwas gekauft.

Ich werde alles tun, um die Händler nicht misstrauisch zu machen. Großeinkäufe an einem solchen Tag könnten anders interpretiert werden, denn ich, in meiner Funktion als Zeitungsmann, würde wohl von ernsten Dingen wissen, deretwegen man sich besser mit Vorräten eindecken solle. Die Leute könnten noch glauben, ich würde über geheime Informationen bezüglich eines bevorstehenden Kriegsausbruchs in unserem Bezirk verfügen. Deshalb beschließe ich, eine Runde zwischen den verschiedenen Lebensmittelgeschäften zu machen und überall ein bisschen zu kaufen. Ich werde in den weiter entfernten Läden beginnen, in die ich sonst nie gehe.

Ich fahre mit dem Auto durch die Straßen und bleibe vor der Tür des ersten Lebensmittelgeschäfts stehen, an dem ich vorbeikomme. Dort bedient eine ältere Frau, die ich noch nie im Leben gesehen habe. Das ist gut, denn sie kennt mich bestimmt auch nicht. Ein Sack Mehl ist das Erste, was mir einfällt. Das ist es doch, was man kauft, wenn man einen Lebensmittelvorrat anlegen will, oder etwa nicht?

Ich kaufe also Mehl, bezahle, bedanke mich und fahre weiter, zum nächsten Geschäft. »Guten Tag«, sage ich lächelnd und versuche, so natürlich wie möglich zu wirken. Ich bitte den Verkäufer um einen weiteren Sack Mehl, frage, ob er einen großen habe, von fünfzig Kilo, das wäre ausgezeichnet. Er hat. Ich bezahle und fahre weiter. »Kann ich einen Sack Reis haben, bitte?« Ich bekomme einen, bedanke mich und fahre weiter. In allen Geschäften werden übrigens die Milchprodukte knapp, denn die Lieferwagen der Molkereigenossenschaften, die jeden Morgen frische Ware bringen, sind heute nicht durch die Absperrung gekommen. Ich kaufe ein paar Liter Milch, zwei Packungen Schnittkäse, Desserts mit Bananengeschmack für die Kleine und ein paar Flaschen Kakao, den meine Frau sehr mag. In der Apotheke erstehe ich alle Milchpulverdosen für Kleinkinder unter einem Jahr und lasse nur eine einzige übrig.

Als ich das Lebensmittelgeschäft in unserem Viertel erreiche, sind mein Kofferraum, meine Rücksitze und der Beifahrersitz schon mit Tüten voll gepackt. Ich stelle das Auto vor unserem Lebensmittelgeschäft ab. Lächle, grüße den Verkäufer, der auch ein Nachbar von uns ist, und verlange nur eine Schachtel amerikanische Zigaretten. Der Verkäufer fragt, ob die Absperrung schon aufgehoben sei, und ich zucke mit den Schultern, als gehe mich das gar nichts an.

8

Heute werde ich meine Frau von der Schule abholen. Ich habe Zeit. Erst werde ich meine Einkäufe aus dem Auto räumen. Die Säcke mit Mehl und Reis braucht sie nicht zu sehen, ich werde sie in das kleine Zimmer räumen, das uns als Vorratskammer dient. Als ich die Milchprodukte in den Kühlschrank stelle, beschleicht mich das Gefühl, ein bisschen übertrieben zu haben, ihr Haltbarkeitsdatum wird abgelaufen sein, bevor wir alles verbraucht haben können. Zum Teufel, wir essen doch kaum zu Hause. Das Frühstück lassen wir meistens ausfallen, sodass wir das ganze Zeug gar nicht brauchen. Die Konserven und das Milchpulver für die Kleine verstaue ich in den Küchenschränken und fühle mich schlecht, weil ich Geld ausgegeben habe, das ich eigentlich gar nicht habe. Fuck, wenn die Online-Verbindung bei der Bank funktioniert hätte, hätte mir auch die Protektion meines Bruders nichts genützt. Außerdem ärgert es mich langsam, dass mein Bruder Einsicht in mein Konto hat. Was einmal bequem war – ich konnte durch einen einfachen Anruf meinen Kontostand erfahren oder ob mein Gehalt schon eingegangen war –, erweist sich jetzt als Albtraum. Er wird schnell wissen, dass ich von der Zeitung fast kein Geld mehr bekomme. Ich hätte ihm nichts von Schwierigkeiten mit der Buchhaltung vormachen sollen. Zum Teufel, ich kann nicht die ganze Zeit weiterlügen.

Ich muss mein Konto zu einer anderen Zweigstelle überführen, vielleicht in der Stadt, mit der Ausrede, dass es näher bei der Redaktion sei und ich dort ohnehin meine Zeit verbringe und es bequemer sei, direkt von der Arbeit zur Bankfiliale zu gehen. Das kann doch nicht so schwer sein, ein Konto zu verlegen, nur von einer Filiale zur anderen, es ist ja nicht so, dass ich die Bank wechseln will. Ich hoffe nur, dass man ein Konto, wenn man es auf eine andere Filiale verlegen will, nicht vorher schließen muss, denn das würde bedeuten, es auszugleichen. Nicht, dass ich der Bank allzu viel Geld schulde, aber selbst das Wenige habe ich zurzeit nicht. Ich kann es kaum fassen, dass ich heute fast tausend Schekel ausgegeben habe für Vorräte im Hinblick auf einen Krieg, der nicht stattfinden wird. Bestimmt ist inzwischen alles vorbei, sage ich mir und kontrolliere, ob das Telefon schon funktioniert. Nein, noch nicht.

Es klingelt, und ein etwa zwölfjähriger Junge steht in der Tür, mit Papiertaschentüchern, Feuerzeugen und einem Bild der Al-Akza-Moschee. »Bitte, mein Herr, Taschentücher für zwei Schekel, ein Feuerzeug für einen halben Schekel, zehn für vier Schekel. Bitte, Gott möge Ihre Kinder schützen, bitte.«

Ich betrachte ihn, wie er da steht und mich anfleht, mit Tränen in den Augen. Ich versuche, mein Mitleid zu unterdrücken, versuche, mich an Aschrafs Worte zu erinnern, dass diese Bengel mindestens hundert Schekel am Tag verdienen, weil es ihnen gelingt, unser Mitleid zu wecken. Ich denke auch daran, dass ich kein Geld zu vergeuden habe, und wenn ich ihm einmal etwas abkaufe, wird er immer wieder herkommen. »Tut mir Leid, ich brauche nichts«, sage ich.

Er hört nicht auf, mich mit feuchten Augen anzuflehen: »Bitte, für meine Eltern, Gott schütze Sie und Ihre Familie, Gott erbarme sich Ihrer Verwandten, die gestorben sind, bitte, mein Herr, kaufen Sie mir etwas ab.«
Ich schüttle den Kopf, schließe die Tür zu, versuche, meine Ohren zu verstopfen und nicht auf den Jungen zu hören, der mir nachläuft, bis ich ins Auto steige und wegfahre. Ich fühle einen Schmerz in der Brust.

Es ist das erste Mal, dass ich meine Frau von der Arbeit abhole, das heißt, das erste Mal, seit wir ins Dorf zurückgekommen sind. Davor habe ich sie fast jeden Tag abgeholt, die Redaktion war nicht weit von der Schule, in der sie unterrichtete, und ich wollte nicht, dass sie mit dem Autobus fuhr. Hier kommt sie zurecht, eigentlich könnte sie sogar zu Fuß nach Hause gehen, es ist wirklich nicht weit. Es ist kurz vor halb zwei, und die sechste Stunde in der Grundschule ist gleich zu Ende.
Meine Frau unterrichtet in derselben Schule, in die ich selbst einmal gegangen bin. Auch sie hat diese Schule besucht, allerdings ein paar Jahre nach mir. Im Hof spielen ein paar Kinder Ball. Ihre Lehrerin sitzt auf einem Stuhl unter einem der Bäume, die mein Jahrgang einmal an einem Fest der Bäume gepflanzt hat. Die Lehrerin schaut abwechselnd auf ihre Schüler und ihre Armbanduhr. Ich gehe die Treppe hinauf, in Richtung der langen Flure mit den Klassenzimmern. Im Vorbeigehen werfe ich hastige Blicke in verschiedene Räume, während ich nach der Klasse suche, in der meine Frau unterrichtet. Ich höre, dass Hebräisch unterrichtet wird, die Kinder wiederholen aus voller Kehle: »Aba, Ima.« Die dritte Klasse, sage ich mir, in

der dritten Klasse fängt man mit Hebräisch an. Ein paarmal nicke ich Lehrern zu, die mich früher unterrichtet haben, oder anderen, die ich bei uns zu Hause getroffen habe, als eine Abordnung der Lehrerschaft kam, um meine Frau zum Umzug zu beglückwünschen. Ostas Walid, der Geschichtslehrer, sieht mich, unterbricht den Unterricht und lädt mich in die Klasse ein. Er drückt mir die Hand und verkündet den Schülern: »Er war einmal mein Schüler, genau wie ihr. Aber er hat seine Hausaufgaben gemacht, er war ein guter Schüler, und seht, wie weit er es gebracht hat, er ist ein angesehener Journalist und tritt sogar im Fernsehen auf. Und ihr wollt doch keine Fabrikarbeiter werden, ihr wollt auch lernen und zur Universität gehen, nicht wahr?« Die ganze Klasse antwortet schreiend: »Ja, Herr Lehrer.«

Ich nicke, weiß nicht, wo ich mich vor lauter Verlegenheit verkriechen könnte, die Worte des Lehrers tun mir sogar weh. Es ist so, dass ich nur deshalb Journalismus studiert habe, weil meine Ergebnisse bei der Eignungsprüfung ein Medizin- oder Jurastudium verhindert haben. Außerdem gehen meine Tage als angesehener Journalist langsam ihrem Ende zu, sogar jetzt, da es eine gute Story gibt, für die ich mich überhaupt nicht anstrengen muss – eine Geschichte, die mir persönlich passiert, hier in meinem Dorf –, kann ich nicht einfach den Telefonhörer abnehmen und mit der Redaktion sprechen.

Meine Frau sieht überrascht aus, als sie mich im Flur entdeckt. Ich lächle sie an, damit sie weiß, dass nichts Schlimmes passiert ist. Sie kommt einen Moment aus der Klasse. »Ist was? Warum bist du nicht bei der Arbeit?«

»Es gibt eine Straßensperre.«

»Ach ja, ich habe davon gehört, aber ich habe gedacht, du hättest es noch vor der Absperrung geschafft.«

»Nein. Obwohl ich viel zu tun habe, aber das macht nichts. Du hast jetzt Schluss, oder?«

»Noch eine Minute. Komm doch rein.«

Ich betrete die Klasse. Die Kinder kichern und flüstern. Die Kinder der 4 a. Die Klasse, in der ich auch war. Meine Frau gibt ihnen Hausaufgaben auf. Die Fragen von eins bis sechs, im Abschnitt über die Pioniere. Meine Frau ist Geographielehrerin, und noch immer wird derselbe Stoff unterrichtet wie vor zwanzig, dreißig Jahren. Mit Kreide hat sie an die Tafel geschrieben: Trockenlegung der Sümpfe, Eukalyptus, Malaria, Krankheiten, Stechmücken, Kindersterblichkeit, Sandflächen, Wüste.

Vielleicht wissen die Kinder gar nicht, um welche Pioniere es geht, von denen sie etwas lernen. Ich verstand damals jedenfalls nicht, dass es sich um jüdische Einwanderer handelte, das wurde nie genau ausgesprochen. Ich war sicher, es handle sich um Helden, die wir alle achten müssten, weil sie so wichtige Dinge wie Schutznetze vor Fenstern und Türen erfunden hatten, um die Wohnungen vor den giftigen Stechmücken zu schützen, die früher zum Tod von Säuglingen geführt hatten.

Manchmal frage ich mich, ob meine Frau selbst eigentlich weiß, dass es sich um jüdische Einwanderer handelt. Wenn ich die Prüfungsaufgaben betrachte, die sie korrigiert, frage ich mich oft, ob sie weiß, was KKL bedeutet, den sie seit Jahren in jeder Klasse preist. Meiner Meinung nach hat sie keine Ahnung, sie übernimmt einfach die Lobpreisungen aus den Büchern. Sie war immer ein gutes Mädchen, sie war immer eine gute Frau. Wenn geschrieben steht, dass der KKL in Grund und Boden investiert, in öffentliche Parks und Kinderspielplätze, wird sie das auch den Kindern ihrer Klasse mitteilen.

Derartige Themen beunruhigen meine Frau nicht. Sie hat die Welt außerhalb des Dorfes nie wirklich kennen gelernt. Sie ist schließlich gerade mal dreiundzwanzig Jahre alt. Gleich nach dem Gymnasium ist sie ans Lehrerseminar in Beth Berl gegangen, wie alle guten Schülerinnen. Für eine Frau ist es am besten, Lehrerin zu werden. Die jungen Mädchen, die in Beth Berl studieren, achten auf ihre Ehre, trotz des Studiums. Die PH ist nicht weit vom Dorf, sie verlassen morgens das Haus und kommen am Nachmittag zurück. Im Gegensatz zu den Studentinnen an der Universität müssen sie nicht von zu Hause wegziehen, und jeder weiß, in welchem Bett sie schlafen. Die jungen Mädchen von Beth Berl genießen höchstes Ansehen auf dem Heiratsmarkt, sie sind die begehrtesten. Man kann sie sowohl gebildet als auch ehrenhaft nennen, und außerdem finden sie leicht einen Arbeitsplatz, der es ihnen erlaubt, früh nach Hause zu kommen und dann Ferien zu haben, wenn die Kinder auch Ferien haben. Das haben mir auch meine Eltern im Hinblick auf meine zukünftige Frau erklärt, bevor sie zu ihren Eltern gingen, um bei ihnen um die Hand ihrer Tochter anzuhalten. »Es gibt nichts Besseres, als eine Lehrerin zu heiraten«, sagte meine Mutter, und sie sagt es noch immer.

Ich zweifle, ob meine Frau weiß, wer Berl Kaznelson war. Eigentlich bin ich mir ziemlich sicher, dass sie ihn für einen großen Mann und überragenden Pädagogen hält, denn so steht es schließlich auf einem Schild am Eingang zum Lehrerseminar.

Es läutet. Sie haben den großen Messinggong, auf den der Rektor früher mit einem Eisenstab geschlagen hat, gegen eine elektrische Glocke eingetauscht, die eine Melodie aus einem bekannten Film spielt. Die Kinder jubeln, stellen ihre Stühle auf die Bänke und laufen aus der Klasse. Meine Frau packt ihre Tasche und geht als Letzte hinaus. Die Kinder strömen aus der Schule, rennen los. Einige drängen zum Kiosk am Eingang und kaufen sich ein Eis.

»Nun«, fragt meine Frau, »du fährst also heute nicht zur Arbeit?«

»Nein«, sage ich, und ich verstehe, dass sie glaubt, die Straßensperre sei erst am Morgen errichtet und inzwischen wohl wieder entfernt worden. Ich betrachte sie da, zwischen ihren Schülern, und plötzlich kommt sie mir so klein vor, so jung. Wir haben auch schöne Momente gehabt, denke ich, ich bin überzeugt, dass es sie gegeben hat. Ich gehe neben ihr her durch den Schulflur. Einige Lehrer, denen wir begegnen, heben grüßend die Hand. Ich weiß, dass sie uns nachschauen, und frage mich, was sie wohl denken. Bestimmt nur Gutes. Einen Moment lang verstehe ich, dass wir, von außen betrachtet, wie ein vollkommenes Paar aussehen, ein Paar, das sich ganz nach den ungeschriebenen Gesetzen des Dorfes gerichtet hat. Dieser Gedanke weckt so etwas wie Hoffnung in mir. Warum eigentlich nicht? Was denn, nur wegen des Geldes? Irgendwann wird alles in Ordnung kommen. Ich weiß, dass alles gut wird. Ich verlasse meine ehemalige Grundschule mit einem kleinen Lächeln auf den Lippen.

9

Wie immer essen wir bei meinen Eltern zu Abend. Wir sind vor fast zwei Monaten hergezogen und haben noch kein einziges Mal in unserem Haus gekocht. Meine Frau und die Frau meines älteren Bruders sitzen in der Küche und unterhalten sich über die Schulen, in denen sie unterrichten. Auch die Frau meines älteren Bruders ist Lehrerin von Beruf, sie unterrichtet Biologie in der Mittelstufe. Beide kennen sich schon aus ihrer Zeit am Seminar. Mein dreijähriger Neffe läuft hinter einem Ball her aus der Küche ins Wohnzimmer, und jedes Mal schreit er »Toor!«, und mein Bruder klatscht ihm Beifall. Meine Mutter sitzt im Wohnzimmer, hält meine Tochter im Arm und wiegt sie, damit sie einschläft. Mein Vater sitzt auf dem Sofa, wie immer, und sieht noch beunruhigter aus als sonst, er kratzt sich an den Händen und wartet auf eine weitere Nachrichtensendung, diesmal auf Hebräisch.

Es gibt nicht viel zu tun hier, außer bei einer unserer Familien zu sitzen, bei meiner oder bei der meiner Frau. Genau genommen sind die beiden Häuser, in denen wir geboren wurden, meine Frau und ich, zu den zentralen Punkten unseres Lebens geworden. Und das ist nicht nur bei uns so, sondern bei allen Menschen unserer Umgebung. So sind die zentralen Punkte im Leben meines älteren Bruders und seiner Frau das Haus meiner Eltern und das Haus seiner Schwiegereltern, obwohl sie manchmal auch in ihrem eigenen Haus kochen und allein zu Mittag essen. An den Tagen, an denen sie das tun, ist meine Mutter wütend. »Es macht mir nichts aus, dass sie kocht«, sagt sie, »jede Frau genießt es, ihrem Mann Essen zu machen, aber warum sagen sie mir nicht vorher Bescheid? Was tue ich jetzt mit dem ganzen Essen, das ich gekocht habe, ist es nicht schade, es wegzuwerfen?«

Meine Frau isst lieber bei ihren eigenen Eltern, sie sagt, bei ihnen fühle sie sich viel wohler als bei meinen, zumindest habe sie dort nicht dauernd das Gefühl, beim Kauen beobachtet zu werden wie von meiner Mutter.

Obwohl ich die Gesellschaft meines Schwagers genieße, der eigentlich der einzige Mensch ist, mit dem ich dort spreche, ist es mir nicht angenehm, längere Zeit im Haus meiner Schwiegereltern zu verbringen. Vor allem jetzt nicht, vor allem nicht, wenn meine Frau wütend auf mich ist und ihrer Mutter Gott weiß was über mich erzählt, ihrer Mutter, die im Allgemeinen einen tiefen Groll gegen mich hegt und mir das Gefühl gibt, der Grund für das Elend ihrer Tochter zu sein. Man kann davon ausgehen, dass es stimmt, aber ich kann auch behaupten, das Gegenteil sei richtig, nur dass ich mich eben nicht beklage und meinen Anteil auf mich nehme, ohne den Willen zur Änderung oder Verbesserung. Was die Ehe betrifft, könnte ich sagen, dass ich ein gläubiger Mensch bin.

Meine Frau hat nicht aufgehört, mich wegen der Rückkehr in das düstere, erstickende Dorf, das ihr nichts zu bieten hat, zu beschuldigen. Sie erinnert mich daran, dass auch mein Bruder und seine Frau ab und zu ihren Sohn nehmen und ein paar Stunden lang mit ihm in einem Einkaufszentrum in einer der nahen Städte herumlaufen. Auch wir tun das manchmal, obwohl ich eigentlich nicht verstehe, welches Vergnügen man in einem Einkaufszentrum finden kann, noch nie habe ich das befriedigte Lächeln verstanden, das auf dem Gesicht meiner Frau erscheint, wenn sie zwischen den Geschäften und Essensständen herumläuft, auch wenn sie gar nicht vorhat, etwas zu kaufen.

Jedes Mal, wenn einer ihrer Bekannten oder Verwandten ins Ausland fliegt, packt sie Trauer, und ich werde wieder beschuldigt, ihr den Traum gestohlen zu haben, selbst einmal zu fliegen und eine andere Stadt, ein anderes Land zu besuchen, den Traum von Hotels und noch größeren Einkaufszentren. Wir sind noch nie geflogen, wir haben das Land noch nie verlassen. Ich behaupte immer, dass wir nicht genug Geld hätten, um uns eine solche Reise leisten zu können. Das ist die Wahrheit, obwohl es meiner Frau nicht gefällt. Aber ich habe Reisen nie vermisst, ich denke überhaupt nicht an Reisen, im Gegenteil, ich kann nicht verstehen, was an Reisen schön sein soll. Irgendwie habe ich das Gefühl, dass man das Land nur in einer Richtung verlassen könne. Das heißt, wenn ich an ein Flugzeug und an ein anderes Land denke, dann nur im Sinn von Auswanderung, von Flucht, nur mit der Absicht, nie wieder zurückzukommen, auch nicht besuchsweise.

Es stimmt, es gibt hier nicht viel zu tun, auch wenn man es wollte. Im Gegensatz zur Stadt, die viele Anreize bietet, obwohl ich auch dort selten Lust hatte, etwas zu unternehmen. Mir ist es hier nicht langweiliger, und ich habe nicht das Bedürfnis, mehr zu unternehmen, als der dörfliche Alltag einem Menschen wie mir bietet, den Zeitvertreib im Wohnzimmer der Eltern.

Es gibt hier einige Caféhäuser. Aber im Allgemeinen sind die Gäste dort viel älter als ich, und sie verbringen ihre Zeit mit Kartenspielen und Backgammon. Ich mag diese Spiele nicht, um die Wahrheit zu sagen, ist es mir sogar gelungen, ihre Regeln, die ich vor langer Zeit von meinem Vater gelernt habe, zu vergessen. Mein Vater sitzt jeden Tag im Café. An jedem Nachmittag zieht er sich schön an, als sei er zu einem offiziellen Anlass eingeladen worden, und geht zu dem Café, in dem er seit Jahrzehnten regelmäßig sitzt. Er spielt mit seinen festen Partnern, den drei Lehrern, seit ich mich erinnern kann, Karten. Dort im Café verbringt er die Nachmittagsstunden, und vor dem Abendgebet kommt er nach Hause. Von meinem Schwager Aschraf habe ich gehört, dass es noch ein anderes Lokal gibt, das »Lila Schmetterling« heißt und am Ortsrand liegt, dort könne man auch alkoholische Getränke bestellen. Aschraf platzte fast vor Lachen, als ich vorschlug, hinzugehen und etwas zu trinken. Er sagte, dort würden nur Säufer sitzen, die allen bekannt seien. »Was ist los mit dir?«, fragte er lachend. »Bist du übergeschnappt? Willst du etwa ein Auge oder ein Bein verlieren? Willst du, dass dich die Familie boykottiert?«

Laut Aschraf haben Angehörige der islamistischen Bewegung schon mehrmals versucht, den »Lila Schmetterling« niederzubrennen, genau genommen habe das Lokal schon einmal gebrannt, und sein Besitzer habe es aus Sturheit wieder aufgebaut. Der Pub verdankt sein Weiterbestehen als einziges Lokal des Dorfes, in dem man Alkohol kaufen kann, einer Verbrecherbande, die von dem Besitzer ein monatliches Schutzgeld kassiert, zusätzlich zu den Freigetränken für die Bandenmitglieder. »Sie haben auch einen Platz nötig, wo sie trinken können«, sagte Aschraf, mit diesem Lachen, mit dem er solche Geschichten immer begleitet. »Einen Platz, nicht weit von zu Hause, an dem sie ihre Entzugserscheinungen bekämpfen können, ohne gleich wegen einer Portion Arrak nach Tel Aviv fahren zu müssen.«

Außer nächtlichen Fahrten mit Autos, aus denen dröhnende Bässe dringen, sind Hochzeiten die bevorzugten Gelegenheiten für die einheimischen Vergnügungssuchenden. Im Sommer sind Hochzeiten eine Alternative zu Diskotheken. Junggesellen können ihr Gefieder spreizen und ihre Balztänze vorführen, sie springen, schwitzen, stampfen stundenlang mit den Beinen. Hochzeitsfeiern bieten noch eine Bühne, einen Schauplatz für männliche Hahnenkämpfe. Junggesellen wie Aschraf gehen im Sommer fast jeden Abend zu einer Hochzeit. Früher ist er, wie er mir erzählte, regelmäßig mit einigen Freunden nach Tel Aviv gefahren, wo sie ihr Glück in den Tanzclubs versuchten, die sie aus der Zeitung oder von Erzählungen ihrer Kommilitonen kannten, doch nie schafften sie es, durch die Kontrolle zu kommen, sondern mussten sich damit begnügen, die Nacht in einer der Kneipen zu verbringen, die fast jeden einlassen. »Wir sind in schreckliche Lokale gegangen, wo man das Gefühl hat, dass jeden Moment Gott weiß was passieren könnte, zum Beispiel ein Mord, um eine alte Rechnung zu begleichen.« Er lachte. »Etwas Besseres als Hochzeiten gibt es nicht. Es stimmt, wir sind Moslems, und heutzutage werden alle fromm, aber ich meine die Hochzeiten mit Musik und Tanz, nicht solche, wo man einen Scheich bestellt, der Abschnitte aus dem Koran liest, und einen Religionslehrer, der über das schreckliche Benehmen junger Männer und Frauen herzieht, über die Zügellosigkeit, die mitten unter uns herrscht. Jetzt gibt es das oft, man weiß schon nicht mehr, was man vorfindet, wenn man zu einer Hochzeit geht. Manchmal besuchen wir an einem Abend drei Hochzeiten, um eine ohne Scheich zu finden.«

Es stimmt, was er sagt, hier gibt es nicht viel, was man tun könnte, vor allem nicht für jemanden wie mich. Ich besuche keine Moscheen, ich versuche, Hochzeiten aus dem Weg zu gehen, ich spiele keine Karten mit Männern im Alter meines Vaters und interessiere mich nicht dafür, die einzige Kneipe am Ort zu besuchen. Aber ich langweile mich nicht, das heißt, ich langweile mich nicht besonders, seit wir hierher zurückgekommen sind, das Gegenteil ist der Fall, früher habe ich mehr gelitten. Auch die Abende, an denen wir ausgegangen sind, fehlen mir nicht. Wenigstens bleiben mir die beschämenden Momente der Trunkenheit erspart, die mir keine Befriedigung brachten, und die Vormittage danach, wenn ich mich jämmerlich fühlte, weil ich es nicht geschafft hatte, mich am Abend zuvor zusammenzunehmen. Hier, ohne Alkohol, kann ich stolz sagen, dass ich meine Triebe beherrsche. Nicht, dass ich je die Beherrschung verloren hätte, auch nicht auf der Ebene der Gedanken, ich war nie darauf aus, die Gesetze der Moral zu brechen, nach denen ich erzogen worden bin.

10

»Pssst«, macht mein Vater. Die Nachrichten im offiziellen israelischen Sender beginnen. Ich hasse die Einleitung zu den Nachrichten, auf dem Bildschirm erscheinen Panzer, Flugzeuge und Feuer, im Hintergrund verkündet ein Militärmarsch einen Krieg, der jeden Moment ausbrechen könnte. Jetzt sitzen alle still da. Mein jüngerer Bruder unterbricht sein Lernen und kommt aus dem Zimmer, um die Nachrichten zu hören. Übermorgen hat er eine Prüfung.

In den Schlagzeilen wird das Wort »Absperrung« nicht erwähnt. Aber man spricht von großen Unruhen und dem verstärkten militärischen Aufmarsch im Dreieck. In den besetzten Gebieten herrscht heute Ruhe, und die Vertreter Israels und der Palästinenser setzen ihre Verhandlungen in Jerusalem fort. In den Schlagzeilen erwähnt man den wirtschaftlichen Zusammenbruch und die Hitzewelle, die das Land heimsucht. Und dann kommen die ausführlichen Nachrichten.

Etwas ist nicht in Ordnung, sie bringen noch nicht einmal Aufnahmen der Panzer und der Absperrungen. Sie sprechen nur über Vorwarnungen, so selbstverständlich, als würden sie schon seit über zwei Jahren unaufhörlich davon berichten. Der verantwortliche Polizeioffizier des Bezirks kommt ins Studio und erwähnt mit keinem Wort die neue Situation. Er sagt, die israelischen Araber würden die Leute von Hamas unterstützen. Noch einmal wiederholt er die extreme Gefahr, die von den israelischen Arabern für das Land ausgehe. Man beschuldigt die Verwaltung, die islamistische Bewegung. Nichts Besonderes.

»Vielleicht ist es eine geheime Aktion«, sagt mein Vater. Mein jüngerer Bruder antwortet mit einem Lachen. »Was ist da geheim, das ganze Dorf weiß es. Hätten sie jemanden überraschen wollen, hätten sie hereinkommen und ihn in aller Ruhe verhaften können. Das nennst du geheim?«

Mein Vater sagt, sie würden in dieser Nacht bestimmt eindringen und diejenigen verhaften, die sie einsperren wollen. »Man kann im Dorf nichts verbergen, keiner hat ein Interesse daran, und alle arbeiten mit der Polizei und den Sicherheitskräften zusammen, das wird schon lange nicht mehr als Verrat betrachtet. Also wenn etwas los ist, weiß der Nachrichtendienst über das Wo, Wann und Wie genau Bescheid. Ich sage euch, heute wird mitten in der Nacht eine ihrer Spezialeinheiten eindringen, vielleicht zwei Jeeps, sie werden ihre Arbeit erledigen und verschwinden, als wäre nichts geschehen.«

»Sie fallen einfach über uns her«, sagt mein älterer Bruder. »Glauben sie etwa, dass einer aus dem Dorf zum Selbstmörder wird oder sich einer palästinensischen Organisation anschließt? Das ist doch noch nie passiert.«

Noch ein hoher Sicherheitsoffizier erscheint mit einem unkenntlich gemachten Gesicht auf dem Bildschirm und berichtet von der Beteiligung der israelischen Araber an Anschlägen gegen jüdische Bürger. Er sagt, sie seien viel gefährlicher als die Palästinenser selbst, denn sie würden die jüdischen Städte besser kennen und könnten größeren

Schaden verursachen. Er sagt auch, beim heutigen Treffen mit dem Sicherheitsminister habe man die Möglichkeit in Betracht gezogen, einen landesweiten Notstand auszurufen.

Was ist das genau, ein landesweiter Notstand?

Danach verkündet ein Kommissar der staatlichen Wasserversorgung, dass die relativ zufriedenstellenden Niederschläge dieses Jahres allerdings nicht ausgereicht hätten, das Problem der Wasserknappheit in Israel zu lösen, man erwäge, auf dem Gebiet der Wasserversorgung den Notstand auszurufen.

Etwas ist hier nicht in Ordnung, ich weiß es. Ich kenne die israelische Informationspolitik. Ein arabisches Dorf wird abgeriegelt, und da man, wie mein Bruder sagt, nicht nur ihn zurückgebracht hat, sondern alle arabischen Studenten, kann man wohl davon ausgehen, dass noch andere arabische Siedlungen abgeriegelt worden sind, wenn nicht alle. Ich weiß, dass die Medien auf eine derartige Story keineswegs freiwillig verzichten, es muss eine Nachrichtensperre verhängt worden sein.

Mein Vater sagt, dass die Israelis jedes Mal, wenn ein Krieg drohte, die arabischen Siedlungen innerhalb des Landes abgeriegelt und bewacht haben. Aber es waren immer die Polizei und Einheiten des Grenzschutzes, die diese Arbeit taten, nie wurde das Militär eingesetzt, und auch keine Panzer, so wie jetzt. Mein Vater sagt weiter, es könne doch sein, dass die Amerikaner den Israelis irgendeine geheime Information über eine Militäraktion haben zukommen lassen, vielleicht in Syrien, und Israel wolle Ruhe im Inneren. Als ob einer von uns je etwas täte. Sobald sie kapieren, dass, wie immer, nichts passiert, würden sie verschwinden.

Meine Kleine ist schon eingeschlafen. Mein Bruder geht zurück, um für seine Prüfung zu lernen. Er sagt, er würde es vorziehen, dass die Absperrung erhalten bliebe, denn dann würde man den Arabern bestimmt einen besonderen Nachprüfungstermin geben und ihm bliebe mehr Zeit zur Vorbereitung. Vorsichtig nehme ich meiner Mutter die Kleine aus dem Arm, und sie sagt, trotz der Hitze wäre es gut, ihren Kopf auf dem Weg zu unserem Haus zu bedecken, sie schwitze und könne sich erkälten. Auch mein älterer Bruder erhebt sich und ruft seinen Sohn. Wir verlassen das Haus unserer Eltern. Die Luft draußen ist drückend und scheint zu stehen. Auf der Straße gegenüber fahren weiterhin Jugendliche ziellos mit ihren Autos herum, laute, rhythmische Musik schallt herüber. Verdammt, warum tun sie das bloß? Das laute Geräusch von Explosionen lässt mir einen Moment das Herz stillstehen, doch gleich realisiere ich, dass es sich nur um eine Hochzeit handelt. Ich muss mich zusammennehmen.

Ich lege die Kleine schlafen. Meine Frau geht ins Bett und fragt, ob ich komme. »Noch ein bisschen«, sage ich und gehe mit einer Zigarette aufs Dach. Ich kann die Musik hören, die von der Hochzeit kommt. Ich suche mit den Augen die Felder nördlich des Dorfes ab und entdecke die blauen Lichter der Militärjeeps. Von Zeit zu Zeit, wenn die Musik beim Hochzeitsfest vorübergehend aussetzt, kann man auch die Motorgeräusche der Panzer hören. Sie stellen die Motoren nie ab.

DRITTER TEIL

Auch am Morgen kam keine Zeitung

1

Sie wacht jetzt auf, am zweiten Morgen seit der Abriegelung des Dorfes, langsam richtet sie sich im Bett auf und setzt sich auf die rechte Seite, die für sie bestimmt ist. Ich kann fühlen, wie sie gähnt, sich die Augen reibt und die Arme dehnt. Sie weiß nicht, dass ich schon wach bin, sie weiß nicht, dass ich die ganze Nacht keine Minute geschlafen habe. Sie verlässt das Bett und geht ins Badezimmer. Ich höre, wie sie das Licht anknipst. Sie wird die Tür nicht hinter sich zumachen. Sie macht die Klotür nie hinter sich zu, wenn sie glaubt, dass ich schlafe, das hat mich immer gestört, das Geräusch, wenn sie Wasser lässt. Ich höre den bekannten Strahl und danach das Abreißen des Klopapiers. Ich habe es immer gehasst zu hören, wie sie die Wasserspülung drückt und die Unterhose wieder hochzieht. Manchmal kommt es mir vor, als würde sie den Gummizug ihrer Unterhose absichtlich laut gegen ihre Hüfte schnalzen lassen.

Sie putzt sich die Zähne, dafür braucht sie genau drei Minuten, sie schaut auf die Uhr, bevor sie anfängt, so hat sie es von Schulzahnärzten gelernt, und seither achtet sie darauf, jeden Morgen und vor dem Schlafengehen drei Minuten, nach der Uhr, nicht mehr und nicht weniger, mit den gleichen Bewegungen, die ihr die Zahnärzte im Hygieneunterricht vor langer Zeit gezeigt haben.

Sie mag es nicht, das Wasser zu benutzen, das noch vom Vortag im Kessel ist, sie gießt es ins Spülbecken in der Küche, macht den Wasserhahn an, füllt den Kessel neu und stellt ihn auf den Herd. Sie betätigt ein paarmal das Feuerzeug, und ich kann mir vorstellen, wie sie bei jedem Ansteckversuch die Hand schnell zurückzieht, und schließlich höre ich die Gasflamme. Jetzt geht sie zum Zimmer der Kleinen. Erst wird sie den Rollladen hochziehen, die Kleine wird erschrocken hochfahren und versuchen, die Augen aufzureißen, das Licht wird ihr wehtun, und sie wird sie zusammenkneifen und mit den Händen zuhalten. Ich kann hören, wie sie sagt: »Guten Morgen, Süße, guten Morgen, guten Morgen«, während sie versucht, ihre Begrüßung zu singen. Und wieder stößt die Kleine Töne aus, als würde sie gleich weinen, aber sie hält sich zurück. Die Kleine wird sich langsam, sehr langsam in ihrem Bett aufrichten. Sie wird auf die Decke fallen, versuchen, sich aufzusetzen, noch einmal hinfallen, sie wird den Kopf nach rechts und links drehen und schließlich im Bett stehen und sich an dem hohen Geländer festhalten, das sie daran hindert, aus ihrem Gitterbettchen zu steigen.

Jetzt kommt meine Frau ins Schlafzimmer zurück. Ich liege auf dem Rücken, die Augen geschlossen. Sie wird die Rollläden im Schlafzimmer hochziehen. Sie zieht immer kräftig an dem Gurt, das ist ihre Art, mir zu sagen, dass es Zeit zum Aufwachen ist. Ich erinnere mich, dass ich früher sehnsüchtig darauf gehofft habe, dass sie mich einmal anders wecken würde, vielleicht mit einem Kuss, vielleicht mit einem Streicheln der Haare, und dass ich, wenn ich die Augen aufmache, auch ein »guten Morgen« hören würde, aber die Hoffnung ist geschwunden. Sie zieht energisch die

Aluminiumrollläden hoch und hetzt zornig das Licht auf mich, das mich jeden Morgen aufs Neue erschlägt. Sie denkt, dass ich jetzt erst aufwache. Ich mache die Augen auf und kann sehen, wie sie vor dem Bett steht. Bestimmt ist es schon kurz vor sieben. Der Wecker geht schon lange nicht mehr richtig. Manchmal scheint er zum Leben zu erwachen, dann bewegen sich seine Zeiger plötzlich eine Ziffer weiter und bleiben wieder stehen. Manchmal versucht der Sekundenzeiger, sich nach oben zu erheben, man sieht, wie er sich bemüht, die nächsten Sekunden zu erklettern, aber er schafft es nicht, probiert es eine Weile, dann gibt er auf und hält still. Sie braucht keinen Wecker mehr, sie hat kein Bedürfnis, einen neuen zu kaufen. Jeden Morgen wacht sie pünktlich als Erste auf und weckt dann das ganze Haus.

Sie trägt ihren Schlafdischdasch, alle arabischen Frauen haben so einen. Einen schwarzen Dischdasch mit roter und grüner Stickerei am Oberteil. Ich habe diesen Dischdasch immer gehasst, und ich dachte einmal, wenn sie nackt schlafen gehen würde oder mit einer anderen Art Pyjama, vielleicht einem zweiteiligen, könnte alles ganz anders aussehen, doch sie würde nie auf ihre Dischdaschs verzichten, und es gibt keine Chance, dass sie ihr je ausgehen. Denn jedes Mal, wenn ihre Eltern zu Besuch kommen, bringen sie einen neuen Dischdasch mit, und als ihre Mutter nach der Geburt der Kleinen ein paar Tage lang bei uns schlief, entdeckte ich, dass auch sie einen Dischdasch trug. Meine Frau verschränkt die Arme, legt die rechte Hand auf die linke Hüfte, die linke Hand auf die rechte, packt die Enden ihres Dischdaschs und zieht ihn mit einem Ruck über ihren Kopf.

Jetzt steht sie nur in der Unterhose da, und ich frage mich erstaunt, ob es mich je gereizt hat, wenn ich zusah, wie sie sich auszog. Sie zieht mit einer Hand an der Haut ihres Rückens, hebt den anderen Arm, um an ihrer Achselhöhle zu riechen, und fasst sich prüfend an den Hintern. Diese Bewegungen wiederholt sie jeden Morgen, und ich habe noch nie verstanden, warum sie nicht den Spiegel benutzt, der zwei Meter vom Bett entfernt steht. Das Weinen der Kleinen unterbricht ihre Bewegungen, sie zieht schnell ihren Büstenhalter an, und noch während sie ihn mit beiden Händen hinter dem Rücken schließt, läuft sie ins Kinderzimmer und ruft: »Was ist passiert, Süße? Was ist los? Pssst.« Sie hebt die Kleine aus dem Bett, und ich stelle mir vor, wie sie sie hochnimmt, mit einer Hand an die linke Seite ihres Körpers drückt, und die Kleine strampelt mit den Beinen und schlägt auf den Bauch ihrer Mutter und klammert sich mit beiden Händen an ihren weißen Büstenhalter.

»Willst du Milch, willst du Milch? Da ist Milch.« Sie gießt aus dem Kessel das inzwischen erwärmte Wasser in die Babyflasche, nimmt aus dem oberen Fach des Küchentischs das Milchpulver und zählt laut die Löffelchen, als singe sie der Kleinen ein Lied vor: »Wachaaaad, tannnnin …« Sie prüft mit der Zunge, ob die Milch nicht zu heiß ist, hält der Kleinen die Flasche hin, bringt sie wieder ins Bett und kommt ins Schlafzimmer zurück, um sich weiter anzuziehen.

Sie zieht die Hose über die Knie hoch und versucht dann, sie mit einer Hand über ihre dicke rechte Hüfte zu zerren, dann kommt die linke. Immer wieder erstaunt es mich, dass sich die Hose am Schluss so leicht über ihrem

Bauch schließen lässt. Sie zieht die weiße Bluse an, die ich ihr kaufte, als wir verlobt waren. Um die Wahrheit zu sagen, ich hatte etwas anderes gekauft und einen Zettel zum Umtauschen mitgebracht, und sie hat das Geschenk zurückgegeben und stattdessen die weiße Bluse mit den Knöpfen und den Kragen mit den zwei großen Dreiecken gekauft, die mich wegen ihrer Form immer an einen Schmetterling erinnern. Sie holt ihre Sandalen unter dem Bett hervor, und inzwischen versucht sie, die Kleine zu beruhigen, die drüben schreit. »Milch, du trinkst Milch, Mama kommt gleich, meine Schöne.« Und mir wirft sie zu, bevor sie wieder zum Kinderzimmer geht: »Nun, was ist mit dir, willst du keinen Kaffee? Es ist schon Viertel nach sieben.«

2

Ich weiß, dass auch an diesem Morgen die Zeitung nicht gekommen ist, schon seit ein paar Stunden versuche ich mich zu konzentrieren, ich warte darauf, dass der Zeitungsausträger auftaucht, vielleicht kommt er mit dem Fahrrad, vielleicht mit dem Auto. Ich habe auf das Geräusch gewartet, das die Zeitung macht, wenn sie vor die Haustür geworfen wird, habe es aber nicht gehört. Ich gehe hinunter, versuche, den Fernseher anzumachen, es geht nicht, das rote Lämpchen unter dem Bildschirm ist aus. Diesmal schaue ich nicht nach, ob der Stecker herausgefallen ist, ich weiß, dass man uns auch den Strom gesperrt hat.

Die Straße kann ich von meinem Haus aus nicht sehen, aber ich kann den Menschenauflauf dort hören. »Schu sar?«, rufen ein paar Nachbarn aus den Fenstern, und diejenigen, die auf der Straße vorbeigehen, rufen: »Zwei sind tot.« Und: »Sie haben auf Menschen geschossen.« Und: »Vermutlich haben sie Selbstmordattentäter gefunden.«

Ich sage zu meiner Frau, sie solle vorläufig zu Hause bleiben, ich ziehe Hose und Hemd an und gehe zum Haus meiner Eltern. Auch sie sind schon wach, stehen in der Tür, die zur Straße führt. Meine Mutter ringt die Hände und verflucht die Juden, mein Vater raucht seine Zigarette und erzählt, dass die Leute sagen, auf Arbeiter, die die

Sperre passieren wollten, sei geschossen worden. Meine Mutter bittet mich, ich solle das Haus nicht verlassen. »Wozu willst du rausgehen? Was kannst du schon sehen?« Chalil, der Nachbar, der als Pfleger im Krankenhaus von Kefar Saba arbeitet, kommt mit seinem Auto zurück. Mein Vater winkt ihm, er stellt sein Auto vor seinem Haus ab und kommt in seinem weißen Kittel zu uns herüber. Er hat geglaubt, wenn die Soldaten seinen weißen Kittel sähen, würden sie verstehen, dass er ein Pfleger ist, der zu seiner Arbeit will. Ein Glück, dass er nicht versucht habe, an der Sperre vorbeizufahren, sagt er. Er erzählt von einem bekannten Bauunternehmer, der mit seinem Pickup, auf dessen Ladefläche zwei Arbeiter saßen, die Sperre zu durchbrechen versuchte. Er wurde von einem Panzer aus beschossen. Einfach so. Er und die beiden Arbeiter waren auf der Stelle tot, und ein paar Leute, die weiter hinten standen, wurden von Splittern verletzt. Sie haben keine Krankenwagen geschickt und lassen die Leute nicht ins Krankenhaus fahren. Die Verletzten sind in die Krankenkassenambulanz gebracht worden. Einer ist schwer verletzt, wie kann man ihm dort in der Ambulanz helfen? Er muss dringend operiert werden. In der Ambulanz gibt es gerade mal ein Fieberthermometer.

»Und was passiert jetzt weiter?«, fragt mein Vater.

»Das ganze Dorf hat sich dort versammelt. Der Bürgermeister und seine jungen Männer bitten alle, sie sollen heimgehen, sie versuchen, Ruhe zu halten. Die Eltern des Bauunternehmers und der beiden Arbeiter, von denen einer aus dem Dorf stammt, der andere aus dem Westjordanland, wollen mit Hacken und Messern losziehen, um sich an den Soldaten zu rächen. Der Vater des einen Arbeiters ist ohnmächtig geworden, und auch ihn hat man zur Ambulanz gebracht.«

»Vielleicht ziehen sie jetzt ab, weil sie sich nicht mit einer wütenden Bevölkerung anlegen wollen«, sagt mein Vater, und Chalil, in seinem Kittel, erklärt, dafür gebe es wenig Hoffnung. Im Gegenteil, sie würden immer noch mehr Soldaten ankarren, und sie stünden dort mit Gewehren, mit Maschinengewehren und Panzerrohren, als würden sie einen Krieg erwarten. »Allah jostor«, sagt er, »sie haben nichts Gutes vor. Was soll das? Sie haben den Strom abgesperrt. Sie sind vollkommen verrückt geworden.«

3

»Das kann lange dauern«, sage ich zu meinen Eltern und zu meinem Bruder, »wir müssen uns darauf vorbereiten, bevor es zu spät ist. Wir müssen Essen auf Vorrat kaufen, das mindestens für eine Woche reicht.«

Aus irgendeinem Grund bin ich der Meinung, dass diese Angelegenheit, die von allen Sperre genannt wird und von der ich nicht weiß, ob ich sie Abriegelung oder Umzingelung oder wie auch immer nennen soll, höchstens eine Woche dauern kann. »Auf eine Woche sollten wir uns einrichten«, sage ich.

Mein Vater lacht und sagt, dass ich übertreibe. Meine Mutter und mein älterer Bruder stimmen mir jedoch zu. Mein Bruder sagt, wer weiß, vielleicht kommt es zu einer Konfrontation mit den Soldaten, und man wird eine totale Absperrung verkünden, er habe den Eindruck, jetzt könnten sie alles tun. Ich sage zu ihnen, sie brauchten keinen Vorrat an Milch, Fleisch und anderen Dingen zu kaufen, die man im Kühlschrank aufbewahrt, denn man könne ja nicht wissen, wann wir wieder Strom bekommen. Und wenn der Stromausfall noch ein paar Stunden andauere, werde sowieso alles kaputtgehen.

Mein Vater sagt, wir würden übertreiben. Es stimme ja, dass es der erste Panzerbeschuss seit 1948 gewesen sei, aber bestimmt sei es nur wegen der Dummheit eines Soldaten passiert, der einen Befehl bekam und beim Anblick des Pick-ups, der auf ihn zufuhr, erschrak und dachte, es handle sich um einen Selbstmordattentäter mit Sprengstoff im Auto. Diese Soldaten seien schließlich aus den besetzten Gebieten und aus dem Libanon gekommen, deshalb hätten sie Angst und könnten nicht zwischen einem loyalen Araber und einem Feind unterscheiden. Mein Vater sagt, dieser Soldat werde bald von seinem Vorgesetzten etwas auf den Kopf bekommen und er sei überzeugt, dass dem Vorfall eine Entschuldigung folgen werde, und dann zögen die Soldaten ab. Wir würden auch bald wieder Strom bekommen, falls nicht einfach etwas kaputtgegangen wäre, dann würde es bestimmt gleich repariert. Für Soldaten wäre es natürlich viel leichter, im Schutz der Dunkelheit zu arbeiten, in der Nacht. Aber bestimmt hätten sie ihren Auftrag schon erfüllt, und wäre der blöde Bauunternehmer nicht mit seinem Pick-up losgefahren, hätten wir schon alles hinter uns.

Mein Vater glaubt an den Staat, er hat immer an ihn geglaubt. Als wir klein waren, hat niemand die Tatsache beanstandet, dass er seinerzeit, wegen seiner Fähigkeiten, vom Erziehungsministerium den Job als Inspektor bekommen hatte. Eigentlich hat er keinen akademischen Grad erworben, er hat gerade mal ein pädagogisches Lehrerseminar in Jaffa absolviert. Ich habe mich von Zeit zu Zeit mit Mitschülern gestritten, die von ihren Eltern gehört hatten, mein Vater stünde der Regierung nahe, und immer schrie ich sie an, sie seien ja nur neidisch, und manchmal weinte ich, wenn sie sagten, er sei ein Kollaborateur der Juden. Denn das stimmte nicht. Er hatte nur ein paar gute Freunde. Außerdem wusste ich, dass alle ihn liebten. Ich erinnere mich, dass früher, als wir klein waren, fast jeden Tag Familien mit Geschenken zu uns kamen und ihn höflich baten, einen Arbeitsplatz für ihre Söhne zu suchen oder etwas anderes zu arrangieren, was sie selbst nicht arrangieren konnten. Mein Vater war ein guter Mensch, der anderen half, und das hatte überhaupt nichts mit Geschenken zu tun. Immer sagte er, er wolle sie nicht, und wenn er sie nahm, dann nur deshalb, weil die Geber darauf beharrten.

Als ich älter wurde, verstand ich, dass es damals für einen Araber keine Möglichkeit gab, eine Stellung im Erziehungsministerium zu bekommen, es sei denn, die Regierung hatte ein Interesse daran. Bis heute funktioniert es so. Mein Vater sagt, er habe nie im Leben jemanden verraten, seine ganze Sorge sei es gewesen, den Schülern zu helfen, und er habe die Stellung nur wegen seines guten Namens bekommen und keineswegs deshalb, weil er mit der Sicherheitsbehörde zusammengearbeitet habe. Er habe zwar keinen akademischen Grad, aber es handle sich um die Zeit vor dreißig Jahren, wer habe damals schon einen Titel gehabt? Wer habe überhaupt das Glück gehabt, das Lehrerseminar in Jaffa zu besuchen? Es stimmt, mein Vater war kein Kollaborateur. Er wählte lediglich die Arbeiterpartei, er hielt zu Hause Versammlungen ab, die man Hausversammlungen nannte, zu denen Juden, die wir sonst im Fernsehen sahen, manchmal kamen, um eine Rede zu halten, und mein Vater hatte alle Familien davon überzeugt, dasselbe zu wählen wie er, weil es ihnen nütze.

Irgendwie ist das, was einmal als Verrat bezeichnet wurde, im Lauf der achtziger und neunziger Jahre zu etwas höchst Legitimem geworden. Das waren die Jahre, in denen die arabischen Staatsbürger sich nicht nur mit der israelischen Staatsbürgerschaft abgefunden hatten, sie liebten sie bereits und fürchteten sich davor, sie wieder zu verlieren. Sie träumten schon nicht mehr davon, Teil der großen arabischen Welt zu sein, »vom Ozean bis zum Persischen Golf«, wie man einmal zu sagen pflegte. Im Gegenteil, die Vorstellung, Teil der arabischen Welt zu sein, machte ihnen sogar Angst. Sie glaubten aus ganzem Herzen den israelischen Politikern, die sagten, »im Vergleich zu den arabischen Ländern ist die Situation der Araber in Israel großartig«, ein Satz, der diejenigen besänftigen sollte, die behaupteten, es gäbe Benachteiligungen. Die Leute hatten Angst davor, keine Rente mehr zu bekommen, sie hatten Angst davor, einmal in einem Land zu leben, in dem es keine Krankenversicherung mehr gibt, keine Sozialfürsorge, keinen Wohlstand, keine Witwenrente, keine Hilfen für Alleinerziehende, keine Pensionen, keine Altersrenten, keine Behindertenrenten, kein Krankengeld, kein Arbeitslosengeld.

Nach der Unterzeichnung des Osloer Abkommens konnte mein Vater bereits stolz auf die Tatsache sein, dass er zu einer Partei gehörte, die die PLO anerkannte und bereit war, die Gründung eines palästinensischen Staates zu unterstützen. Eigentlich gab es schon keinen Unterschied mehr zwischen den lautstarken Verfechtern einer arabischen Partei und denen, die eine linke zionistische Partei wählten. Die Parolen von beiden waren ähnlich, »Frieden und Gleichheit«. Wo war dann das Problem?

Ich weiß, dass die Leute dachten, mein Vater wäre reich, dass er viel Geld vom Staat oder von seiner Partei bekäme, besonders nachdem sie an die Regierung gekommen war. Aber das stimmte nicht, mein Vater hat sein ganzes Leben lang schwer gearbeitet, das weiß ich sehr gut. Er hat alles getan, damit wir studieren und er eines Tages jedem von uns ein Haus bauen konnte. Ich erinnere mich, wie er nachmittags von der Arbeit bei der Erziehungsbehörde nach Hause kam, sich ein bisschen ausruhte und wieder zur Arbeit ging, an einem anderen Ort.

Jahrelang hat er noch in einer Fabrik für Gefrierfleisch gearbeitet, er fuhr nachmittags zu der Fabrik in einem der Kibbuzim in der Nähe unseres Dorfes, dort bekam er einen Lieferwagen mit einer großen Gefrierbox auf der Ladefläche, einem Kühlschrank, der voll gestopft war mit Hühnchen, Würstchen, Hamburgern, alles tiefgefroren. Mein Vater verteilte die Ware in den arabischen Siedlungen der Umgebung, er schämte sich, sie in unserem Dorf auszuliefern. Ich konnte ihn gut verstehen.

Er erzählte niemandem von dieser Arbeit. Nur wir, die Familie, wussten davon. Eigentlich bin ich nicht sicher, ob meine Brüder es wussten. Ich beharrte darauf, ihn bei seinen Fahrten zu begleiten. Erst weigerte er sich. »Du sollst dich nur ums Lernen kümmern, dann ist alles gut«, sagte er immer. Erst als er überzeugt war, dass es meinem Lernen keinen Abbruch tat und dass ich meine Hausaufgaben schon fertig hatte, bevor er von seiner ersten Arbeit als Pädagoge nach Hause kam, stimmte er zu. »Ich weiß«, sagte er, »deine Lehrer berichten mir die ganze Zeit von deinen Fortschritten und dass du eigentlich eine Klasse überspringen solltest.«

So begann ich, meinen Vater an jedem Nachmittag zu begleiten. Ich sah, wie er einen riesigen grünen Mantel anzog und ins Kühlhaus ging. Er holte Kartons heraus und packte sie ordentlich in den Kühlcontainer des Lieferwagens, auf dessen Außenwand ein Huhn mit einem zwinkernden Auge gemalt war. Ich half ihm, die Kartons zu schleppen, ich war schon in der neunten Klasse und stark genug. Ich liebte es, mit meinem Vater zu arbeiten. Es dauerte auch gar nicht so lange, normalerweise hatten wir unsere Fahrten zwischen den verschiedenen Lebensmittelgeschäften in zwei, drei Stunden erledigt. Schon sehr bald kannte ich die Ladenbesitzer der nahe liegenden Siedlungen. Nach einiger Zeit schleppte ich die Kartons mit dem gefrorenen Fleisch allein, ich erlaubte meinem Vater nicht mehr, sie anzufassen. Er erledigte nur noch die Abrechnungen mit den Ladenbesitzern, und ich lud die Ware ab. Das war nicht schwer. Überhaupt nicht.

Mein Vater war glücklich. In jedem Laden erzählte er den Besitzern oder demjenigen, der dort arbeitete: »Das ist mein Sohn, der beste Schüler der Klasse, der beste Schüler der ganzen Schule.« Er sagte das immer mit einem Lächeln auf den Lippen. Also war mein Vater kein Betrüger und kein Kollaborateur.

Seit er in Pension gegangen ist, arbeitet er nicht mehr in der Partei wie früher, er begnügt sich damit, bei der Wahl zur Knesset für sie zu stimmen. Nach Ausbruch der zweiten Intifada und nach den Ereignissen des Oktobers hat er sogar aufgehört, uns zum Wählen seiner Partei zu überreden. Meine Mutter wählte wie er, sie hat immer alles so gemacht wie er. Ich weiß nicht, wen mein älterer Bruder gewählt hat, vielleicht trotzdem die islamistische Bewegung, ich hingegen habe die Wahlen boykottiert, aber aus eigenem Entschluss, nicht weil die arabischen Parteien dazu aufgerufen haben. Ich hasse sie sogar ein bisschen, sie und ihre Gedankengänge.

Mein älterer Bruder sagt, er wolle jetzt einige Vorräte im Lebensmittelgeschäft kaufen und den Rest, wenn er von der Arbeit zurückkomme. Meine Mutter sagt zu meinem Vater, wir hätten nichts zu verlieren, das Essen würden wir sowieso aufessen, sie werde meinen jüngeren Bruder sofort mit Geld und einer Einkaufsliste losschicken.

4

Ich gehe nach Hause zurück. Meine Frau füttert gerade die Kleine. »Was ist los?«, fragt sie.

»Ach, irgendein Idiot hat versucht, die Straßensperre zu durchbrechen.«

»Gibt es noch immer eine Straßensperre? Wirst du auch heute nicht zur Arbeit gehen?«

»Es wäre besser, wenn du heute ebenfalls zu Hause bleiben würdest.«

»Was soll das heißen? Ich kann nicht zu Hause bleiben. Aber heute habe ich nur fünf Stunden, ich werde früh wieder da sein. Was willst du den ganzen Tag tun? Du könntest ja vielleicht ein bisschen putzen.«

»Ja. Mal sehen. Aber ich möchte, dass die Kleine heute bei mir bleibt.«

»Ausgezeichnet, sie wird sich freuen. Nicht wahr, meine Süße? Du bleibst bei Papa.«

Einerseits freue ich mich, dass die Abriegelung auch heute noch anhält, das rettet mich vor der sinnlosen Fahrerei zur Redaktion und vor dem blöden Herumlaufen in den Straßen. Andererseits, was, zum Teufel, passiert hier?

Die Kleine lächelt und trinkt die Flasche aus, meine Frau reicht sie mir und geht zur Toilette. Es tut mir so Leid, dass ich eine Tochter habe, ich war ein kompletter Idiot, als ich beschloss, unter diesen Verhältnissen ein Kind in diese

Welt zu setzen. Nicht wegen der Intifada und den gestrigen Ereignissen, es kommt mir überhaupt unmenschlich vor, in dieser Situation und in diesem Teil der Welt Kinder zu bekommen. Das Problem ist, dass meine Frau noch vor Ausbruch der gegenwärtigen Intifada schwanger wurde. Damals sah alles anders aus, meine Gedankengänge waren anders. Ich kann sagen, dass ich optimistisch war, meine Karriere blühte, und die Beziehungen zwischen Arabern und Juden begannen sich zu verbessern. Manchmal denke ich, alles ist wegen der Kleinen passiert, eine Art Strafe, Fromme würden es wohl eine göttliche Prüfung nennen. Ich versuche, die Kleine anzulächeln, vermutlich um sie davon zu überzeugen, alles sei gut, als lebe sie genau in der Umwelt, die ich von vornherein für sie geplant hatte. Wenn ich daran denke, kommt mir der Abstieg so schnell vor, dass ich es kaum glauben kann.

Ich hätte es lieber, wenn wir drei heute zusammenblieben, denn bei einer drohenden Gefahr möchte ich die Menschen sehen können, um die ich mich sorge, meine Frau hat meine Gefühle allerdings noch nie verstanden, und jetzt fehlt es mir an Kraft, ihr die Ängste zu erklären, die mich überschwemmen, und sie davon zu überzeugen, heute nicht zur Arbeit zu gehen.

Wir gehen nebeneinanderher, sie verabschiedet sich von der Kleinen, ich sage ihr, sie solle auf sich aufpassen, folge ihr mit den Augen, bis sie verschwindet, und betrete, das Kind auf dem Arm, das Haus meiner Eltern.

5

Meine Eltern ziehen sich an und machen sich auf den Weg, die Trauernden zu trösten. Mein Vater tut das jedes Mal, wenn jemand im Dorf stirbt. Er und zwei andere ältere Verwandte haben es auf sich genommen, Beileidsbesuche im Namen der Familie abzustatten, seit Jahrzehnten machen sich die drei am zweiten Tag der Trauer nach dem Abendgebet auf den Weg, die Hinterbliebenen zu trösten. Wenn es sich nicht um einen natürlichen Tod handelt oder wenn es um bedeutende Personen geht, Bekannte oder junge Leute, die vor ihrer Zeit gestorben sind, gilt diese Regel für die drei Familienmitglieder nicht mehr, sie warten nicht bis zum zweiten Trauertag, sondern versuchen, an der Beerdigung teilzunehmen. Meine Mutter bindet sich ein Kopftuch um und verlässt ebenfalls das Haus. Unten auf der Straße werden sie sich trennen, meine Mutter wird sich den Frauen anschließen, mein Vater den Männern. Viele Männer und Frauen kommen am Haus vorbei, sie bemühen sich, ruhig zu sein, sie unterhalten sich flüsternd, die Männer gehen auf der rechten Straßenseite, die Frauen parallel zu ihnen auf der linken. Es tut mir ein bisschen Leid, dass ich nicht am Trauerzug teilnehme, der bestimmt am Haus der Eltern des getöteten Bauunternehmers beginnt, dann zur Moschee zieht und schließlich zum Friedhof. Schade, dass ich die Kleine bei mir behalten habe, die

Beerdigung hätte dem Artikel, den ich für die Zeitung schreiben werde, sicher etwas Farbe hinzugefügt. Ich bin noch immer überzeugt, dass ich nach dem Ende der Straßensperre der Kette der Ereignisse nachgehen werde. Falls sie morgen aufgehoben wird, reicht die Zeit noch aus, um in der nächsten Wochenendausgabe einen Bericht zu veröffentlichen. Wenn meine Mutter zurückkommt, werde ich ihr die Kleine in die Hand drücken, ich werde mich umschauen und herausbekommen, wie die Stimmung der Dorfbewohner ist.

Mein jüngerer Bruder kommt nach Hause, beladen mit zwei offensichtlich schweren Plastiktüten. »Unsere Mutter ist verrückt geworden«, sagt er und stellt seine Einkäufe auf die Marmorplatte in der Küche. Die Tüten enthalten vor allem Konservendosen, Mais, Thunfisch, saure Gurken, Bohnen, Erbsen, Puffbohnen, gekochte Kichererbsen. Mein Bruder sagt, im Lebensmittelgeschäft habe es großes Gedränge gegeben, und er habe fast eine ältere Frau geschlagen, die sich vordrängen wollte. Der Laden sei sehr voll gewesen, sagt er, und viele Dinge, die unsere Mutter aufgeschrieben hatte, habe es schon nicht mehr gegeben.

Mein Bruder kommt ins Wohnzimmer und setzt sich neben mich. Er legt seine Hand auf den Kopf der Kleinen und lächelt sie an, sie lächelt zurück. Dann setzt er sich auf das am weitesten von uns entfernte Sofa, nimmt eine Schachtel Zigaretten aus der Tasche und steckt sich eine an. »Was ist«, fragt er, »sind die Eltern zur Beerdigung gegangen?«

»Ja. Seit wann rauchst du?«

»Seit fast einem Jahr, du weißt ja, wie es an der Universität ist.« Er lächelt und fügt dann in einem etwas ernsteren

Ton hinzu: »Was meinst du, muss ich überhaupt lernen? Siehst du eine Chance, dass ich morgen nach Tel Aviv zurückfahren kann?«

»Klar. Du musst dich auf die Prüfung vorbereiten.«

Er nimmt einen tiefen Zug aus seiner Zigarette und erzählt, dass er am Anfang, als die Sicherheitsbeamten an seine Tür klopften, gedacht habe, sie würden die problematischen Studenten einsammeln, jene, von denen politische Aktivitäten zu erwarten seien und die sich an Demonstrationen auf dem Campus beteiligen. Aber mit ihm zusammen im Polizeiauto waren auch sehr brave Studenten, die sich nie um Politik gekümmert haben, sondern nur um ihr Studium. Die Worte meines Bruders erstaunen mich ein wenig, mir scheint, ich kenne ihn nicht mehr. Nie hätte ich mir vorgestellt, dass er rauchen könnte, und jetzt erzählt er auch noch, dass er als politisch aktiver Student gilt. »Und für welche Partei arbeitest du?«, frage ich.

»Für die Kommunisten.«

»Für die Kommunisten? Wie bist du zum Kommunismus gekommen?«

»Du weißt ja, wie das ist. Du warst doch auch dort, nicht wahr? Du triffst Leute, Freunde von dir arbeiten in der Partei, und dann beschließt du, es ebenfalls zu tun. Aber es liegt vor allem am Respekt, den ich dort erlebt habe. Plötzlich verstehe ich unsere Probleme. Plötzlich verstehe ich, was Hass ist, Rassismus und Diskriminierung. Im Studentenheim wirst du in die arabischen Zimmer gesteckt, die immer die schlechtesten sind. In jedem Stockwerk gibt es ein Zimmer für Araber, damit es zu keinen Konzentrationen kommt, damit sie sogar in ihrem Stockwerk eine Minderheit sind. Du weißt ja, zwei Zimmer teilen sich immer ein Kühlschrankfach in der Küche, und an jenem Sonntag, an dem ich im Studentenwohnheim ankam und in die Küche ging, um für mich und meinen Partner aus Kefar Jat ein Fach in Besitz zu nehmen, stand dort ein Jude, der wollte, dass ich ein Kühlschrankfach mit ihm teile. Er sagte, ein Glück, dass ich gekommen sei, er habe solche Angst, das Fach mit jemandem aus einem arabischen Zimmer zu teilen.«

Meinem jüngeren Bruder ist die Identität kaum anzusehen, vor allem wegen seines Pferdeschwanzes und der lässigen Kleidung, die er immer trägt. Er weiß nichts über Kommunismus und gleicht damit den meisten Jugendlichen, die sich der Partei anschließen. Sie wissen nur, dass dies eine Partei ist, die Gleichheit zwischen Juden und Arabern anstrebt, die Gleichheit zwischen Armen und Reichen verlangt, aber sie haben keine Ahnung von ihren Grundsätzen. Im Verlauf des Gesprächs versuche ich, mit ihm über die verschiedenen Richtungen im Kommunismus zu sprechen, und stelle fest, dass er weiß, wer Lenin war, aber von Trotzki hat er noch nie gehört. Er verflucht den Kapitalismus, aber er hat keine Ahnung, was Proletariat oder Verteilung des Kapitals bedeuten. Die kommunistischen Parolen haben ihm gefallen, es gab bei ihnen auch einige Kommilitonen der juristischen Fakultät, an der er ebenfalls studiert, deshalb entschied er sich für die Kommunisten. Er fügt hinzu, dort gebe es auch einige Christinnen aus dem Galil, die prima aussähen, und sie hätten keine Angst, vor den anderen zu rauchen, sie würden sich toll anziehen und mit jungen Männern ausgehen und Bier trinken. Mein jüngerer Bruder ist kein Dummkopf, im Gegenteil, er ist gescheit, und eines Tages wird er es auch lernen, zu unterscheiden. Ich denke, in seinem Alter verstand ich auch noch nicht, wer gegen wen ist und welcher Art der Konflikt ist, in dem wir leben. Mein Bruder bittet mich, unserem Vater nichts zu sagen, es würde ihn umbringen. Die Devise meines Vaters ist immer gewesen, dass man, um im Leben und im Studium Erfolg zu haben, die Finger von der Politik lassen müsse, von Mädchen und von der Politik. Mein Bruder beschwört mich, auch nichts von den Zigaretten zu sagen, denn unser Vater könne ihn noch von der Universität nehmen und nach Hause zurückbringen. Ich halte das dann doch für übertrieben, verspreche aber, nichts zu verraten. Mein jüngerer Bruder kehrt zu seinen Büchern zurück, meine Tochter fängt an zu weinen.

6

Meine Tochter ist eingeschlafen, und ich lege sie auf das Bett meiner Eltern, dieses Bett, das sie vor über dreißig Jahren am Tag ihrer Hochzeit gekauft haben und noch immer benutzen. Ich gehe in mein Haus zurück, nehme den Schlüssel und setze mich ins Auto, um Nachrichten zu hören. Hitze schlägt mir entgegen, obwohl noch Vormittag ist. Die Schalter des Radios sind glühend heiß, als ich sie berühre, ich schalte das Gerät ein und ziehe die Hand schnell zurück. Jetzt kommt die Werbung vor den Nachrichten, Reklame für Klimaanlagen, für Sparkonten bei Banken, Flüge ins Ausland und Sommerurlaube im Inland. Die Nachrichtensendung beginnt mit einer Erklärung der Regierung und der Armee, man habe beschlossen, einen allgemeinen Notstand auszurufen. Verantwortliche der Sicherheitsbehörden berichten von der Gefahr eines Aufstands der arabischen Bürger, es gebe brandheiße Indizien für geplante Anschläge gegen Juden und staatliche Einrichtungen.

Dann, etwa in der Mitte der Nachrichtensendung, wird unser Dorf erwähnt. Der Sprecher berichtet von Versuchen, Soldaten anzugreifen, die in der Nähe der Zufahrt zum Dorf normale Patrouillengänge durchgeführt hätten, »ein versuchter Anschlag«, sagt er, »der dank der Wachsamkeit der Soldaten keine Opfer gefordert hat«. Gemeint ist damit der Zwischenfall mit dem Bauunternehmer und den Arbeitern auf dem Pick-up. Natürlich verlieren sie kein Wort über arabische Opfer, und es ist anzunehmen, dass sie auch nichts davon wissen. Schließlich gibt es keine Möglichkeit, mit den Dorfbewohnern in Verbindung zu treten.

Die Lage wird unerträglich, sie planen etwas, das ist jetzt sicher, und sie bereiten die öffentliche Meinung der jüdischen Bevölkerung entsprechend vor. Schon seit zwei Jahren sprechen Politiker, Minister, Abgeordnete und Sicherheitsbeauftragte über das Krebsgeschwür mitten im Land, über die Gefahr einer fünften Kolonne und über ein demographisches Problem, das dem jüdischen Charakter des Landes drohe. Was wollen sie denn? Was, zum Teufel, wollen sie? In den jüdischen Straßen herrschen schon Angst und das Gefühl einer drohenden Gefahr. Bis wohin wollen sie das alles noch treiben? Ich suche Kol Israel auf Arabisch. Ich weiß, dass das ein Propagandasender ist, aber vielleicht berichten sie dort über andere Vorfälle. Doch diese Frequenz ist abgeschnitten.

Von der Straße herüber dringt Lärm, ich renne zurück, um zu sehen, was los ist. Mein kleiner Bruder steht draußen und schaut zu. »Das ist die Beerdigung.« Dem Lärm zufolge ist es die größte Beerdigung, die es je bei uns gegeben hat. Wir können den Trauerzug nicht sehen, aber Rufe wie »Allahu akbar« schallen durch das ganze Dorf. Ein paar Frauen laufen aufgeregt aus den Haustüren und schauen in die Richtung des Zuges. Man hat die Leichen bestimmt schon aus der Moschee herausgeholt. Meine Frau kommt jetzt zurück und erzählt, dass die Schüler des Gymnasiums zur Grundschule gekommen seien, sie hätten alle Klassenzimmer geöffnet, zum Streik aufgerufen und eine Demonstration angekündigt. »Ich hoffe, dass die kleineren Schüler nach Hause gehen und jetzt nicht in irgendwelche Schwierigkeiten geraten«, sagt sie. »Das hätte uns gerade noch gefehlt.«

»Gut, dass du gekommen bist«, sage ich. »Die Kleine ist eingeschlafen, ich möchte hingehen und sehen, was dort passiert.«

»Wozu? Was kannst du helfen?«

»Nicht meinetwegen, es gehört zu meiner Arbeit«, sage ich und fühle den gleichen Adrenalinstoß, wie ich ihn immer bekomme, bevor ich einen Artikel schreibe.

»Aber komm schnell wieder nach Hause, falls sich die Lage zuspitzt, tu mir den Gefallen, komm nicht zu spät«, sagt meine Frau und erinnert mich an die Tage, an denen ich in die besetzten Gebiete gefahren war, um Reportagen zu schreiben, was sie immer sehr beunruhigt hatte. Wie ich mich nach ihren Sorgen gesehnt habe.

Der Friedhof ist voller Menschen. Alle schweigen, sie warten das Beerdigungsgebet ruhig ab, und als es beendet ist, rufen die Trauergäste »Allahu akbar« und gehen wieder los. Fast niemand kehrt nach Hause zurück, der Trauerzug hat sich in eine Demonstration verwandelt, vielleicht die größte, die unser Dorf je erlebt hat. Ein Dorf, das sogar am Tag der Erde und bei den Ereignissen des Oktobers Ruhe bewahrt hat, denn es war sich immer seiner eigenen Interessen bewusst. Die Demonstration wird von den Gymnasiasten angeführt, die genau jene Parolen wiederholen, die sie von den palästinensischen Jugendlichen im Fernsehen gelernt haben. »Wir werden dich erlösen, im Geist und im

Blut, ja schahid.« Sie haben beschlossen, dass der Bauunternehmer und die beiden Arbeiter Märtyrer sind. Die Schüler schlagen die Richtung zum Rathaus ein. Einige von ihnen klettern auf das Dach, holen die israelische Fahne herunter und verbrennen sie. Die Demonstranten schreien laute Parolen gegen Israel und gegen den Staatspräsidenten, dieses Schwein, dieser Hund, dieser Mörder.

Sehr schnell stoßen auch die Aktivisten der islamistischen Bewegung zur Demonstration, sie sind mit Pick-ups und Lautsprechern ausgestattet, mit den grünen Fahnen der Bewegung. Sie denken vor allem an den politischen Gewinn, den sie aus ihrer Teilnahme schlagen können, und genau wie sie handelt auch die kommunistische Partei, deren Anhänger rote Fahnen schwenken und lautstark ihre Parolen verkünden, wie sie es immer tun. Die Panaraber zögern nicht zu kommen, mit ihren gelben Fahnen und den Fotos ihres Führers, die sie auf Kartons geklebt haben. Anfangs gehen alle gemeinsam und rufen die gleichen Parolen gegen das Militär und für die Märtyrer. Doch allmählich trennen sich die Gruppen voneinander. Die Aktivisten der islamistischen Bewegung gehen jetzt an der Spitze, nach ihnen die Panaraber, dann folgt die kommunistische Partei, und jede Gruppe verkündet nun andere Parolen. Am Schluss kommt die große Menge der Demonstranten, einfache Dorfbewohner, die an der Beerdigung teilgenommen und sich entschlossen haben, mitzugehen, um ihren Zorn zu demonstrieren, ihre Zusammengehörigkeit, und vielleicht auch nur, um die trauernden Hinterbliebenen zu trösten.

Die Demonstranten ziehen durch die Straßen des Dorfes, und immer mehr Menschen schließen sich ihnen an.

Jetzt entscheiden sich auch einige Frauen zum Mitgehen, sie nehmen ihren Platz am Ende des Zugs ein und achten darauf, den Männern nicht zu nahe zu kommen. Je mehr Viertel sie passieren, umso größer wird die Zahl der Demonstranten. Ihren Gesichtern ist anzusehen, dass ihr Zorn größer ist als ihre Sorge. Die Geschäfte, die Büros und die Restaurants sind zum Zeichen der Trauer geschlossen, es handelt sich nicht um einen Streik. Nun gehen die Demonstranten zur Straße, die aus dem Dorf hinausführt, in Richtung Straßensperre. Ich reihe mich hinten ein, so nah wie möglich bei den Frauen, ich möchte mich nicht in Gefahr bringen. Wenn sie am Morgen geschossen haben, könnten sie auch jetzt schießen.

Der Bürgermeister und eine große Gruppe junger Männer aus seiner Familie erwarten die Demonstranten mit dem Rücken zur Straßensperre und geben ihnen schon von weitem Zeichen, sich dem Stacheldraht nicht zu nähern. Der Bürgermeister hat keine Chance, irgendjemanden daran zu hindern. Wenn die Demonstranten es gewollt hätten, hätten sie ihn spielend überrennen können. Aber keiner hat das gewollt, niemand ist bereit, die Gefahr einzugehen, der Zug bleibt vor der Straßensperre stehen. Die Demonstranten mit Lautsprechern rufen einige der bekannten Parolen, die Muslims schreien »Allahu akbar« und »chiber, chiber, ja-jahud« und dass das Heer Mohammeds zurückkehren werde. Die Kommunisten singen Einheitslieder der kommunistischen Jugend, und die Panaraber preisen Nasser. Langsam zerstreuen sich die Demonstranten, bald ist niemand mehr da. Von weitem sieht man die Soldaten, die ihre Waffen senken.

7

Im Dorf hat sich die Stimmung verändert. Die neue Situation beunruhigt die Menschen immer mehr. Die Lebensmittelgeschäfte, Bäckereien und Restaurants, die nach der Auflösung der Demonstration wieder geöffnet sind, haben noch nie einen solchen Kundenandrang erlebt, sind voller als an den Samstagen vor der Intifada, als die Juden aus den umliegenden Ortschaften noch zu uns kamen, um hier ihre Einkäufe zu erledigen.

In jedem Viertel gibt es ein oder zwei Lebensmittelläden, im ganzen Dorf etwa fünfzehn. Am Dorfausgang, sehr dicht bei der Straßensperre, gibt es einige größere Geschäfte, vor allem für die Kunden, die von außerhalb kommen. Seinerzeit hielt man die Besitzer dieser Supermärkte für Glückspilze. Viele Juden kauften gern bei uns ein, weil sie davon ausgingen, dass die Ware in einem arabischen Dorf billiger wäre, was aber nicht stimmte. Tatsache war, dass die Dorfbewohner ihrerseits in den großen jüdischen Städten kauften und nicht wenig dabei sparten.

Trotz der drückenden Hitze sind die Straßen voller Jugendlicher und Kinder, die sich in Gruppen zusammenfinden und über die Demonstration diskutieren. Alle sind jetzt sicher, dass Israel eine Atombombe auf den Irak und den Iran werfen wird. Ein paar Jugendliche sind sogar bereit zu schwören, dass sie das in arabischen Radiosendern gehört haben. Sie sagen, dass die amerikanischen und israelischen Streitkräfte einen allgemeinen Krieg gegen die arabische Welt begonnen hätten, und sie fürchten, dass wir, die israelischen Araber, diesen Angriff stören und für die Iraker wichtige Ziele fotografieren würden. Andere schwören, gehört zu haben, dass die ägyptische Armee bereits Beer Schewa eingenommen habe und sich mit großer Geschwindigkeit Tel Aviv nähere und dass die Israelis beschlossen hätten, uns als Geiseln zu nehmen.

Junge Frauen und Männer gehen die Straße entlang, sie schwitzen und schleppen große Tüten mit Essen nach Hause. Ich meinerseits suche das Lebensmittelgeschäft, das mir am leersten aussieht, um Kerzen und Batterien und vielleicht noch eine Stange Zigaretten zu kaufen. Nach meiner Berechnung muss das Essen, das ich gekauft habe, für die ganze Familie mindestens eine Woche lang reichen, deshalb, so denke ich, wird es uns ganz gut gehen, selbst wenn es meinem älteren Bruder nicht gelingen sollte, etwas einzukaufen. Der Gedanke, dass ich sozusagen die Familie vor dem Verhungern gerettet habe, weckt ein Triumphgefühl in mir, das ich aber sofort unterdrücke.

Die Alten, die üblicherweise vor der Moschee herumhocken, sitzen jetzt in der Hütte der Trauernden. Zwei Nachbarinnen stehen in ihren Haustüren und unterhalten sich über eine ägyptische Fernsehserie, die gestern Abend ausgestrahlt worden ist. Eine sagt, sie wisse nicht, was sie täte, wenn es bis zum Abend noch immer keinen Strom gäbe, sie würde durchdrehen, wenn sie eine Folge verpassen müsse. Ich kenne die Serie, meine Frau ist ebenfalls ganz wild danach, und sogar ich sehe zu, ja nichts von der Geschichte des Stoffhändlers zu verpassen, der einmal arm gewesen ist und es geschafft hat, zu einem der reichsten Männer Kairos aufzusteigen. Er ist mit vier Frauen verheiratet, drei von ihnen kommen gut miteinander aus, aber eine ist die Böse, die ihn nur seines Geldes wegen geheiratet hat. Ich gehe langsam weiter, und obwohl es im Lebensmittelgeschäft unseres Viertels sehr voll ist, beschließe ich, noch einmal hineinzugehen.

Ein paar Frauen warten an der Kasse, einige sind aus anderen Vierteln gekommen. Die Regale mit den Konserven sind vollkommen leer. Es gibt auch kein Mehl und keinen Reis mehr. Ein Nachbar kommt herein und schreit den Verkäufer an, er solle gefälligst schon die Ware aus seinem Lager holen. Der schwört, er habe auch nichts mehr, er habe vorgehabt, einen Sack Reis für sich selbst aufzuheben, aber alles sei weg. Er schwört es bei Gott. Der Nachbar wird wütend, betrachtet die fremden Frauen, die dastehen und warten, und fängt wieder an zu schreien, der Ladenbesitzer dürfe nicht an Fremde verkaufen, er müsse genug Verantwortungsgefühl haben, die Ware für seine Stammkunden aufzuheben, für die Bewohner unseres Viertels, für seine treuen Nachbarn.

Bei dem, was im Laden noch zu haben ist, handelt es sich vor allem um Süßigkeiten wie Karamellbonbons und um Mayonnaise und Senf. Der wütende Nachbar, der eine Kappe mit der Reklame des örtlichen Transportunternehmers trägt, läuft durch den Laden, schlägt die Hände zusammen und sagt: »Was ist nur mit den Leuten los? Sind sie alle verrückt geworden, oder was?« Dann geht er.

Kerzen und Batterien haben sie fast nicht angerührt. Ich kaufe zwei Packungen von jeder Sorte und stelle mich an. Der Besitzer erkennt mich und macht mir ein Zeichen mit der Hand, zu gehen, denn er weiß, dass ich später kommen und bezahlen werde. Vor dem Hinausgehen frage ich, ob er noch Zigaretten habe. Er bückt sich unter die Theke, zieht zwei Stangen verschiedener einheimischer Marken hervor und sagt: »Die letzten, wollen Sie sie?« Die Frau, die mit einigen Geldscheinen in der Hand vor ihm steht, schaut mich an und stößt ein »Uff« aus, das mich kränkt. »Ja«, sage ich, nehme die beiden Stangen und verlasse den Laden.

Alle sind bei meinen Eltern. Diesmal sitzen sie draußen und versuchen, das bisschen Schatten zu genießen, das die paar Bäume im Hof werfen. »Schaut ihn euch an«, sagt meine Mutter, »er denkt an alles, wer von euch hat an Kerzen gedacht?« Mein Vater lacht mich aus, weil ich so viele Batterien gekauft habe. »Glaubst du etwa, es gibt nie wieder Strom?« Jetzt lachen alle, sogar mein Neffe, der nichts versteht, lächelt. Meine Frau hat den anderen schon von meinem gestrigen Rieseneinkauf erzählt.

»Na und?«, sagt mein Vater. »Ich sehe, du hast entschieden, dass es ein langer Krieg sein wird.«

Mein älterer Bruder fühlt sich verpflichtet, mir zu Hilfe zu kommen, und erzählt, dass es ihm nicht gelungen sei, viel einzukaufen. »Und was ist, wenn die Lage länger andauert?«, fragt er. »Schließlich weiß keiner, was los ist. Du hast richtig gehandelt.«

Meine Mutter geht ins Haus und kommt mit einer vollen Schüssel Kartoffeln und zwei Schälmesserchen zurück. Sofort sage ich: »Mutter, es ist jetzt schade um die Kartoffeln, schau, die Sachen im Kühlschrank gehen sowieso kaputt, deshalb sollten wir sie zuerst essen.«

Mein Vater lacht laut und hustet. »Ja, Kartoffeln soll man für die schweren Kriegstage aufheben. Morgen werden wir schon nichts mehr zu essen haben.« Er hört nicht auf zu husten.

Meine Frau sagt, dass ich Recht habe, es sei wirklich schade darum. Sie würden heute sowieso das ganze Fleisch aus den Gefrierfächern aller drei Familien zubereiten, Kartoffeln seien überflüssig. Meine Mutter bringt sie zurück und sagt in feierlichem Ton, vor lauter Fleisch müssten wir heute kein Brot essen. Ich betrete das Haus meiner Eltern, gehe zu ihrem Schlafzimmer und suche das Radio, das mit Batterien arbeitet, jenes Gerät, das wir während des Golfkriegs benutzt haben, als wir alle zusammen im abgedichteten Schutzraum schliefen. Ich setze die Batterien ein und gehe hinaus. Im offiziellen israelischen Sender berichtet man noch nichts von Toten, man beurteilt nur die neue Lage, die als allgemeiner Notstand bezeichnet wird, und man versucht, mit Hilfe der Sicherheitsbeauftragten, Regierungssprecher und Sachverständigen die Auswirkungen der Lage zu verstehen. Auch eine Offensive wird nicht erwähnt, weder gegen den Irak noch gegen Syrien. Es wird auch nicht von Anschlägen gesprochen, abgesehen von dem Attentatsversuch am Morgen, von dem es heißt, er sei durch »unsere Soldaten« verhindert worden. Alle sind sich darin einig, dass man kein Risiko eingehen dürfe, aber die Abriegelung wird überhaupt nicht in Frage gestellt.

Draußen beschließen sie, zuerst all das aufgetaute Fleisch über dem Feuer zu grillen. Meine Mutter sagt, das sei nicht schön, an einem solchen Tag gehöre es sich nicht, zu grillen. »Die Leute können noch glauben, dass wir feiern, während zwei Familien im Dorf ihre Angehörigen begraben haben.

Mir tut die Mutter des Bauunternehmers Leid, alle zwei Minuten ist sie ohnmächtig geworden, ihr Sohn hat den Unterhalt für die ganze Familie verdient.« Sie schlägt vor, das Fleisch im Dampfkochtopf zu kochen. »Das schmeckt besser und es wird so weich wie Krapfen.«

Mein Vater beharrt darauf, dass der Bauunternehmer ein kompletter Idiot gewesen sei, nur ein Blödmann wäre einfach auf eine Absperrung losgefahren. »Was hat er sich bloß gedacht? Dass das ein Kinderspiel ist? Was soll ein Soldat davon halten, wenn ein Lieferwagen auf ihn zubrettert? Wird er dann nicht schießen?«

Ein Auto hält vor dem Haus, und alle schauen hinüber. Ein junger Mann steigt aus, einer der Neffen des Bürgermeisters. Er begrüßt uns mit Salam aleikum und teilt meinem Vater mit, dass der Bürgermeister ihn zu einer Sitzung im Rathaus einlade, zusammen mit den anderen Oberhäuptern aller Familien des Dorfes.

Es ist das erste Mal, dass eine solche Sitzung abgehalten wird. Im Allgemeinen werden die Entscheidungen vom Gemeinderat getroffen, ohne Mitwirkung der Dorfbewohner. Mein Vater fragt den Abgesandten des Bürgermeisters, bevor er zu seinem Auto zurückgehen kann: »Was denn, hat er beschlossen, ein Sicherheitskabinett einzurichten?«

Unsere Familie, vielleicht eine der kleinsten im Dorf, zählt kaum hundert Menschen. Aber mein Vater wird immer zu den Unterstützern des Bürgermeisters gezählt. Beide waren Mitglieder der Arbeiterpartei, die früher Mapai hieß. Der Bürgermeister ist in die Fußstapfen seines Vaters getreten, der vor ihm Bürgermeister gewesen war. Seine Familie ist die größte des ganzen Dorfes, und seine Versuche, die Oberhäupter der anderen Familien um sich zu versammeln, um ein Mandat zu bekommen, sind immer fehlgeschlagen. Wenn es um örtliche Wahlen geht, zählen Moslems, Kommunisten oder Künstler nicht, alle Familien halten dann zusammen und setzen das eigene Wohl über alles.

Dem Bürgermeister ist es immer gelungen, den richtigen Leuten der konkurrierenden Familien Jobs zu verschaffen. Eigentlich hat es seit der Staatsgründung nur zwei Bürgermeister gegeben, den Vater und seinen Sohn. Und wie der Vater begann auch der Sohn seinen Weg durch die Partei damit, dass er die Männer der Müllabfuhr zum Haus der Arbeiterpartei gefahren hat. Irgendwie taten sie sich mit den richtigen Leuten zusammen, die verstanden, dass diejenigen, die die Müllmänner hergebracht haben, zu den großen Familien gehören und für ein bisschen Geld Tausende von Stimmen bringen können. Als der Vater zum Bürgermeister gewählt wurde, vererbte er seinen Lieferwagen und die Müllmänner an seinen ältesten Sohn, dem er, als er starb, auch seinen Posten hinterließ.

Rein äußerlich ist der Sohn seinem Vater sehr ähnlich. Den Vater kenne ich vor allem aus Geschichten und von einem Schwarzweißfoto, das mich durch meine Gymnasialzeit begleitet hat. Die höhere Schule ist nach ihm benannt. Außer dem großen Schild mit seinem Namen und seinem Foto, das jeden Besucher der Schule empfing, hing in jedem Klassenzimmer das gleiche Foto über der Tafel, im Blickfeld der Schüler. Ich erinnere mich genau an jenen Tag, an dem der Vater des Schuldirektors, der zur zweitgrößten Familie gehörte und eine andere zionistische Partei unterstützte, starb und sein Sohn das Schild mit dem Namen des verstorbenen Bürgermeisters abnahm und erklärte, dass die Schule hinfort nach seinem eigenen Vater benannt wäre. Kurz nachdem das Schild ausgetauscht worden war, kamen die Verwandten des Bürgermeisters. Erst zerschossen sie das neue Schild, dann nahmen sie es ab und brachten ein anderes, größeres, das den Namen des verstorbenen Bürgermeisters, Gott sei ihm gnädig, trug. Ohne die Einmischung von Parlamentsmitgliedern und Honoratioren benachbarter Dörfer wäre zwischen den beiden großen Familien des Dorfes ein Krieg ausgebrochen. Der Kompromissvorschlag bestand in der Idee, den Sportplatz nach dem Vater des Schuldirektors zu benennen. Anfangs weigerte sich der Direktor, vor allem, weil der Sportplatz nur aus einem sandigen Gelände bestand und die Fußballtore nur aus Steinen, die von den Schülern jedes Mal neu ausgelegt wurden. Am Tag darauf ließ der Bürgermeister zwei richtige Tore mit Netzen anbringen. Ich erinnere mich genau, wie froh alle waren, ich auch.

Mein Vater geht ins Haus, um sich für die Sitzung umzuziehen. Er achtet immer auf ein angenehmes Auftreten. Ich biete an, ihn zum Rathaus zu fahren. Ein Teil der Geschäfte ist schon geschlossen, ihre Ware ist ausverkauft. Mein Vater betrachtet durch das Fenster die Leute, die in Grüppchen auf der Straße herumlaufen, schaut mich an und fragt:
»Meinst du, die Sache ist wirklich ernst?«
»Ich halte es für beängstigend, Vater.«
»Ja, aber es ist schließlich erst der zweite Tag, warum soll man da übereilte Entscheidungen fällen? Bestimmt wird der Bürgermeister uns mitteilen, dass er vom Ende des Ganzen benachrichtigt worden ist.«
»Das hoffe ich sehr.«

»Was wird passieren, deiner Meinung nach?«
»Ich habe keine Ahnung, Vater.«
Ich halte das Auto neben dem Rathaus an.

Hunderte Menschen haben sich vor dem Eingang zusammengedrängt, sie warten auf neue Nachrichten. Autos, aus deren Fenstern laute Musik dringt, rollen langsam durch die Straßen. Ich mache den Motor aus und bleibe im Wagen sitzen. Ich zünde mir eine Zigarette an, atme tief ein und wende den Kopf, um den Rauch durch das Fenster auszustoßen. Neben mir hält plötzlich ein großer neuer BMW. Vier Männer sitzen darin. Ich erkenne sie nicht, aber sie beobachten mich offensichtlich. Der Fahrer dreht, über das Lenkrad gebeugt, die Musik leiser. Er ruft meinen Namen. »Bei Gott, du bist es, wie geht es dir? Ich habe dich lange nicht gesehen«, sagt er und lächelt. Jetzt erkenne ich ihn, es ist Basil, mit dem ich in die Schule gegangen bin.

Ich zwinge mich zu einem Lächeln, fühle mich erstickt, unterdrücke ein Husten. »Du hast angefangen zu rauchen, was?«, sagt Basil mit dem gleichen Lächeln wie früher. »Das ist nicht gesund, Salamat.« Er lässt den Motor an und stellt die Musik wieder lauter.

Überm Bett in meinem Kinderzimmer hängt noch immer das gerahmte Foto von unserem Klassenausflug. Ich erinnere mich, dass ich alles getan habe, nur damit Basil sich mit mir fotografieren ließ. Oh Gott, wie dumm ich war. Schon in der siebten Klasse wussten die anderen Jungen über alles Bescheid, sie trieben sich in den Pausen in Cliquen herum, flüsterten heimlich, kicherten, wurden rot. Ich wurde von ihnen nie akzeptiert, nie schaffte ich es, Teil der Clique zu werden. Basil war der Anführer, er redete mehr als die anderen und war derjenige, dem es immer gelang, die Aufmerksamkeit der anderen auf sich zu ziehen, er fesselte sie und brachte sie zum Lachen. Wir hatten damals Unterricht im Schreinern. Der Lehrer gab uns Aufträge wie Schleifen und Sägen und verließ die Klasse. In der Schreinerei waren nur Jungen, die Mädchen lernten in der Küche etwas, das Hauswirtschaft hieß. Sie kochten und backten das ganze Jahr Kuchen. In der Schreinerei erlaubten sich die Jungen, laut zu sprechen, und manchmal hörte ich Worte wie Erektion, Haare, Bart und Schmerzen in der Brust. Sie krempelten die Ärmel hoch und verglichen ihre Achselhöhlen. Bei einigen wuchsen da schon schwarze Haare. Manchmal ließen sie die Hosen herunter und brachen in lautes Gelächter und Geschrei aus, wurden aber schnell leiser, bevor vielleicht ein Lehrer kam. Sie zwickten sich gegenseitig in die Brust und krümmten sich vor Schmerzen.

In der siebten Klasse hatten wir drei Jungen, die sich rasierten. Basil war der erste, die beiden anderen machten es ihm nach. Alle warteten auf den Augenblick, in dem ihnen schwarze Haare unter der Nase wachsen würden, doch ich fürchtete mich vor dem Gedanken, mich eines Tages auch rasieren zu müssen. Ich wollte das nicht, sagte ich mir immer und hoffte, dass ich nie einen Bart bekommen würde.

Wenn ich zu Hause allein in meinem Zimmer oder im Badezimmer war, zwickte ich mir in die Brustwarzen und überzeugte mich davon, dass ich nichts fühlte. An allen möglichen Körperstellen wuchsen mir langsam Haare, allerdings waren die schwarzen Haare noch vereinzelt und kurz. Sie erschreckten mich sehr. Was soll das heißen, zum Teufel? Worüber sprechen sie in der Klasse? Und was interessiert sie an dieser Veränderung eigentlich so sehr? Warum stört mich der neue Schmerz im Hals? Und diese komische, zerbrochene Stimme, die jedes Mal aus meiner Kehle kommt, wenn ich spreche? Als wäre nicht ich es, als wäre es die Stimme eines anderen, der ich nicht sein will, noch nicht. Ich will nicht wie alle sein, ich will nicht wie alle sein, es darf einfach nicht sein, dass auch mir so etwas passiert. Das gehört nur zu schlechten Jungen.

Ich hasse nicht nur die Jungen wegen der Veränderungen, die sich an ihnen vollzogen, sondern auch die Mädchen. Einigen aus unserer Klasse war schon ein Busen gewachsen, und wenn sie sich meldeten, konnte man sehen, dass sie einen Büstenhalter trugen, wie meine Mutter. Wie war das möglich, verdammt? Ich hasste jedes Mädchen, das einen Büstenhalter trug, ich hasste sie alle, ich hatte Angst vor ihnen und hoffte, sie würden sterben.

Gegen Ende der siebten Klasse rasierten sich fast alle Jungen, und ich, dessen schwarze Barthaare länger waren als die anderer Jungen, die sich schon rasierten, beschloss, sie weiter zu ignorieren. Als die Abschlussprüfungen näher rückten, lernte ich pausenlos und vermied alles, was mich irgendwie ablenken könnte. Doch eines Tages, gegen Morgen, wachte ich erschrocken auf und merkte, dass ich im Schlaf gepinkelt hatte. Ich hatte mich nicht zurückhalten können, obwohl ich mich bemüht hatte, und fühlte, dass mein Pyjama nass war. Was geschah mit mir? Langsam stand ich auf, ohne meine beiden Brüder zu wecken, die neben mir schliefen. Ich ging ins Badezimmer und entdeckte einen großen Fleck, von dem ich nicht wusste, was ich mit ihm anfangen sollte. Leise vor mich hin weinend, wischte ich ihn mit etwas Toilettenpapier ab. Das Papier klebte an der Haut und machte die Sache noch schlimmer. Ich ging zurück ins Zimmer und holte mir aus dem Schrank eine frische Unterhose und einen sauberen Pyjama. Die nassen Sachen stopfte ich in die Waschmaschine, nicht oben auf die andere Wäsche, sondern ganz nach unten. Wenn meine Mutter das wüsste, würde sie mich umbringen. Das klebrige Gefühl wurde ich nicht los, auch als ich wieder ins Bett gegangen war.

Ich entdeckte, dass die Matratze feucht war, und begann leise zu weinen, fühlte mich verloren und durcheinander und konnte nicht mehr einschlafen. Fieberhaft grübelte ich darüber nach, wie ich diese schreckliche Sache, die mir passiert war, verbergen könnte. Bis zum Morgen lag ich mit geschlossenen Augen im Bett und wartete mit dem Aufstehen, bis meine Brüder das Zimmer verlassen hatten. Ich konnte den Fleck sehen und war außerstande, ihn zu entfernen. Ich drehte die Matratze um, aber das Problem des Flecks auf dem Laken blieb, irgendwie musste ich es ebenfalls in die Waschmaschine stecken. Aber was wird meine Mutter denken, wenn ich zum ersten Mal in meinem Leben morgens mit einem Laken zur Waschmaschine gehe, und welche Ausrede könnte ich für mein Tun vorbringen? Ich drückte den Finger tief in meine Nase, kratzte mit den Nägeln an der Innenseite und verletzte mich dabei stärker, als ich gewollt hatte. Ich ließ das Blut auf das Laken tropfen. Dann verließ ich, das zusammengefaltete Laken in der Hand, das Zimmer. Die Blutspuren waren gut zu sehen, der Fleck nicht mehr. Auch mein Gesicht war blutverschmiert. In der einen Hand hielt ich das Laken, mit der anderen versuchte ich, das Blut zu stoppen. Meine Mutter erschrak, und ich erklärte ihr, dass mir das manchmal passiere. Schnell lief ich zum Badezimmer, stopfte das Laken in die Waschmaschine und wusch mir die Nase. Meine Mutter brachte Watte und forderte mich auf, den Kopf zurückzulegen. Sie sagte, das sei sicher wegen der schrecklichen Hitze, und gab mir ein Päckchen Watte mit, für den Fall, dass meine Nase während der Schulzeit wieder anfangen würde zu bluten.

Auf dem ganzen Weg zur Schule zitterte ich und drückte die Beine fester als sonst zusammen, sodass sie beim Gehen aneinander rieben. Ich hatte das Gefühl, dass die anderen Kinder, die wie ich auf dem Schulweg waren, über mich lachten, weil sie die Wahrheit wussten. Ich versuchte, diese Gedanken wegzuschieben und zu verstehen, was, zum Teufel, eigentlich los war. Ich wusste genau, dass es sich nicht um normales Pinkeln gehandelt hatte.

Die Nächte danach waren besonders schwer. Ich versuchte wach zu bleiben, schaffte es aber nicht. Vorsichtshalber nahm ich das Laken vor dem Einschlafen vom Bett und versteckte es unter der Decke, für den Fall, dass es mir noch einmal passieren würde. Dann wäre wenigstens das Laken trocken und ich könnte mit seiner Hilfe den Fleck auf der Matratze verbergen.

Die Prüfungen bestand ich, wie erwartet, und wieder erreichte ich die besten Noten der Klasse. Nachdem die Zeugnisse ausgeteilt waren, brachte der Lehrer die ganze Klasse dazu, mir Beifall zu klatschen. Das gefiel mir nicht besonders.

Mein Klassenlehrer wollte damals ein neues Konzept ausprobieren, die guten Schüler sollten den schwächeren während der Sommerferien helfen. Wie habe ich diese Idee und meinen Lehrer gehasst. Und noch schlimmer war es, dass er mich mit Basil zusammentat, das hatte mir gerade noch gefehlt, ausgerechnet dem Jungen, den ich am wenigsten leiden konnte, Nachhilfeunterricht in Englisch, Hebräisch und Mathematik zu geben. Der Lehrer hatte die Nachhilfe deshalb so arrangiert, weil wir nebeneinander wohnten, nur ein Zaun trennte unsere Grundstücke. Bestimmt dachte er, wir seien auch gute Nachbarn, aber ich besuchte Basil nie, und er war auch nie bei mir gewesen. Sogar wenn wir morgens zur gleichen Zeit zur Schule gingen, lief ich auf der anderen Straßenseite und beschleunigte meine Schritte, um mich möglichst weit von ihm und seiner Clique fern zu halten, die ihn immer begleitete. Auch Basil schien von dem Vorschlag nicht gerade erfreut zu sein. Er hasste Lernen, und bestimmt hasst er auch mich, ging es mir durch den Kopf. Aber ich tat immer das, was die Lehrer und Erzieher von mir verlangten, mir war alles, was man mir auftrug, ein Befehl, den zu kritisieren mir nicht zustand.

Anfangs trafen wir uns zweimal in der Woche, genau nach Anweisung des Lehrers, der auch Basils Eltern über den Plan informiert hatte. Sie benahmen sich sehr ehrerbietig mir gegenüber, und seine Mutter machte die ganze Zeit Bemerkungen wie: »Mit solchen Jungen solltest du befreundet sein, warum sind nicht all deine Freunde wie er, so gute und höfliche Schüler?« Sie brachte immer ein Tablett mit Keksen und etwas zu trinken und sorgte dafür, dass wir allein im Kinderzimmer waren, damit Basils Brüder und Schwestern ihn beim Lernen nicht störten. Basil arbeitete überhaupt nicht mit. Ich saß neben ihm, las ihm aus Büchern vor, löste Rechenaufgaben, und er interessierte sich nicht dafür. Er wartete nur darauf, dass die Stunde vorbeiging und er mich wieder los wäre. Er saß neben mir, nickte zu allem, was ich sagte, angewidert mit dem Kopf und stellte nie auch nur eine einzige Frage, obwohl ich wusste, dass er nichts von meinen Erklärungen verstanden hatte.

Wir saßen uns am Schreibtisch gegenüber, auf zwei Holzstühlen, und sprachen über nichts anderes als den Unterricht. Nach einigen Treffen änderte sich das, Basil begann mich auszufragen, warum ich mich nicht rasierte, so wie alle anderen. Einmal führte er mir vor, wie er sich den Bart mit dem Rasiermesser seines Vaters entfernte, und sagte, das sei überhaupt nicht schlimm, wenn man mit dem Ding umzugehen wisse, man würde sich nicht schneiden. Er könne es mir beibringen, wenn ich wolle, und er sei sogar bereit, mich beim ersten Mal selbst zu rasieren. Ich weigerte mich und sagte, vielleicht würde ich es am Ende der Sommerferien einmal tun, bevor die Schule wieder anfange. Allmählich hörten wir auf, über das Lernen zu sprechen, und unsere Zusammenkünfte fingen an, mir zu gefallen. Erst tat ich so, als hörte ich gar nicht zu, wenn er von Mädchen anfing und darüber sprach, dass manchen aus unserer Klasse schon Brüste wuchsen.

Ich weigerte mich zu antworten, wenn er fragte, ob mir schon Haare wüchsen und ob mir die Brust und der Hals wehtäten, dann kicherte er und sagte, ich sei noch ein kleiner Junge. Aber langsam ließ ich mich darauf ein, und es machte mir Spaß. Er kniff mich in die Brust, und ich verzog vor Schmerz das Gesicht. Er platzte vor Lachen, als ich sagte, es täte mir nicht weh. »Warum hast du Angst?«, fragte er. »So ist es bei den anderen auch.« Seine Eltern taten alles, damit er in der Schule besser würde, aber er versagte regelmäßig in mindestens drei Fächern. Auf einem der Regalbretter in seinem Zimmer stand eine Enzyklopädie mit dem Titel »Der Körper des Menschen«. Basil tat sehr geheimnisvoll, als er das Buch aufschlug, und dann zeigte er mir Zeichnungen von Jungen- und Mädchenkörpern, auf denen man sogar ihre Geschlechtsteile sah. Er begann, von Erektion zu sprechen, und deutete auf Illustrationen. Er sprach von dem Vergnügen und dem Spaß, die es ihm nicht erlaubten, sich aufs Lernen zu konzentrieren. Nachts würde er von Mädchen träumen, sagte er, und dann würde er mit einem solchen Entzücken aufwachen, wie er es nie zuvor gekannt habe, und sein Schwanz sei steif und würde Zeug ausspritzen, und das wäre das Beste, was ihm überhaupt je passiert sei.

Ich liebte Basil. Zum ersten Mal hatte ich das Gefühl, einen Freund zu haben. Zum ersten Mal verstand ich, dass das, was mir nachts passierte, auch anderen passierte. Er brachte mir bei, Toilettenpapier in die Unterhose zu stopfen, um die Flecken zu vermeiden, und lachte darüber, dass ich gedacht hatte, ich hätte im Schlaf ins Bett gepinkelt. Ich konnte es kaum glauben, dass ich ihm solche Dinge erzählte, dass ich überhaupt mit jemandem darüber sprechen konnte. Und auch ich begann, die feuchten Träume zu genießen.

Wir sprachen nie mehr über Mathematik, Hebräisch und Englisch, nur noch über unsere Körper. Wir blätterten in der Enzyklopädie, und bald hatte ich das Gefühl, alles zu wissen. Meine Gedanken veränderten sich grundlegend, und ich ließ zu, dass er mich rasierte, nachdem ich meine Mutter um Erlaubnis gefragt hatte. Statt zweimal in der Woche trafen wir uns nun drei- oder viermal. Statt einer

Stunde blieben wir ein paar Stunden allein im Zimmer. Seinen Eltern berichtete ich, er würde gute Fortschritte machen und fleißig mitarbeiten. Sie waren glücklich, und er erzählte mir, meinetwegen würde sein Vater ihn weniger verprügeln.

Ich hing richtig an ihm. Ich genoss es, wenn er über mich lachte, als wäre ich ein kleiner Junge. Er schloss das Zimmer von innen ab, zog seine Hose und seine Unterhose runter und berührte sich selbst vor meinen Augen. »Siehst du?«, sagte er. »Das ist der größte Spaß im Leben.«

Dann, auf seine Bitten, zog auch ich meine Kleider aus, und er verlangte, dass ich dasselbe tat wie er. Manchmal berührte er mich auch selbst. So tun es alle, und was für ein Idiot bin ich doch, dass ich nichts von den Vergnügungen der Jungen in unserer Klasse gewusst habe. Ich tat alles, was er wollte. Auch als er verlangte, dass ich mich ausziehe, damit er sich von hinten an mir reiben konnte, gehorchte ich. Ich freute mich, dass ich ihm Vergnügen bereiten konnte, ich freute mich, dass ich ihn kannte und endlich sagen konnte, ich hätte einen Freund, und was für einen Freund: Basil, den Jungen, vor dem alle aus der Klasse Angst hatten und zu dem sie deshalb besonders freundlich waren. Statt dass er lernte, was ich ihm beibrachte, lernte ich, was er mir beibrachte. Als Belohnung versprach er mir, sich im nächsten Schuljahr neben mich an einen Tisch zu setzen. Bei unserem letzten Treffen, am letzten Ferientag, bat er mich, morgens ganz früh zur Schule zu gehen und einen Tisch in der ersten Reihe für uns beide in Beschlag zu nehmen. »Nimm den Tisch direkt vor dem Lehrer«, sagte er. »Den Tisch, den du am liebsten hast.«

Ich freute mich sehr. Ich kam als Erster in die Klasse

und setzte mich auf den Tisch vor dem Lehrerpult. Meine Tasche legte ich auf den Stuhl neben mir, obwohl sich wirklich keiner neben mich setzen wollte. Basil kam mit den Letzten herein, nachdem der Lehrer sich schon hingesetzt hatte. Er war mit seiner Clique aus dem letzten Jahr zusammen. Ich sah ihn an der Tür und schenkte ihm ein breites Lächeln. Ich winkte ihm zu, und er lachte zurück. Seine ganze Clique lachte. Er ging an mir vorbei, und ich flüsterte: »Basil, ich habe dir einen Platz frei gehalten.« Er schaute mich verächtlich an, sagte kein Wort und ging zu seinem Stammplatz in der hintersten Reihe. Ich schaute ihn an. Er flüsterte den Jungen neben sich etwas zu, und sie schauten zu mir herüber und unterdrückten ein Lachen, um nicht vom Lehrer bestraft zu werden. Er bewegte die Lippen, und ich konnte gerade noch hören: »... gefickt.«

Ich bleibe im Auto sitzen. Basil dreht eine Runde in seinem BMW und kommt zu mir zurück. Ich sehe im Spiegel, wie er sich nähert. Ich drehe mich nicht zu ihm um. Er verringert die Geschwindigkeit, als er an mir vorbeifährt, und hupt laut. Automatisch wende ich den Kopf. Vier Männer schauen mich an und lachen. Basil winkt mit der Hand.

8

Das Essen ist schon fertig. Draußen auf dem weißen Plastiktisch steht ein riesiger Topf mit gekochtem Fleisch, eine große Schüssel Salat und einige Vorspeisen, die man, bevor sie kaputtgehen, aus den Kühlschränken der drei Familien geholt hat. Wir warten darauf, dass mein Vater von der Sitzung zurückkommt. Ein Auto hält vor unserer Haustür, und er steigt aus. Mit undurchdringlichem Gesicht kommt er auf uns zu, setzt sich auf seinen Stuhl oben am Tisch und sagt kein Wort. Meine Mutter nimmt seinen Teller und legt Fleisch darauf. »Du hast den ganzen Tag nichts gegessen«, sagt sie, »und das Fleisch ist vorzüglich.«

Wir fangen an zu essen. Er sagt nichts, und schließlich muss ich ihn fragen, was los sei.

»Sie haben beschlossen, die Bewohner des Westjordanlands und des Gazastreifens auszuliefern«, sagt er.

»Ja?«, fragt mein älterer Bruder. »Ist es das, was die Regierung vom Bürgermeister verlangt?«

»Nein«, sagt mein Vater. »Der Bürgermeister hat keine Ahnung, was sie wollen, aber er denkt, wie alle anderen auch, dass es die palästinensischen Arbeiter sind, die der Polizei Sorgen machen. Er hat Recht.«

»Also was haben sie vor? Was genau heißt das, die Arbeiter auszuliefern?«, frage ich.

»Wenn der Strom bis morgen früh nicht wieder angestellt ist und die Straßensperre weiterhin bestehen bleibt, werden sie die illegalen Arbeiter der Armee übergeben. Aber nur die Erwachsenen über vierzehn.«

Im Dorf gibt es einige hundert Arbeiter aus dem Gazastreifen und dem Westjordanland. Ein großer Teil von ihnen wird von den örtlichen Bauunternehmern beschäftigt, ein anderer Teil arbeitet innerhalb des Dorfes, als Bauarbeiter, Müllmänner und Gärtner. Im Allgemeinen schlafen sie auf Strohmatten auf den Baustellen, und nur diejenigen, die Glück haben, schlafen in großen Gruppen in Lagerschuppen, die ihren Arbeitgebern gehören. Früher sind diese Arbeiter einfach nach Israel gegangen, um dort zu arbeiten, aber nach Ausbruch der ersten Intifada ging das nur noch, wenn sie einen Arbeitgeber mit israelischer Staatsbürgerschaft hatten. Eigentlich gehören diese Arbeiter, die aus den Städten und Dörfern des Westjordanlands und Gazas kommen, zu den wichtigsten Einnahmequellen der Dorfbewohner. Jeder, der früher ein gewöhnlicher Bauarbeiter war, ist innerhalb eines Tages zu einem Bauunternehmer für diese Arbeiter geworden, nur aufgrund der Tatsache, dass er einen israelischen Pass besitzt. Außer den Bauunternehmern, die in den arabisch-israelischen Ortschaften wie Pilze aus dem Boden geschossen sind, verdienen auch viele ihr Geld mit dem Transport der Arbeiter zu ihren Arbeitsstellen in Tel Aviv, Netanja und den umliegenden Städten. Dort arbeiten sie bei der Straßenreinigung, in der Küche, in Fabriken, und der israelische Fahrer, der laut Gesetz als Einziger berechtigt ist, die Löhne entgegenzunehmen, verteilt das Geld später an sie, nachdem er einen hohen Anteil kassiert hat. In gewisser Weise ist die wirtschaftliche Blüte unseres Dorfes den Bewohnern Gazas und des Westjordanlands zu verdanken.

Sie haben auch zur kommerziellen Blüte des Dorfes beigetragen. Früher, bevor alles anfing, erledigten die Juden ihre Einkäufe in den Städten des Westjordanlands, denn sie dachten, dort sei es billiger, und wirklich, dort war alles viel billiger. Seit der Intifada, das heißt seit ungefähr fünfzehn Jahren, fühlten sich die Juden gefährdet und begannen, in den arabischen Dörfern Israels zu kaufen, die etwas sicherer waren. Unser Dorf ersetzte sozusagen zwei Städte, Kalkilia und Tul Karem. So kam es, dass sich die Situation der Bewohner des Westjordanlands und des Gazastreifens wegen der Intifada zunehmend verschärfte, während es den Bewohnern der arabischen Dörfer Israels immer besser ging. Damals wurden Häuser gebaut, wie man sie vorher bei uns nicht gekannt hat. Die Geschäfte entwickelten sich, und vor fast jedem Haus stand bald ein prachtvolles Auto.

Außer den Arbeitern gibt es in der Umgebung Hunderte ehemaliger Bewohner des Westjordanlands und Gazas, denen man die israelische Staatsbürgerschaft zugestanden hat, nachdem den besetzten Gebieten die Autonomie gewährt worden war. Das waren zum Beispiel Menschen, die mit den Sicherheitsbehörden zusammengearbeitet und sich in den arabischen Dörfern innerhalb Israels niedergelassen hatten, zu ihrem eigenen Schutz. Anfangs versuchten die Dorfbewohner, sich der Ansiedlung der Kollaborateure zu widersetzen, aber sie begriffen schon bald, dass sie eine beträchtliche Einnahmequelle darstellten. Die israelische Regierung mietete gegen gutes Geld Wohnungen für sie, und sie wurden zu einer nicht zu verachtenden Käuferschicht. Die wird man nicht ausliefern, das lohnt sich nicht, außerdem sind sie legal hier, genau wie wir.

Die zweite Intifada war etwas problematisch, denn sie schadete der Wirtschaft des Landes und führte zu einer tiefen Depression, die alle betraf. Nicht nur, dass die Juden viel mehr Angst hatten, die arabischen Dörfer zu betreten, wegen der Geschichten über die Machtzunahme der islamistischen Bewegung und wegen der aktuellen Sendungen, in denen unaufhörlich berichtet wurde, die Araber hätten angefangen, Terrororganisationen zu unterstützen. In der letzten Zeit hat die Grenzpolizei immer häufiger nächtliche Einsätze vorgenommen, sie hat Lagerhallen und Bauhütten überfallen und Arbeiter verhaftet, die sich illegal hier aufhalten. Nun sind also der Bürgermeister und mit ihm die Einwohner bereit, freiwillig die Arbeit des Staates zu übernehmen.

Mein Vater erzählt, alle Familienoberhäupter hätten an der Sitzung teilgenommen. Zuerst waren sie sozusagen automatisch gegen den Bürgermeister, wie sie auch gegen die Gründung einer neuen Schule gewesen waren, nur aus lauter Opposition und wegen des uralten Hasses zwischen den Familien. Doch nachdem ihnen der Bürgermeister erklärt hat, sie hätten keine andere Wahl, denn wenn die Absperrung noch einen Tag länger andauere, werde es schon kein Trinkwasser mehr geben, überlegten sie es sich anders. Mit dem Abschalten des Stroms hatten die Wasserpumpen aufgehört zu arbeiten, und es ist zweifelhaft, ob morgen früh noch Wasser aus den Hähnen fließen wird. Aus demselben Grund würde die Abwasserversorgung nicht funktionieren, sagte der Bürgermeister. In wenigen Stunden würde es in den Häusern zu Abflussverstopfungen kommen und die Bewohner müssten ihre Notdurft im Freien verrichten, wie früher. Er sagte, die meisten Leute hätten zwar noch genug zu essen, aber nichts mehr auf der Bank, und ein Teil der Familien habe noch nicht einmal genug Geld, um Brot zu kaufen. Und wer den Zeitpunkt verpasst habe, werde in den leeren Geschäften keine Nahrungsmittel mehr bekommen.

»Und du, Vater, was hast du gesagt?«, will ich wissen.

»Ich habe gesagt, dass morgen vielleicht schon alles vorbei ist, aber wenn man keine Wahl hat, hat man keine Wahl. Wir sind nicht wie sie, wir können nicht lange durchhalten. Wir sind hier nicht in Jenin, hier ist alles israelisch, die Banken, der Strom, das Wasser, die Abwasserversorgung, und sogar die Milch, die wir trinken, kommt von der Tnuva. Wir können hier nicht lange durchhalten. Wenn es eine Woche dauert, werden die Leute verhungern, sie werden vertrocknen, sie werden alle möglichen Krankheiten bekommen.«

»Aber wer sagt, dass die Arbeiter der Grund für das alles sind?«

»Was sollen sie sonst wollen? Es gibt keinen anderen Grund, nur die illegalen Arbeiter, sie sind die Ursache für die Schwierigkeiten.«

Mein jüngerer Bruder fragt unseren Vater, welchen Standpunkt die Kommunisten vertreten hätten, und einen Moment lang ist er selbst erschrocken über seine Frage. Aber mein Vater achtet nicht besonders darauf und antwortet, zuerst seien sie natürlich dagegen gewesen, schließlich seien wir ein Volk, aber dann hätten sie ebenfalls zugestimmt. Und nicht nur sie. »Die Entscheidung ist am Schluss einstimmig getroffen worden. Sogar die islamistische Bewegung ist dafür. Außerdem, was wird man ihnen schon tun? Wenn Gesuchte unter ihnen sind, wird man sie einsperren, und die würde man ohnehin bei irgendeinem Anschlag schnappen. Und diejenigen, die nur zum Arbeiten hergekommen sind, kehren in ihre Dörfer zurück. Sie werden nicht ins Gefängnis geworfen. Glaubt mir, zwei Tage später werden sie schon wieder hier sein, als wäre überhaupt nichts passiert.«

Wir essen fertig. Eine große Menge Fleisch ist im Topf geblieben, und meine Mutter sagt, das sei schade. Falls jemand heute noch einmal etwas essen wolle, solle er ruhig kommen.

9

Ich gehe mit meiner Frau und der Kleinen nach Hause. Meine Frau sagt, es sei nicht in Ordnung, sie auszuliefern, sie sagt, diese Leute seien zu bedauern, und jedes Mal, wenn sie sie sehe, täten sie ihr Leid. Die Dorfbewohner hätten kein Mitgefühl, sie verstehe nicht, warum das so wäre. Hätten sie nicht auch Familien und kleine Kinder zu versorgen? Was würden sie jetzt tun? Verhungern. Die Kleine ist wieder eingeschlafen. Meine Frau geht ins Bett und verkündet, sie wolle jetzt eine Stunde schlafen, falls es ihr bei dieser Hitze und ohne Klimaanlage überhaupt gelinge. Sie sagt, wenn die Auslieferung der Arbeiter bedeuten würde, dass die Klimaanlage wieder arbeitet, wäre sie allerdings auch einverstanden, und lacht. Sie behandelt die Dinge nicht mit dem notwendigen Ernst, manchmal bin ich neidisch auf die selbstverständliche Art, wie sie alles aufnimmt. Eigentlich kann ihr nichts wirklich etwas anhaben. Sie benimmt sich, als wäre alles in Ordnung, und ich sehe nicht die geringste Chance, dass ich sie an meinen Gedanken teilhaben lassen könnte. Ich schwitze und fühle mich klebrig. Einen Moment lang denke ich daran, ins Bad zu gehen, beschließe aber, die Sache zu verschieben. Man darf jetzt kein Wasser vergeuden. Ich drücke nach dem Pinkeln noch nicht mal die Wasserspülung.

Meine Frau schläft sehr schnell ein. Ich liege neben ihr

im Bett, die Hände unter dem Kopf gefaltet, mit offenen Augen. Von draußen ist Faris zu hören, unser Nachbar. Seine Stimme hat sich im Lauf der Jahre verändert, aber ich erkenne sie noch immer. Er ruft die Namen seiner Kinder. Faris hat einen besonderen Akzent, nicht wie die anderen Dorfbewohner. Er hat einen seltsamen Nachnamen, aber alle nennen ihn Faris, den Ramallaher, weil er aus Ramallah stammt. Erst kürzlich habe ich gehört, Faris habe eine Achtzehnjährige aus Kalkilia geheiratet und Ibtisam verlassen. Offiziell geschieden seien sie nicht, aber sie wolle ihn nicht mehr sehen.

Jetzt höre ich Ibtisam, seine Frau, ihn anschreien, er solle abhauen. »Was hast du hier zu suchen, du Dreckstück? Geh zu deiner Hündin.«

Und Faris, mit seinem seltsamen Akzent, schreit, er wolle seine Kinder sehen. »Ich will nicht ins Haus, lass sie mich nur sehen, ich will nur sehen, ob es ihnen gut geht.«

»Hau ab und lass dein Gesicht nicht mehr hier blicken, hau ab, bevor ich die Polizei rufe«, schreit Ibtisam.

Jetzt ruft Faris seine Kinder beim Namen. »Muntasir, Hiba.« Die Kinder antworten nicht. Nur Ibtisam schreit und flucht.

Faris stammt aus einer seltsamen Familie. Als wir klein waren, kam manchmal seine ganze Verwandtschaft ins Dorf, und alle sprachen mit diesem seltsamen Akzent. Und dann kam plötzlich, mitten im Jahr, ein Junge oder ein Mädchen neu in die Schule, und wir, die Schüler, konnten sie nie leiden, diese Kinder, die so anders sprachen. Auch die Lehrer mochten sie nicht besonders. In der vierten Klasse kam einer aus Um al-Faham zu uns, den alle Fahmawi nannten, und in der Mittelstufe erschien ein Mädchen aus Lod, das wir Ledawije nannten. Diese fremden Kinder liefen immer zusammen herum und sprachen kaum ein Wort mit den anderen.

Alle sagten, die Polizei habe sie ins Dorf gebracht. Von Fahmawi zum Beispiel erzählten seine Klassenkameraden, sein Vater habe jemanden in Um al-Faham umgebracht und sei ins Gefängnis gekommen, die Polizei habe die Familie evakuiert, aus Angst vor Racheakten. Und von dem Mädchen aus Lod wurde gesagt, ihr Vater sei ein Drogenhändler, der mit der Polizei zusammengearbeitet habe, und in Lod wolle man seine Familie umbringen, deshalb habe man sie zu uns gebracht. Wir wussten, dass wir uns vor den Leuten mit fremden Familiennamen hüten sollten, auch unsere Lehrer sagten immer, die Polizei zwinge die Schule, diese Kinder aufzunehmen, sonst hätte man ihnen nie im Leben erlaubt, hier den Unterricht zu besuchen. Einmal schrie der Geschichtslehrer Ledawije regelrecht an, man hätte sie dort lassen müssen, man hätte ihnen nicht erlauben dürfen, herzukommen und unsere Kinder zu verderben. Der Lehrer sagte, sie wäre wie eine faule Tomate in einem Korb, die ganz allmählich alle zum Faulen bringen würde. Die ganze Klasse schaute Ledawije an, die ganz allein in der letzten Reihe saß. Sie brach in Weinen aus und legte den Kopf in beide Hände, aber niemand hatte Mitleid mit ihr, obwohl Ledawije eine gute Schülerin war und nie den Unterricht störte.

Faris, der Ramallaher, ist jetzt bestimmt schon über vierzig. Er wohnt seit mehr als fünfzehn Jahren im Dorf, aber er hat seinen Akzent noch nicht verloren. Ich war im zweiten Jahr im Gymnasium, als ich seinen Namen zum ersten Mal hörte. Meine Eltern unterhielten sich darüber, dass Ibtisam, unsere Nachbarin, einen Mann aus Ramallah heiraten würde. Meine Mutter, daran erinnere ich mich, freute sich darüber, sie hoffte, Ibtisam würde dann endlich ein bisschen ruhiger, vielleicht könne ihr Mann sie ja zum Schweigen bringen. Ibtisam war schon älter, über fünfundzwanzig, und alle hatten geglaubt, es würde sie keiner mehr nehmen. Man sagte über sie, sie sei ein bisschen verrückt. Sie zankte unaufhörlich mit ihren Nachbarn. Meine Eltern mochten sie nicht besonders, waren aber immer nett zu ihr, damit sie uns nicht mit Dreck bewarf oder unsere Bäume umsägte, wie sie es bei anderen Nachbarn getan hatte. Sie hatte ungefähr sieben Brüder, die alle schon verheiratet waren, und lebte allein mit ihrem alten Vater, der sich nicht aus dem Rollstuhl bewegte und den ganzen Tag die Kinder verfluchte, die vor seinem Haus Fußball spielten. Und je älter er wurde, desto stärker wurde er auch und umso schneller kam er mit seinem Rollstuhl vorwärts. Wir passten auf, dass unser Ball nicht in seinem Hof landete, denn dort saß er immer, fluchte und wartete auf Bälle. Und wenn dann einer in seinen Hof fiel, glitt er blitzschnell wie eine Schlange mit seinem Rollstuhl auf den Ball zu, nahm ihn, fluchte und lachte schadenfroh, dann rollte er ins Haus, kam mit einem Messer zurück, näherte sich uns und zeigte uns, wie er den Ball in Stücke schnitt, bevor er ihn uns zurückgab.

Alle hassten ihn, seinetwegen konnten wir bei uns überhaupt nicht Ball spielen, denn irgendwie landete der Ball fast immer in seinem Hof genau neben unserem. Einmal versuchte Chalil, der Sohn unserer Nachbarn, seinem Ball nachzulaufen, der in den Hof von Ibtisams Vater gefallen war. Der Ball war ganz neu, und Chalil sagte, sein Vater würde ihn umbringen, wenn er ihn verlieren würde. Er rannte, so schnell er konnte, aber niemand konnte sich an Schnelligkeit mit der des Rollstuhls messen. Chalil gab nicht auf, trotz des Gebrülls des Alten, er stürzte sich weinend auf ihn, versuchte, ihm den Ball aus den Händen zu reißen. Der Alte hielt den Ball fest, lachte Chalil aus und drohte, den Ball mit dem Messer zu zerschneiden. Chalil zerrte mit aller Kraft an dem Ball, und der Alte fiel aus seinem Rollstuhl und blieb auf dem Boden liegen. Chalil hatte seinen Ball gerettet und rannte sofort ins Haus. Niemand wagte, sich dem Alten zu nähern, der unaufhörlich weinte, denn wir hatten Angst, er würde uns schlagen oder mit einem Messer auf uns einstechen. Wir ließen ihn neben seinem umgekippten Rollstuhl auf der Erde liegen, bis Ibtisam nach Hause kam und ihn aufhob. An diesem Tag verfluchte sie alle, und nachdem ihr Vater ihr erzählt hatte, dass Chalil der Schuldige gewesen war, verfluchte sie ihn und seine Eltern noch lange, dann warf sie große Steine in ihre Fensterscheiben und sagte, sie würde sie umbringen, wenn sie ihrem Vater nicht den Ball zurückgäben. Alle Nachbarn versuchten, Ibtisam zu beruhigen, aber es half nichts. Schließlich brachten ihr Chalils Eltern den Ball. Chalil weinte wie ein kleiner Junge und schwor, eines Tages würde er Ibtisam, die Hündin, und ihren Vater umbringen.

Alle freuten sich, als sie hörten, dass Ibtisam heiraten wollte. Die Frauen hatten sie schon eine alte Made genannt, die nie einen Mann kriegen würde, und plötzlich hatte sie einen aus Ramallah. Alle waren sicher, dass sie, war sie erst einmal verheiratet, die Nachbarschaft in Ruhe lassen würde. Ich erinnere mich, dass auch ich bei der

Hochzeit war. Ibtisam war so glücklich. Nie zuvor hatte ich sie glücklich gesehen, und an jenem Tag tanzte sie wie eine Verrückte mit ihrem Vater im Rollstuhl herum und küsste sich mit allen. Sogar die Kinder küsste sie. An jenem Tag wurde mir klar, dass sie eigentlich eine nette Frau war.

Faris, der Ramallaher, schien ein guter Mann zu sein, die Nachbarschaft strahlte. Man sagte, er sei nicht wie die anderen Fremden. Bestimmt sei es ein Bruder oder ein Vetter von ihm, der in diesen Mord in Ramallah verwickelt wäre. Faris selbst sei ein guter Mann, der mal ein erfolgreicher Mechaniker gewesen sei, bevor die Polizei ihn gezwungen habe, sein Haus zu verlassen und zu uns zu kommen.

Meine Mutter sagte, wer weiß, vielleicht schließen die beiden Familien in Ramallah ja eines Tages Frieden, dann würden Faris und Ibtisam wohl dorthin ziehen, und das wäre das Allerbeste. Wie lange würde der Alte schon noch leben? Nach Ansicht meiner Mutter zählte er schon seine Tage.

Ibtisam verließ unser Viertel. Eine Woche nach der Hochzeit kam sie mit Faris nach Hause zurück, und alle Nachbarn schauten zu, wie sie ihre Koffer und ein paar neue Möbel hineinbrachten. Faris lächelte die ganze Zeit, und auch Ibtisam sah glücklich aus. Danach sagten alle, es habe sich wahrscheinlich um ein Abkommen gehandelt, er würde sie heiraten und sie würde ihn dafür in ihrem Haus wohnen lassen, zusammen mit ihr und ihrem Vater. Ihr Vater starb einen Monat, nachdem Ibtisam mit ihrem Ehemann zurückgekommen war, aber sie sah weiterhin glücklich aus, als würde sein Tod ihr nichts ausmachen. Sie warf den Rollstuhl nicht weg, er blieb im Hof stehen, und manchmal setzte sie sich hinein und rollte mit ihm unseren Bällen nach.

Schon nach kurzer Zeit hassten alle den Ramallaher und sagten, im Vergleich mit ihm sei der Alte ein richtiger Engel gewesen. Meine Mutter verbot uns, mit ihm zu sprechen, sogar wenn er uns etwas fragte, sollten wir keine Antwort geben. Anfangs hatte er alle Kinder der Nachbarschaft in seinen Hof eingeladen, er hatte uns die Bälle zurückgegeben und Ibtisam angeschrien, wenn sie einen Ball behalten wollte. Er hatte einen netten, kinderlieben Eindruck gemacht. Die ganze Zeit kamen ihn etwas ältere Kinder besuchen, manche auch aus der Mittelstufe, Kinder, die ich kannte. Zu dritt oder zu viert betraten sie sein Haus, und Faris schloss hinter ihnen die Tür immer mit einem Schlüssel ab.

Meine Brüder und ich sprachen nie mit Faris, ebenso wenig wie mit Ibtisam. Mein Vater sagte, er sei ein Perverser, und wir wussten nicht, was das bedeutete. Faris saß den ganzen Tag zu Hause rum und ging nie zur Arbeit. Die Kinder, die ihn besuchten, wuchsen und wurden älter. Manchmal klopften sie an die Tür, Faris machte auf und sagte, sie sollten noch ein bisschen warten, dann warteten sie im Hof, bis die vorherige Gruppe das Haus verlassen hatte und Faris die Wartenden einließ. Er war immer freundlich, umarmte alle und lächelte sie an. »Alan wasalahn.«

Einmal, als wir Fußball spielten, erzählte Chalil, einige aus seiner Klasse würden Faris oft besuchen, er würde ihnen Videofilme über Sex zeigen und sie Zigaretten rauchen und Bier trinken lassen. Chalil sagte, es koste fünf Schekel, einen Film zu sehen, und noch einmal fünf für ein Bier und zwei Time-Zigaretten.

Eines Tages wurde Chalils Vater, ein Lehrer der Mittelstufe, wirklich wütend und schrie seine Schüler an, die auf Faris' Haus zugingen, sie sollten es ja nicht betreten. »Ich sage es euren Eltern«, schrie er. »Ich kenne sie, ihr werdet schon sehen, was ihr morgen in der Schule erleben werdet.«

Die Jugendlichen liefen schnell davon, und Faris stand die ganze Zeit auf seinem Balkon, lächelte und sagte zu Chalils Vater: »Sie verderben mir die Arbeit.« Und Chalils Vater schrie: »Das soll Arbeit sein? Schämen Sie sich!« Und Faris sagte, es sei nur schade, dass er einen Filmkünstler wie ihn nicht zu schätzen wisse.

VIERTER TEIL

Kanalisation

1

Am Abend werden sehr schnell ein paar hundert Leute aus dem Dorf rekrutiert, um den Auftrag auszuführen. Alle, die am Morgen noch grüne, rote oder palästinensische Fahnen geschwenkt haben, suchen jetzt freiwillig nach illegalen Arbeitern. Lieferwagen, Privatautos und Lastwagen werden dafür eingesetzt. Der Lärm der Autos erfüllt das dunkle Dorf, nur die näher kommenden Scheinwerfer sind zu sehen. Die Aktion beginnt in den späten Abendstunden, trotzdem sind viele Bewohner noch wach und schauen aus den Fenstern, beobachten alles von ihren Balkons aus, oder sie sitzen in den Gärten, um ja nichts zu verpassen. Manche knacken sogar Sonnenblumenkerne.

Wieder versammelt sich unsere ganze Familie im Haus meiner Eltern. Die beiden Kinder, meines und das meines älteren Bruders, schlafen nebeneinander im Bett meiner Eltern. Mein kleiner Bruder versucht, mit Hilfe einer Kerze für seine Prüfung am nächsten Vormittag zu lernen, gibt es aber bald auf. Von Zeit zu Zeit dringt ein Hupen oder ein Aufschrei durch die Dunkelheit, wenn die Arbeiter beschimpft werden. Warum, zum Teufel, erledigen sie das alles nicht wenigsten ein bisschen höflicher?

Aus den Autos, die von Jugendlichen aus dem Dorf gefahren werden, dringt laute Musik, und sie hupen rhythmisch, um anzuzeigen, dass ihr Auto schon voll ist. Die

Arbeiter werden in die Grundschule gebracht, den Arbeitsplatz meiner Frau, nicht weit von uns entfernt. Meine Mutter, die sich unbehaglich fühlt, verflucht von Zeit zu Zeit die Juden, und manchmal flucht sie nur so. Meine Frau sagt, die Dorfbewohner würden sich wie Vieh verhalten, sie seien schon immer wie Vieh gewesen. Und warum haben sie die widerlichsten Dorfbewohner ausgewählt, um diesen Auftrag zu erledigen? Kann man das nicht leise erledigen, durch Überzeugungsarbeit? Können sie sich noch nicht mal entschuldigen? Ein Glück, dass sie nicht für den Grenzschutz oder zum Militär eingezogen werden, sie wären bestimmt grausamer als alle anderen.

Mein Herz klopft heftig, mein Kopf droht zu platzen. Wir bleiben bis spät in der Nacht bei meinen Eltern. Dann hört das Dröhnen der Automotoren auf, das Werk scheint vollbracht zu sein. Der einzige Lärm, der noch zu hören ist, kommt aus der nahen Grundschule. Ab und zu schreit ein Arbeiter auf: »Schande über euch!«, danach ertönt ein wütendes »Ruhe!«. Mein Vater hat noch nie so besiegt ausgesehen, beim Licht der Kerze kann man ihn auf dem weißen Plastikstuhl sitzen sehen, mit Tränen in den Augen.

Wir lassen unsere Tochter bei meinen Eltern. Meine Frau schläft schnell ein, nachdem sie noch geduscht hat. Ich fand es nicht richtig, sie deswegen zu rügen, obwohl es verantwortungslos von ihr war. Wie schafft sie es bloß, immer so schnell einzuschlafen? Mir gelingt es einfach nicht. Ständig laufe ich durch das Haus. Von Zeit zu Zeit lege ich mich aufs Bett, schließe die Augen und stehe dann wieder auf.

Ich steige aufs Dach und betrachte die blauen Scheinwerfer der Jeeps. Ich stecke mir noch eine Zigarette an und lausche dem Dröhnen der Motoren, das jetzt viel lauter zu hören ist. Und ich frage mich, ob die Arbeiter in der Grundschule überhaupt einschlafen konnten.

2

Im Morgengrauen halten drei Autobusse des Transportunternehmers, der als reichster Mann des ganzen Bezirks gilt, vor der Grundschule. Ich kann vom Dach aus sehen, wie die Arbeiter eingeladen werden. Es sind über hundert. In jeden Bus steigen ein paar bewaffnete Schlägertypen und bewachen die Arbeiter. Ich nehme das Auto und fahre Richtung Dorfeingang. Zu meiner Überraschung stehen dort Tausende von Menschen in Arbeitskleidung und warten, als gäbe es keinen Zweifel, dass sie, nachdem die Illegalen ausgeliefert wären, zu ihrer Arbeit fahren könnten. Der Bürgermeister, einige Gemeinderäte und andere Würdenträger des Ortes haben sich dort aufgestellt und warten auf die Autobusse.

Die Arbeiter steigen freiwillig aus, mit gesenkten Köpfen, und gehen in die Richtung, die ihnen von den Dorfbewohnern gezeigt wird. Ab und zu bricht einer von ihnen in Weinen aus und bettet um Gnade. Der Bürgermeister befiehlt seinen Leuten, die Arbeiter in einer Reihe aufzustellen. Noch mehr Verstärkung strömt zu den beiden Panzern, die ein paar hundert Meter entfernt stehen, Soldaten stellen sich in Reih und Glied und erheben ihre Waffen. Der Bürgermeister winkt mit einer weißen Fahne und schreit, so laut er kann, dass die Arbeiter übergeben würden. Ein Gemeinderatsmitglied nimmt das Megaphon, mit dem er am Vortag noch Parolen gegen Israel geschrien hat, und verkündet die Absicht der Dorfbewohner. Die Soldaten reagieren nicht. Der Bürgermeister fordert alle Arbeiter auf, die Hände über den Kopf zu erheben, und den Vorarbeiter bittet er, die weiße Fahne in die rechte Hand zu nehmen. Zwei junge Leute schieben ein paar Holzbretter auf die über die Straße gerollten Stacheldrahtsperren, als Brücke für die Arbeiter. Der Vorarbeiter, ein groß gewachsener, magerer Mann, steigt auf die Bretter. Sein Körper zittert, und er setzt sich langsam und mit schwankenden Schritten in Bewegung. Als er die andere Seite der Absperrung fast erreicht hat, trifft ihn eine Kugel. Er stößt einen unterdrückten Schrei aus und stürzt nieder. Die Kugel hat ihn ins Herz getroffen. Die Menschen ducken sich, manche liegen auf dem Boden. Die Arbeiter fangen an zu schreien und zu weinen und versuchen, in die andere Richtung zu fliehen, aber die Dorfbewohner versperren ihnen den Weg. Der Bürgermeister schreit durch das Megaphon, man werde keinem erlauben, von hier zu verschwinden. Die Arbeiter heulen und betteln um ihr Leben. Ich stehe auf der Seite, weit weg, gebeugt, atme schwer und vergewissere mich, dass ich außerhalb der Schusslinie bin. Ich erkenne Muchamad, den Arbeiter mit der Hasenscharte. Er sieht gleichgültiger aus als die anderen.

Der Bürgermeister und seine Helfer beschließen, es noch einmal zu versuchen, sie reden sich ein, dass die Soldaten nur aus Misstrauen geschossen hätten, schließlich könne einer der Arbeiter eine Bombe unter seiner Kleidung versteckt haben. Der Bürgermeister gibt eine Anweisung, und die weinenden Arbeiter beginnen sich auszuziehen, unter der Aufsicht der Schlägertypen, die sie schon immer gehasst haben. Diejenigen, die versuchen, Widerstand zu leisten, ernten Rippenstöße. Sie fluchen ununterbrochen, bekommen Ohrfeigen, werden brutal geschlagen und müssen sich wieder, nur in Unterhosen, in einer Reihe aufstellen.

Der Bürgermeister wählt einen von ihnen aus, vielleicht den, den er für den ältesten hält, und befiehlt ihm, sich an die Spitze der Reihe zu stellen. Der Arbeiter fleht ihn an, krümmt sich, weint und bittet im Namen Gottes um Erbarmen, und der Bürgermeister erklärt ihm, man habe keine Wahl. »Das ist alles nur euretwegen«, schreit einer der jungen Männer. »Ihr wolltet Al-Akza, oder nicht? Kommt doch allein zurecht, schaut, was ihr uns gebracht habt.«

Zitternd, nur in einer weiten weißen Unterhose, tritt der erste Arbeiter auf das Brett, eine weiße Fahne in der Hand. Langsam macht er einen Schritt nach dem anderen und geht dann auf die Knie, um über den Körper des erschossenen Arbeiters zu kriechen. Wieder sind Schüsse zu hören. Der zweite Arbeiter bewegt sich nicht, liegt über der Leiche seines Freundes. Geschrei erfüllt die Luft, Jammern, Wehklagen. Nun schreien auch einige Dorfbewohner: »Schluss, genug, sie wollen sie nicht.«

Immer mehr Menschen strömen zusammen. Frauen tauchen auf, ältere Frauen, die schon ein Alter erreicht haben, in dem sie weiße Kopftücher tragen, laufen auf die Absperrung zu, weinend und flehend, man möge die Arbeiter gehen lassen, schützen sie mit ihren Körpern. Sie schreien den Bürgermeister und seine Leute an, Gott solle sie in der Hölle schmoren lassen. Sie packen die über den Stacheldraht gelegten Bretter und zerren daran, um die

Leichen zu unserer Seite heranzuziehen. Die Leiche des zweiten Arbeiters, des Mannes in der Unterhose, fällt auf die andere Seite hinunter, die Leiche des ersten können sie heranziehen. Die Männer verschwinden. Nur Frauen und Kinder bleiben zurück. Die Arbeiter sammeln weinend ihre Kleider ein. Keiner schaut sie an, keiner spricht mit ihnen.

Die Unruhe ist vorbei, nur ein paar Kinder sind noch da, die auf Fahrrädern in der Nähe der Sperre herumkurven und Panzer und Soldaten beobachten. Ich gehe zurück, an dem Springbrunnen vorbei, den der Bürgermeister mit einem großen Fest eingeweiht hat und der dazu bestimmt war, die Käufer zu empfangen, die am Samstag zum Einkaufen zu uns kommen. Ein riesiges Schild verkündet auf Hebräisch und Arabisch, dass unser Dorf seine Gäste begrüßt. Der Springbrunnen ist nicht angestellt, es gibt keinen Strom mehr. Das Wasser sieht schmutziger aus als sonst, Getränkedosen und Zigarettenkippen schwimmen darin, Abfall, den die Tausende von Menschen, die sich in den letzten beiden Tagen hier versammelten, hineingeworfen haben.

Kaufleute stehen vor ihren Ladentüren, betrachten die vorbeiziehenden Menschen und warten darauf, zu hören und zu sehen, was passiert. Sie haben ihre Geschäfte nicht ganz geöffnet, fast alle begnügen sich mit einer kleinen Öffnung, ohne die Eisengitter bis zur Decke hinaufzuziehen. So können sie ihren Laden schnell wieder abschließen, für den Fall, dass erneut Unruhe aufkommt. Sie sind gewohnheitsmäßig zu ihren Läden gekommen, sie wissen genau, dass sie heute weder Möbel noch Elektrogeräte verkaufen werden. Ein dicker, großer, etwa fünfzig Jahre alter

Mann steht vor seinem Lebensmittelgeschäft, eine Tasse Kaffee in der Hand. Ich gehe zu ihm hinüber, und als er mich erkennt, fragt er von weitem: »Was suchen Sie?«

»Zigaretten.«

»Keine mehr da«, sagt er und macht eine Bewegung mit der Hand, die zeigt, dass es fast nichts mehr gibt.

Die grünen Mülltonnen mit dem Emblem der Gemeinde sind voller denn je. Ihre Deckel stehen offen, damit die Einwohner ihre Mülltüten zu Pyramiden stapeln können. Auch neben den Tonnen häufen sich die Abfalltüten. Es gibt kein Benzin mehr für die Müllfahrzeuge. Je weiter man die Straße hinaufgeht, die zur Dorfmitte führt, umso höher werden die Abfallhaufen, und der Gestank wird mit jedem Schritt stärker. Große Tüten mit verdorbenem, aufgetautem Fleisch und Milchprodukten häufen sich in den Mülltonnen oder liegen daneben. Schwärme von Fliegen und Katzen und Hunde streiten sich um die neuen Schätze, von denen sie nie zu träumen gewagt hätten.

3

Sehr schnell stellt sich heraus, dass die Entscheidung, den Weg abzukürzen und mitten durch das Dorf zu gehen, ein schrecklicher Fehler gewesen ist. Man kann weder dem scharfen Gestank ausweichen, der sich überall ausbreitet, noch den Müllhaufen, die die engen kleinen Gassen fast verstopfen und sich zwischen den hundert oder mehr Jahre alten Häusern im Zentrum des Dorfes auftürmen. Ich versuche, nicht durch die Nase zu atmen, nur kurze, schnelle Atemzüge zu machen, die Luft möglichst lange anzuhalten.

Was ist mit den Leuten passiert? Nur einen Tag lang wird der Abfall nicht abgeholt, und schon hat sich das Dorf in eine einzige große Müllhalde verwandelt. Es geht nicht um die Leute, die am Vortag ihren Müll in die Abfalleimer geworfen haben, sie sind schließlich davon ausgegangen, dass er wie jeden Tag abgeholt werden würde, das Problem beginnt mit denselben großen hässlichen Frauen mit Kopftüchern, die weiterhin ihren Abfall herunterbringen und einfach vor ihren Häusern auftürmen. Bestimmt sind sie davon überzeugt, ordentliche Hausfrauen zu sein und auf Hygiene zu achten. Warum fangen die Leute nicht an, ihre unmittelbare Nachbarschaft zu säubern? Warum, verdammt, bringen sie den Müll nicht vor das Dorf? Was denken sie sich?

Die Kinder gehen heute nicht in die Schule, sie nutzen den freien Tag aus, um barfuß zwischen den Mülleimern herumzustreunen und Fangen zu spielen. Eine Gruppe Männer hat sich in einer der Gassen versammelt, sie umringen zwei Gemeindearbeiter in blauen Overalls, die angekommen sind, um sich um einen überlaufenden Gully zu kümmern. Je näher man kommt, umso durchdringender wird der Gestank. Einige Männer halten sich die Nasen zu, doch das hält sie nicht davon ab, den Gemeindearbeitern weiter bei ihrem erfolglosen Tun zuzuschauen. Ich kann hören, wie einer der Arbeiter sagt, da sei nichts zu reparieren, die Abwasserversorgung des Dorfes sei von außerhalb abgestellt, man müsse warten, bis die Behörden den Abfluss wieder anstellen, doch das überzeugt die Anwesenden nicht, einige schreien die Arbeiter an, sie verstünden nichts von ihrer Arbeit, und einer nutzt die Gelegenheit und verflucht die Gemeindeverwaltung, die den Müll nicht entsorgt.

»Statt die palästinensischen Arbeiter auszuliefern«, sagt der große Mann mittleren Alters, der in eine Galabija gekleidet ist, »hättet ihr sie lieber die Abwässer und den Müll in Ordnung bringen lassen sollen, sie verstehen davon mehr als ihr.«

Die anderen lachen, als hätte er einen besonders guten Witz erzählt.

Das Café in der Altstadt ist überfüllt mit Männern jeden Alters, sogar im Hof drängen sie sich zusammen. Viele finden keinen Sitzplatz, stehend trinken sie Kaffee oder Tee aus Plastikbechern. An einigen Tischen sitzen Männer und spielen Karten. Auch heute gibt es keine Arbeit, ansonsten ist auch nicht viel zu tun, man kann nur warten, dass die Abriegelung aufgehoben wird. Die einheimischen Arbeiter sind, wie üblich, früh aufgewacht, falls sie überhaupt geschlafen haben, um sich zu erkundigen, wie die Auslieferung der palästinensischen Arbeiter an die Soldaten ausgegangen ist, in der Hoffnung, dass sie danach zu ihren Arbeitsplätzen fahren könnten. Nachdem sie gehört haben, dass der Plan des Bürgermeisters nicht funktioniert hat, bleibt ihnen nichts anderes zu tun. Im Café Karten zu spielen und sich ein bisschen zu unterhalten scheint ihnen eine ideale Lösung zu sein, den Rest des arbeitsfreien Tages zu verbringen.

Einige Gymnasiasten haben sich vor der Schule zusammengefunden und beschließen, auch heute einen Aufmarsch zu veranstalten, nur dass sich ihnen diesmal keiner der Dorfbewohner bereitwillig anschließt. Lediglich ein paar Dutzend ziehen los. Von Zeit zu Zeit versucht jemand, die anderen mit Protestgeschrei anzutreiben, doch schon bald schweigen sie. Sie verstehen, dass ihr Demonstrationsversuch zum Scheitern verurteilt ist. Die Schüler zerstreuen sich und gehen nach Hause, sie sind noch nicht einmal in die Nähe der Absperrung gekommen.

Vor der Moschee sitzen die Alten, so wie immer, und drehen sich Zigaretten. Auf dem nahen Friedhof heben die palästinensischen Arbeiter zwei Gräber aus. In das eine legen sie die Leiche ihres Freundes, die die Frauen hatten heranziehen können, in das andere werfen sie die Kleidung des zweiten, dessen Leiche auf der anderen Seite des Stacheldrahts zurückgeblieben ist. Die palästinensischen Arbeiter weinen nicht, still betend begraben sie ihren Freund.

Am Friedhofstor steht Turmos. Ich habe ihn schon seit Jahren nicht mehr gesehen, diesen Turmos. Er hat noch immer den grünen Wagen, den er schon zog, als ich noch in die Grundschule ging. Niemand weiß wirklich, wie er heißt, alle nennen ihn Turmos. Er kam jeden Tag bei Schulschluss, bewaffnet mit einem tragbaren Tonbandgerät, das er neben seine Schüssel mit Lupinenkernen stellte. Aus dem Gerät drangen laute ägyptische Lieder. Alle lachten über Turmos. Er sah seltsam aus und verfolgte uns mit den Augen. Seine Augen folgten auch den Käufern, wenn er mit der Hand die Lupinenkerne aus der Schüssel in eine Tüte füllte. Er ließ nie etwas danebenfallen, obwohl er nicht hinschaute, was er tat. Er heftete den Blick auf einen, lächelte nie und sagte nie ein Wort. Anfangs hatte ich Angst vor ihm, und da war ich nicht der Einzige, aber alle kauften bei ihm, denn seine Lupinenkerne waren wirklich sehr gut.

Ich betrachte ihn, wie er vor dem Friedhof steht, sein Gerät spielt noch dieselben Lieder, die einmal Schlager waren und an die sich heute niemand mehr erinnert. Er wartet darauf, dass die Arbeiter ihre Beerdigungszeremonie beenden. Vielleicht wird er ihnen ein paar Lupinenkerne verkaufen können.

Früher lief er den ganzen Tag durch die Straßen, suchte nach Menschenansammlungen, nach Plätzen, wo etwas los war, schob seinen grünen einrädrigen Wagen vor sich her. Am liebsten war ihm der Fußballplatz. Er kam nicht nur zu den Spielen der Erwachsenen an den Samstagen, sondern auch zu allen Trainingsspielen, sogar zu denen der verschiedenen Jugendgruppen.

Ich weiß noch genau, dass er kein einziges Training verpasst hat, auch nicht das der Jugendmannschaft, in der ich spielte. Nun ja, ich spielte eigentlich nicht mit, ich war nur eingetragen, kam zu jedem Training und immer rechtzeitig. Ich mochte Fußball nicht, verhielt mich aber, als wäre es ein weiteres Fach, in dem ich der Beste sein müsste. Wie in Mathematik oder Religion. Die anderen Spieler sagten, der Trainer sei nur bereit gewesen, mich zu akzeptieren, weil er Angst hatte, mein Vater würde ihn sonst rausschmeißen. Nie fand ich einen Partner für die Übungen, die wir laut Trainer zu zweit machen sollten. Immer musste er einen der anderen Jungen zwingen, sich mit mir zusammenzutun. Ich bin nicht sicher, ob ich wirklich so ein schlechter Spieler war, aber ich hasste diese Übungen, ich hasste es, zum Platz zu gehen, und ich hasste die Fußball spielenden Jungen. Doch ich wollte meinen Vater nicht dadurch ärgern, dass ich aufhörte. Er sagte immer: »Ein gesunder Geist in einem gesunden Körper«, unaufhörlich wiederholte er diesen Ausspruch. Ich weiß noch, dass er einmal zu mir sagte: »Vielleicht rennst du nicht so schnell wie die anderen, vielleicht kannst du nicht so fest zutreten wie sie, aber du hast Verstand, du musst die Form des Spiels diktieren.« Aber das war Blödsinn, die besten Spieler waren diejenigen, die schneller rannten und fester zutreten konnten als die anderen.

Nie beteiligte man mich an den Spielen, die im Dorf stattfanden, immer blieb ich auf der Bank sitzen, als Austauschspieler, nur dass nie jemand ausgetauscht wurde. Aber ich hatte ein Hemd mit dem Aufdruck des Vereins und mit der Werbung für die Betonfirma, die dem Vater eines der Jungen aus unserem Team gehörte. Die anderen Jungen sagten, bestimmt habe mein Vater für mein Hemd Geld bezahlt. Aber ich regte mich nicht darüber auf, ich wusste, dass sie nur neidisch waren.

Ich erinnere mich noch an jenen Samstagmorgen, als die Gruppe zu ihrem ersten Auswärtsspiel fahren sollte. Alle sprachen darüber, dass wir mit einem Autobus fahren und mit Juden in einer richtigen Jugendliga spielen würden. Auf Anordnung des Trainers sollten wir uns um neun Uhr morgens auf dem Platz einfinden. Wie üblich war ich als Erster dort. Der Zweite, der ankam, war Turmos mit seinem Wagen. Ich hielt mich in einer gewissen Entfernung von ihm, ließ ihn aber nicht aus den Augen. Wenn er näher kommt, dachte ich, renne ich weg, so schnell ich kann.

Der Trainer und der Kleinbus kamen, noch bevor alle Spieler eingetroffen waren. Ich stieg als Erster ein, in meinem roten Vereinshemd und mit meinen Fußballschuhen. Der Bus füllte sich langsam. Der Trainer bat mich, für einen Moment mit ihm auszusteigen, er müsse mit mir reden. »Nimm deine Tasche mit«, sagte er. Und dann erklärte er mir, der Bus sei sehr klein, es gebe nicht genug Platz für alle, und der Besitzer der Betonfabrik habe beschlossen, heute mitzufahren. »Beim nächsten Mal nehmen wir dich mit«, sagte der Trainer und stieg ein.

Ich behielt die Fassung, ließ mir nichts anmerken, ich war nahe daran, zu platzen, aber ich sagte kein Wort. Ich sah, wie die Jungen im Bus lachten und zu mir herüberschauten, und ich wusste, dass sie über mich sprachen, aber ich riss mich zusammen. Erst als der Bus verschwunden war, merkte ich, dass ich nicht mehr konnte. Meine Schultern bebten, und obwohl ich mir große Mühe gab, mich zu beherrschen, flossen meine Tränen von allein.

»Das ist für dich«, hörte ich eine Stimme hinter mir sagen. Da stand Turmos, mit einer Tüte in der Hand. »Nimm, das ist für dich. Weine nicht. Ich habe dich gesehen, du bist kein schlechter Spieler, ich habe dich gesehen.«

Jetzt schaue ich zu Turmos hin, dem Einzigen aus dem Dorf, der zur Beerdigung gekommen ist. Ich warte darauf, seinem Blick zu begegnen, den großen Augen, die mich verfolgen. Aber nein. Sein Kopf ist gesenkt, sein großer Körper zittert.

4

Die Müllhaufen bei uns sind kleiner, vor allem deshalb, weil unser Viertel ein wenig abseits vom Dorf liegt und weniger eng bebaut ist als das Zentrum. Aber es ist noch immer schwer, den scharfen Gestank zu ignorieren. Auch unsere Abflüsse sind noch nicht verstopft, aber vermutlich wird es nicht mehr lange dauern, bis es auch hier so weit ist. Frauen in ihrem Dischdasch fegen und putzen weiterhin gleichgültig ihre Häuser, ich gehe etwas schneller zum Haus meiner Eltern. Meine Frau und die Frau meines älteren Bruders sind aus der Schule zurückgekommen. Heute sind nur wenige Kinder in der Schule erschienen, und die Direktoren, die sich am frühen Morgen mit dem Bürgermeister getroffen hatten, beschlossen, einen freien Tag zu verkünden. Niemand von ihnen wagte es, die richtige Bezeichnung »Streik« für den erzwungenen Unterrichtsausfall zu benutzen, niemand war daran interessiert, später dem Unterrichtsministerium Rechenschaft ablegen zu müssen.

Mein Vater sitzt im Garten, das Schachspiel vor sich, und fängt an, die Figuren zu ordnen. Bald wird sein Cousin Selim kommen, um mit ihm zu spielen, wie jeden Morgen. Im Haus wissen sie schon, dass die Auslieferung der Arbeiter nicht gut gelaufen ist und dass die Abriegelung noch immer besteht. Mein kleiner Bruder ist wieder schlafen gegangen, mein älterer Bruder ist in der Bank. Meine Mutter und ihre beiden Schwiegertöchter sitzen in der Küche und schälen Kartoffeln. Ich schaue ihnen zu, in ihren Augen liegt Mitleid, denn sie wissen schon, was passiert ist, und sie wissen auch, dass ich Zeuge des Ereignisses war.

Ich habe keine Kraft zu sprechen, ich sage nur, dass es kein Wasser mehr gibt und die Kanalisation in einigen Straßen schon überfließt und dass es verboten ist, irgendetwas zu benutzen, was mit der Abwasserversorgung zu tun hat. Ich weiß, dass sie auf Erklärungen warten. Sie machen sich Sorgen wegen dieser neuen Entwicklung. Ich gehe ins Kinderzimmer und strecke mich auf meinem alten Bett aus. Ein Blick auf meinen Bruder zeigt mir, dass er nicht wirklich schläft. Unsere Augen treffen sich, aber wir sagen beide kein Wort. Ich höre, wie die Frauen in der Küche sich über die Ankündigung meiner Mutter amüsieren, dass ab jetzt nur noch im Freien gepinkelt würde.

Bilder ziehen an meinen Augen vorbei, die Arbeiter in Unterhosen, die Absperrung, Stimmen hallen in meinen Ohren wider, die Schüsse, das Geschrei auf den Kundgebungen. Der Gestank bedrängt mich, auch im Haus wird es langsam schwer, dem Geruch des Abfalls zu entkommen, er weht von überall auf uns zu. Wegen der Hitze, die ohne Klimaanlage unerträglich ist, bleiben alle Türen und Fenster im Haus geöffnet und lassen die stinkende Luft herein.

Ich müsste jetzt im Büro sein, ich habe die letzte Gelegenheit verpasst, einen Artikel in der Wochenendausgabe unterzubringen. Dabei gibt es genug Stoff für einen großen Bericht. Wie habe ich mich nach einem Artikel in der Wochenendausgabe gesehnt. Die Deadline für die Abgabe ist genau jetzt, am Dienstagmorgen, gleich werden sie mit dem Umbruch anfangen, und am Abend geht dann alles in Druck. Ich frage mich, ob auch die Zeitung, ebenso wie Radio und Fernsehen, das Geschehen ignoriert. Es ist anzunehmen. Wenn eine Nachrichtensperre verhängt wurde, gilt sie für alle Medien. Als ich das denke, bin ich sogar froh über die Nachrichtensperre, denn das bietet die Gewähr dafür, dass keiner ein Wort über dieses Thema schreibt, vielleicht werde ich dann nächste Woche die Chance zu einem großen Bericht bekommen.

Die Sehnsucht nach meinem Schreibtischstuhl überfällt mich, nach meinem Platz am Computer, nach meinem Posten. Ich sehne mich nach dem schwarzen Kaffee im Plastikbecher, nach dem Lächeln der Sekretärin, wenn ich auf dem Weg zur Kochnische an ihr vorbeigehe. Ich sehne mich sogar nach dem Geschrei des Chefredakteurs, der mich an die Deadline erinnert. Und auch nach meinen Zimmerkollegen sehne ich mich und frage mich, was sie über mich denken und ob sich einer von ihnen nach mir sehnt, ob jemand Mitleid mit mir hat. Bestimmt wissen alle, was hier passiert, bestimmt haben sie die Nachrichtensperre gelesen, die per Fax gekommen ist und der gegenüber sie sich wie einem heiligen Gesetz verhalten, das keinesfalls gebrochen werden darf.

Ich überlege, ob jemand von ihnen sich Sorgen um mein Wohlbefinden macht. Ich sehe sie vor mir, wie sie beim Kaffee sitzen und sich über mich unterhalten und auf ihre übliche spöttische Art lachen. Ich sehe die Moderedakteurin auf meinem Platz sitzen, wie sie meine Tastatur benutzt, mein Telefon und meinen Aschenbecher.

Wie ich sie jetzt hasse, wie ich mich jetzt hasse, weil ich unbedingt glauben wollte, ich sei wirklich einer von ihnen.

Wie ich in der Pause hinter ihnen hertrottete zum Mittagessen, wie ich versucht hatte, sie zu amüsieren, sie zum Lachen zu bringen. Nie habe ich mich wirklich als einer von ihnen gefühlt, immer ließen sie mich spüren, dass ich ein Fremder war. Ich hasse mich selbst dafür, dass ich bis heute nichts unternommen habe, dass ich die Dinge bis zu ihrem jetzigen Zustand habe treiben lassen. Ich habe doch gewusst, dass es irgendwann zu einer Situation wie dieser kommen würde. Nicht, dass ich genau verstehen würde, was für eine Situation das nun wirklich ist.

Ich hasse mich, weil ich dachte, dass eine Rückkehr ins Dorf die Lösung sein könnte. Warum habe ich mir bloß eingebildet, dass mir, wäre ich von Menschen meiner Art umgeben, Menschen meines Volkes, nichts Schlimmes passieren könne. Ich habe geglaubt, im Dorf viel sicherer zu sein als in meinem Leben vorher, in einem jüdischen Viertel. Ich habe geglaubt, das Dorf würde für mich wie ein bequemes Hotel sein, in das ich nach meinem Arbeitstag zurückkehre, wie alle würde ich zur Arbeit fahren und zurückkommen, um ruhig und sicher zu schlafen. Und jetzt gibt es, wie ich zugeben muss, keinen Ort mehr, an den ich fliehen könnte. Ich hasse mich dafür, dass ich nicht zum richtigen Zeitpunkt von hier geflohen bin, für den Trost, den mir der Gedanke verschaffte, es würde eines Tages schon alles gut werden, ich hasse mich dafür, dass ich mit meiner Frau und meiner Tochter nicht in dem Moment weggegangen bin, als ich die nahende Gefahr gespürt habe, in dem Moment, in dem der Hass mich jeden Tag stärker traf, auf der Straße, zu Hause, in den Restaurants, beim Einkaufen und in den Vergnügungsparks.

Ich hätte alles zurücklassen und in ein normales Land

fliehen sollen. Stattdessen habe ich es wie ein Idiot vorgezogen, nach Hause zurückzukehren, zu meinen Eltern, und die Lage zu ignorieren. Ich weiß, dass Araber überall gehasst werden, ich weiß, dass arabisch zu sein heute das Schlimmste ist, was einem Menschen passieren kann. Trotzdem ist der Fremdenhass in Europa bestimmt nicht mit dem hiesigen zu vergleichen, das kann einfach nicht sein.

Jetzt habe ich keine Wahl, es gibt keinen Fluchtweg, und ich kann mir nicht erlauben, meine Zeit mit Weinen über das zu vergeuden, was ich hätte tun sollen und nicht getan habe. Ich muss aufstehen, ich habe einen Auftrag zu erfüllen, ich muss überleben.

Der Schachpartner meines Vaters ist mittlerweile angekommen, man kann die beiden draußen lautstark diskutieren hören. »Berührt, geführt«, sagt mein Vater. »Ich habe ihn aus Versehen berührt«, widerspricht sein Freund. »Was ist denn heute mit dir los?«

Ich richte mich im Bett auf, reibe mir die Augen mit den Fäusten und atme tief ein. Der scharfe Geruch bringt mich zum Husten. Mein kleiner Bruder richtet sich ebenfalls im Bett auf. »Was ist das für ein Gestank?«, sagt er. »Gott stehe uns bei.«

»Es gibt keine Müllabfuhr mehr. Es gibt kein Benzin mehr für die Müllautos. Außerdem liegen die Müllhalden des Dorfes hinter der Absperrung, die von den Soldaten errichtet worden ist.«

»Die Sache ist ernst, nicht wahr? Was wollen sie?«

»Ich weiß es nicht.«

»Ich habe gehört, dass sie zwei Arbeiter erschossen haben. Mein Gott, sieh nur, wohin wir gekommen sind, ich schäme mich, zu diesem Dorf zu gehören, zu diesem Volk.

Weißt du was? Es geschieht uns recht. Es ist doch schon lange klar, dass wir kämpfen müssen, zumindest Steine werfen. Jetzt kann man sehen, was uns unser beispielhaftes Verhalten gebracht hat. Schande.«

»Hör zu, das ist nicht der richtige Zeitpunkt, darüber nachzudenken, welche Fehler wir gemacht haben. Wir dürfen keine Zeit verlieren, bald werden wir kein Wasser mehr im Haus haben. Ich brauche deine Hilfe, in Ordnung?«

»Meinst du es ernst? Glaubst du, dass dieser Zustand noch lange anhält?«

»Keine Ahnung, ich wollte, ich wüsste es, aber wir dürfen kein Risiko eingehen. Es gibt keine Wasserversorgung mehr, wir haben nur noch das, was in den Wasserbehältern auf dem Dach ist, mehr nicht. Wir dürfen nichts vergeuden, Wasser gibt es ab jetzt nur noch zum Trinken. Außerdem möchte ich, dass du mit mir eine Runde mit dem Auto machst.«

Mein Bruder stellt keine überflüssigen Fragen, er verlässt das Bett. Er ist einen Kopf größer als ich, schlanker und sehr muskulös. Er zieht ein T-Shirt an, bindet seine langen Haare mit einem Gummi zu einem Pferdeschwanz zusammen, zieht seine Sandalen an und macht ein Zeichen mit der Hand, dass er fertig ist.

Meine Mutter bereitet Tee in der Küche. Ich muss mich beherrschen, sie nicht anzubrüllen. Aber ich darf die Fassung nicht verlieren und alle unter Druck setzen, sie glauben sowieso, dass ich zu viel Druck ausübe, wie ich es immer getan habe. »Mutter«, rufe ich ihr zu, und meine Frau und die Frau meines älteren Bruders sitzen am Tisch und hören auch, was ich sage. »Mutter, die Wasserversorgung funktioniert nicht mehr, und Gott weiß, wann diese Situation zu Ende ist. Deshalb mach bitte nicht zu viel Tee, und beschließt um Gottes willen nicht, das Haus zu putzen, wie unsere debilen Nachbarinnen. Das Wasser sollte zum Trinken aufgehoben werden.«

Meine Mutter schaut mich an, als wäre ich verrückt geworden, als sei sie nie auf die Idee gekommen, dass auch das Wasser zu Ende gehen könnte. Sie hat schon einige Male Kriegsvorbereitungen erlebt, am Jom Kippur, am Tag der Erde, während des Golfkriegs, zu Beginn der Intifada. Auch da liefen die Leute zu den Lebensmittelgeschäften und deckten sich mit Vorräten ein. Nur dass damals niemand daran gedacht hat, dass auch das Wasser abgestellt werden könnte. Man scharte sich um die Lebensmittelgeschäfte, aber die Wasserleitungen aus Israel hörten keine Sekunde auf zu funktionieren. Es herrschte keinerlei Mangel. Dieser Krieg ist anders als alle vorausgegangenen.

Mein Bruder verschwindet für ein paar Minuten und kommt zurück. »Ich war auf dem Dach«, sagt er. »Der Behälter ist schon halb leer, was weg ist, ist weg, jetzt fließt kein Wasser mehr nach.«

Die Worte meines Bruders beunruhigen die Anwesenden doch ein bisschen. Jetzt kann ich mich darauf verlassen, dass sie die Situation etwas ernster nehmen. Um sie nicht allzu sehr in Panik zu versetzen, erinnere ich sie daran, dass auch auf meinem Dach und auf dem meines Bruders Wasserbehälter stehen, sogar größere als der auf dem Dach der Eltern. »Wenn wir vernünftig mit dem Wasser umgehen, kann es uns für zwei Wochen reichen. Aber vernünftig heißt zum Beispiel, dass niemand die Wasserspülung benutzen darf. Mutter, du musst auch mit Kaffee und Tee sparen, selbst wenn Vater nervös wird. Und Selim soll bei sich zu Hause Tee trinken, wenn er unbedingt Tee will.«

Ich verlasse das Haus, mein Bruder folgt mir. Mein Benzintank ist noch fast voll. Ich steige ins Auto und stelle das Radio an. Mein Bruder setzt sich neben mich und lacht, weil ich mich anschnalle. »Als hättest du Angst, du könntest einen Strafzettel von Polizisten bekommen, die durchs Dorf laufen«, sagt er. Der Armeesender bringt fröhliche Musik. »Zumindest im Auto kannst du die Klimaanlage anstellen«, sagt mein Bruder, und ich sage, er soll schnell das Fenster aufmachen, denn ich hätte nicht vor, Benzin einfach zu vergeuden.

Nichts Auffallendes ist zu sehen, sogar unser Lebensmittelgeschäft ist offen, und mir fällt ein, dass ich noch etwas zu bezahlen habe. Ich bremse vor dem Geschäft, stelle den Motor ab und steige aus. »Gibt es etwas Neues?«, fragt der Ladenbesitzer. Ich schüttle den Kopf und ziehe meinen Geldbeutel aus der Tasche. »Wie viel bin ich noch schuldig?«

Der Ladenbesitzer geht hinein und ich folge ihm. Drinnen ist es dunkel, und es dauert eine Weile, bis er den Zettel mit meinem Namen und der geschuldeten Summe findet. Ich spaziere zwischen den Regalen herum. Alles Essbare ist verschwunden, auch Kerzen und Batterien gibt es keine mehr, geblieben sind nur noch Reinigungsmittel, Toilettenpapier und alle möglichen Sets von Tassen und Tellern, die er an den Feiertagen verkauft.

Ich gehe an den Kühlfächern vorbei, sie sind vollkommen leer. Die Sachen wären sowieso kaputtgegangen, aber es ist anzunehmen, dass die Leute vorher alles gekauft haben. Ich bücke mich zum untersten Kühlfach, packe den

Griff und mache das Fach auf, das mit dicken Türen verschlossen ist. Glück erfüllt mich. Ich habe es gewusst, die Leute haben einfach nicht daran gedacht, dass es auch Wasser und Erfrischungsgetränke gibt, einige Flaschen sind noch da. Ich nehme alles, was ich tragen kann, und sage zu dem Ladeninhaber, ich wolle auch die Flaschen Cola, Orangensaft und einige Flaschen Mineralwasser, die fast niemand im Dorf kauft, außer Müttern von Kleinkindern, die es auf Anweisung des Arztes tun.

Mein Bruder sieht mich zum Auto kommen und verzieht die Lippen zu einem breiten Lachen. Ich gebe ihm ein Zeichen, dass er hineingehen und weitere Flaschen holen solle, dann packe ich alles in den Kofferraum. Der Ladenbesitzer fängt plötzlich an zu schreien. »Hallo, hallo, was tut ihr da?«

»Wieso? Wir kaufen Getränke, wir machen eine Party«, sagt mein Bruder.

»Nein, tut mir einen Gefallen, nehmt nicht alles. Lasst mir auch ein paar Flaschen.«

»Es sind noch welche im Kühlschrank«, sagt mein Bruder und geht zum Kofferraum.

Ich bezahle den Mann und bedanke mich. Er prüft, was ihm noch im Kühlschrank geblieben ist. »Was, ihr habt mir nur drei Flaschen übrig gelassen?«

»Wenn Sie Cola brauchen, können Sie uns um welches bitten«, sagt mein Bruder. »Außerdem sind Sie auch zur Party eingeladen. Ich feiere meine Verlobung.«

»Herzlichen Glückwunsch«, sagt der Ladenbesitzer, der sich jetzt noch bedrückter fühlt.

Wir machen eine Runde durch die Lebensmittelgeschäfte. Die meisten sind geschlossen, und in einigen der noch offenen finden wir nichts, was wir brauchen könnten. Ab und zu entdecken wir aber doch die eine oder andere Getränkeflasche in den untersten Kühlfächern. Es gelingt uns, etwa zwanzig Flaschen zu ergattern. Und jedes Mal, wenn mein Bruder mit Flaschen in der Hand zurückkommt, wird sein Lachen breiter, als würden wir die ganze Welt reinlegen. Aus irgendeinem Grund fängt dieses Spiel an, mir Spaß zu machen. Das Lachen meines Bruders schmeichelt mir. Er amüsiert sich bei der Vorstellung, dass in einer halben Stunde alles wieder so sein wird wie früher und wir mit Getränken für ein ganzes Jahr dasitzen. »Am Ende muss ich mich wirklich verloben, damit wir wissen, was wir mit all dem Cola und dem Saft anfangen sollen«, sagt er.

Wir fahren durch die Straßen des Dorfes, die immer voller werden, denn die Leute haben nichts anderes zu tun. Wir kommen an Menschen vorbei, die verbittert die Müllhaufen betrachten, sich dann gegenseitig anschauen und nicht wissen, was sie tun sollen. Man kann sehen, wie die Abwasserflüsse die Straßen entlangfließen und immer breiter werden. Die Verstopfungen haben das ganze Dorf erobert. Ich wundere mich, wie es sein kann, dass die Leute, die doch schon seit gestern von der drohenden Verstopfung der Kanalisation und der Absperrung der Wasserversorgung wussten, sich ganz normal verhalten haben. Ihr Vertrauen in ihre Staatsbürgerschaft weckt mein Mitleid.

»Und wohin jetzt?«, fragt mein Bruder.
»Besorgen wir uns zwei Gasflaschen zum Kochen.«
»Was, glaubst du etwa, dass die auch ausgehen?«
»Ich gehe nicht gern ein Risiko ein.«

5

Mein Vater geht mit einem Spaten um das Haus und gräbt Löcher in den glühend heißen Sand. Erstaunlich, dass er bis heute weiß, wo die Abflussrohre sind. Ich hätte sie nie im Leben gefunden, obwohl ich schon ziemlich erwachsen war, als unser Viertel an die Kanalisation angeschlossen wurde, und neben meinem Vater stand, als die Arbeiter die Erde aufgruben, die Rohre zusammensetzten, in die Gruben legten und sie dann wieder mit Erde bedeckten. Im Haus meiner Eltern steigt das Wasser schon in die Klobecken und aus den Abflüssen. Es hat sich noch keiner darum gekümmert, aber vermutlich wird genau dasselbe morgen früh auch in meinem Haus und im Haus meines älteren Bruders passieren.

Mein kleiner Bruder und ich gesellen uns zu unserem Vater, der langsam weitergräbt, bis er auf den ersten Betondeckel trifft. Die Jauche quillt schon darüber. Mein Vater bittet mich und meinen Bruder, wir sollen eine Eisenstange holen, mit deren Hilfe wir den Betondeckel abheben können. Er bezeichnet mit einem Kreis die Stelle des nächsten Deckels und entfernt vorsichtig mit dem Spaten den Sand. »Hier ist der gleiche Mist«, sagt er. »Bestimmt sind alle verstopft. Das Problem liegt an der zentralen Anlage, nicht hier.«

Mein Bruder bringt eine Eisenstange und versucht, an

der Seite des Deckels eine Öffnung zu finden, um die Stange anzusetzen. Es ist schwer, er versucht es bei einer anderen Stelle, und schließlich schafft er es, sie anzusetzen. Er bemüht sich mit aller Kraft, die Stange nach unten zu drücken, aber der Deckel ist zu schwer, er sitzt fest und lässt sich kaum bewegen. Ich will ihm helfen, übernehme die Stange und versuche es ebenfalls. Der Deckel hebt sich ein bisschen und fällt wieder zurück. Mein Vater treibt uns mit Rufen an. »Los, was ist mit euch, zwei erwachsene Männer und ein einziger Kanaldeckel?«

Wir versuchen es gemeinsam, mein Bruder bricht in Lachen aus. Erst tritt er mit dem Fuß auf die Stange, dann ich, so lange, bis der Deckel nachgibt und aufgeht. Das Abflussrohr ist voll, das Abwasser kann jetzt leichter herausfließen. Der Geruch ist gar nicht so schlimm, er kann den scharfen Müllgestank nicht überdecken, der ohnehin schon die Luft erfüllt.

Mein Vater sagt, es wäre sinnlos, nur ein Abflussrohr zu säubern. »Alles ist verstopft, bestimmt ist das ganze Dorf schon verstopft. Das Problem liegt nicht bei unserem Haus. Da kann man nicht viel machen.« Mein Vater hat ein ausgezeichnetes Gefühl für derartige Probleme. Die Wahrheit ist, dass wir nie einen Installateur bestellen mussten, auch keinen Elektriker oder Anstreicher. Ich habe keine Ahnung, wo er seine Geschicklichkeit herhat, man könnte annehmen, er hätte auch einmal beim städtischen Reinigungsamt gearbeitet. Wann immer wir ein Problem hatten, rollte mein Vater die Ärmel hoch und machte sich an die Arbeit, und wir drei Söhne halfen ihm als Werkzeugträger und versuchten, die Aufgaben zu erfüllen, die ihnen ihr Herr aufgab.

Er stützt sich auf seinen Spaten, schaut nach rechts und links, mit einem zufriedenen Ausdruck im Gesicht, weil er eine neue Aufgabe vor sich hat, die er meistern soll. Er betrachtet die Häuser, die er uns bauen ließ, und sagt: »Ein Glück, dass ich euch eine Piratenverbindung zur Kanalisation gemacht habe. Wir haben nicht nur Geld gespart, ihr müsst auch keine überflüssige Arbeit erledigen.« Er lächelt bei dem Gedanken, wie er es geschafft hat, in einer einzigen Nacht die Erde aufzugraben, die Rohre zu verbinden und ein Abwassersystem zu installieren, das an die Kanalisation unseres Elternhauses angeschlossen ist. Damals hat er behauptet, man müsse für einzelne Anschlüsse viel zu viel Geld an die Gemeinde bezahlen, außerdem würden es alle so machen. Es reiche, dass er für einen Anschluss bezahlen müsse.

Es gibt keine Verstopfung, genau genommen kommen die Abwässer zurück, weil das ganze Abwassersystem abgesperrt ist. Mein Vater richtet sich auf, sein Gesicht ist in nachdenkliche Falten gelegt, als müsse er ein schweres Rätsel lösen, und sagt: »Wir haben keine Wahl, wir müssen auch das letzte Abflussrohr freilegen, dasjenige, das vom Haus zum Hauptrohr auf der Straße führt. Danach müssen wir es zustopfen.«

Er ruft nach meiner Mutter, sie soll herauskommen, und sie kommt an, mit einem Kopftuch, wie in Tagen der Trauer. Mein Vater befiehlt ihr, Plastiktüten zu bringen, außerdem den Sack mit Gips aus dem Schuppen. Meine Mutter rennt ins Haus und kehrt mit dem Gewünschten zurück. Inzwischen hat er den Sand vom letzten Abflussrohr entfernt, dem, das der Straße am nächsten liegt. Eine Handbewegung von ihm reicht, um meinem Bruder und mir zu zeigen, dass wir den Deckel abheben sollen. Diesmal suche ich nach einer passenden Stelle, um die Stange anzusetzen. Mein Vater schaut verächtlich zu. Ich finde eine Stelle, setze die Stange an und trete so fest mit dem Fuß darauf, dass sie durch die Luft fliegt. Mein Vater greift sich an den Kopf. Ich weiche ein paar Schritte zurück.

»Dummkopf«, schreit er, »willst du uns umbringen?«

Mein kleiner Bruder lacht, nimmt die Stange und versucht, sie unter den Deckelrand zu schieben. Es gelingt ihm. Er drückt sie mit beiden Händen und mit dem ganzen Gewicht seines mageren Körpers nach unten. Der Deckel bewegt sich, und ich schiebe schnell meine Finger darunter, bevor er sich wieder schließen kann. »Uff«, sage ich, während ich den Deckel anhebe. Meine Hände sind mit grüner Flüssigkeit überzogen. Ich schüttle den Kopf und will automatisch zum Haus laufen, um sie mir zu waschen, merke aber sofort, dass ich besser damit warte, bis wir fertig sind.

»Gut, dass du dich mal dreckig gemacht hast«, sagt mein Vater. »Es ist wirklich Zeit.«

Aus dem letzten Rohr bricht ein stärkerer Jauchestrom, auf dem eklige Brocken schwimmen. Ich kann mich nicht beherrschen, ich beuge mich vor und muss mich erbrechen. Meine Knochen tun weh, mein Gesicht brennt und ich kotze und kotze, strecke dabei meine Hände so weit wie möglich weg von meinem Körper. Meine Augen glühen und füllen sich mit Tränen, meine Nase läuft. Aber ich kann nichts anderes tun, als mein Gesicht zu senken und am Schulterteil meines Hemdes abzuwischen.

»Da du dich schon mal schmutzig gemacht hast«, sagt mein Vater und hält mir eine Plastiktüte mit einem weißen

Brei hin, »dann steck die Hand hinein und schiebe die Tüte in das Rohr, das zur Straße führt, damit nicht die Abwässer vom ganzen Dorf zu uns kommen, hast du verstanden? Nicht in das Rohr, das zum Haus führt, sondern in das zum Dorf.«

Ich beuge mich vor, fange wieder an zu würgen. Es tut so weh wie vorhin, nur kommt diesmal nichts heraus. Auf dem Gesicht meines Vaters zeigt sich Mitleid, er bedeutet mir mit einer Handbewegung, dass er es selbst tun wolle. Ich schüttle den Kopf und nähere mich dem Rohr. Die Jauche fließt nach allen Seiten. Ohne nachzudenken bücke ich mich, meine Knie bohren sich in die Erde, die schon zu einem stinkenden Morast geworden ist. Mit der einen Hand stütze ich mich auf, mit der anderen schiebe ich die Tüte in die Jauche. Meine ganze Hand ist schon drinnen, ich taste nach dem Rohr, von dem mein Vater gesprochen hat. Es ist nicht schwer zu finden, ich muss die linke Hand nur noch tiefer hineinschieben, bis zum Ende. Meine Wange berührt die schmutzige Flüssigkeit, ich denke nicht daran, ich denke überhaupt nichts. Ich schaue meinen Vater an, der dasteht und lächelt und versucht, mich zur Eile anzutreiben, während sich auf seinem Gesicht ein triumphierender Ausdruck ausbreitet.

Ich bewege mich wie ein Roboter, drehe das Gesicht zur Seite, um meinen Mund und meine Augen vor der Berührung mit dem Schmutz zu schützen. Ich schiebe die Tüte ins Rohr und informiere meinen Vater, wie weit ich mit meiner Arbeit komme. Dann ziehe ich meine Hand heraus und schaue nicht hin, wie es von ihr tropft und rinnt. Mein Vater gibt mir eine ähnliche Tüte, sie ist ein bisschen größer, und sagt, man müsse noch eine Portion hineinstopfen, um das Rohr gänzlich zuzustopfen. »Die Jauche darf nicht von der Straße aus zurückfließen.« Ich packe die Tüte, ohne ein Wort zu sagen, rutsche wieder in meine vorige Position, tauche die rechte Hand so tief wie möglich ein, sodass meine linke Hand und mein Körper den Morast berühren, und stopfe die Tüte, die wegen ihrer Größe mehr Anstrengung verlangt, tief ins Rohr hinein.

»Jetzt müssen wir noch die Jauche entfernen«, sagt mein Vater und hält mir und meinem kleinen Bruder zwei schwarze Eimer hin. »Auf der Straße auskippen, so weit wie möglich bei der Straße.« Die Sonne steht hoch am Himmel, aber wir dürfen jetzt nicht aufhören. Wir müssen die Arbeit zu Ende bringen. Das eine Rohr leeren, mit der Jauche von unseren drei Häusern, die gemeinsam mit der kommunalen Kanalisation verbunden sind. Mein kleiner Bruder und ich senken der Reihe nach unsere Eimer ins Rohr, ziehen sie gefüllt heraus und machen ein paar Schritte zur Straße gegenüber dem Haus.

Einige Nachbarn, die unsere Aktivitäten beobachtet haben, versuchen, es uns nachzumachen und ihr Kanalisationsproblem ebenfalls zu lösen. »Ich bin gespannt, wann sie herausfinden, dass man das Rohr zur Straße verstopfen muss«, sagt mein Vater, und wieder zeigt er das triumphierende Lächeln.

Mein Bruder und ich arbeiten ohne Pause, schweigend, schnell, achten nicht auf die Hitze und den Gestank. Die Flüssigkeit im Rohr bleibt auf dem gleichen Pegel. Mein Vater geht zu den Rohren, deren Deckel wir entfernt haben, betrachtet das erste, geht dann zum zweiten und verkündet laut: »Schön, es fängt an zu sinken, noch ein bisschen, und die Sache ist erledigt.«

Ich versuche, über die neue Situation nachzudenken, über die Abriegelung, vielleicht hätte ich ja die Nachrichten hören müssen, vielleicht bringen sie etwas Neues, vielleicht hat sich ja alles schon geändert, aber ich bin unfähig, mich auf diese Gedanken zu konzentrieren. Mein einziges Interesse ist jetzt, meinen vollen Jaucheeimer zu leeren. Mein Vater kehrt zu seinem vorigen Platz zurück, ruft den Namen meiner Mutter und dann: »Wasser.« Und sie kommt sofort mit einem Glas Wasser heraus. Er beschwert sich darüber, dass es nicht kalt ist, kippt es aus, gibt ihr das Glas zurück und befiehlt ihr, noch eines zu bringen. Sie erinnert ihn daran, dass der Kühlschrank nicht funktioniert, das Wasser sei so kalt gewesen, wie es gehe, doch mein Vater, der sich jetzt für nichts mehr interessiert, schreit sie wieder an, sie hätte rechtzeitig dafür sorgen müssen. Alle müssen die Anweisungen meines Vaters befolgen. Meine Mutter bekommt am meisten ab, aber sie tut das alles zumindest mit Vergnügen, sie schätzt ihn, liebt ihn mehr als ihr Leben. Sie würde alles tun, damit er sich nicht aufregt, und zwar nicht aus Angst. Nicht wie wir, die wir seine Befehle immer aus Angst vor Strafe befolgt haben.

Ich laufe mit meinem Eimer hin und her und werfe dabei immer wieder heimliche Blicke in die Richtung meines Vaters, um zu prüfen, ob er wenigstens zufrieden mit der harten Arbeit ist, die ich erledige. Aber auf seinem Gesicht zeigt sich nicht die geringste Zufriedenheit. Wovor habe ich Angst, zum Teufel? Ich bin bald dreißig, wovor muss ich mich fürchten, vor Strafe? Schon seit mehr als zehn Jahren hat er die Hand nicht mehr gegen mich erhoben.

Meine Mutter kommt mit einem zweiten Glas Wasser zurück, entschuldigt sich im Voraus, dass es kein Eis mehr gibt, ohne Kühlschrank, und dass dies das kälteste Wasser sei, das sie ihm anbieten könne. Er nimmt ihr gereizt das Glas aus der Hand und trinkt, wobei er weiterschimpft und unverständliche Sätze ausstößt. Angst erfüllt mich, nicht vor der allgemeinen Lage unseres Dorfes, nicht wegen der Abriegelung, des Mangels an Essen und Wasser, sondern vor dem Zorn meines Vaters.

Stets habe ich versucht, alles zu tun, was er wollte, aber es ist mir nicht immer gelungen, und wenn ich einen Auftrag nicht richtig ausführte, zum Beispiel das Unkraut unter den Bäumen zu entfernen, die früher da standen, wo jetzt die Häuser sind, die er für uns gebaut hat, oder wenn ich einmal nicht die guten Noten heimbrachte, die er von mir erwartete, bekam ich Prügel. In meinen Ohren klingt noch das Surren der Gerten, die mein Vater auf meinen Körper niedersausen ließ.

Schläge mit den Gerten waren nicht die schmerzhafteste Strafe, die wir bekamen, aber die Zeremonie war grausamer als alle anderen. Mein Vater beschloss die Strafe. Er schlug nicht aus Zorn oder aus einer plötzlichen Wut heraus. Er bereitete die Strafe vor, er forderte mich auf, in den Garten zu gehen und einen Zweig auszuwählen, der für Schläge geeignet war. Diesen Zweig musste ich ihm schon blätterfrei bringen. Er ließ ihn erst probeweise durch die Luft sausen, dann forderte er mich auf, mein Hemd hochzuheben und ihm den Rücken hinzuhalten, machte ein oder zwei Probeschläge, und wenn ihm die Gerte nicht gefiel, schickte er mich hinaus, um eine andere zu suchen, und kündigte an, dass wegen der mangelnden Ehrfurcht, die ich bei der Wahl der ersten gezeigt hatte, die Strafe schlimmer ausfallen würde. Mein Vater hatte eine Vorliebe für die Zweige des Zitronenbaums, der in unserem Garten wuchs, er wollte, dass sie schön aussahen, an einem Ende etwas dicker, am anderen dünn. Er liebte es, sie am dickeren Ende zu halten. Er liebte das Surren, das sie in der Luft machten, und das Klatschen, wenn sie auf den Körper trafen. Man durfte nicht weinen, denn das hätte die Anzahl der Hiebe erhöht. Man durfte nicht weglaufen, denn Fliehen hätte zu einer Katastrophe führen können. Man durfte nichts tun, um einem Schlag auszuweichen. Er zeigte mir genau, wie ich stehen musste, wie ich mich ein bisschen zu bücken hatte. Aber ich weiß es, ich wusste es damals so gut wie heute, dass er das alles nur tat, damit wir die besten Jungen des Dorfes würden.

6

»Bum, bum, bum«, lautes Knallen hallt durch das Haus. Ich wache mit einem erschrockenen Schrei auf, springe aus dem Bett. Der Lärm hört nicht auf. Es sind Schüsse, zweifellos, aber es sind nicht die Geräusche, an die ich bereits gewöhnt bin, es ist weiter weg und stärker, viel stärker, der Lärm eines Bombardements. Meine Frau ist auch schon aus dem Bett gesprungen, ich rufe: »Die Kleine, die Kleine«, und die Kleine beginnt lauthals zu schreien. Ihr Geschrei klingt mir in den Ohren, während ich auf dem Boden liege, die Hände über dem Kopf. Das Knallen hört für einen Moment auf. »Geh sofort runter«, schreie ich meiner Frau zu und renne zum Kinderzimmer, reiße die Kleine aus dem Bett, nehme sie in die Arme und versuche, ihren Kopf zu schützen. Ich renne zur Treppe, und der Lärm beginnt wieder, noch nie habe ich eine so laute Explosion gehört. Ich bücke mich, versuche, meinen Kopf zu schützen, und laufe hinunter. »Ins Badezimmer«, schreie ich meiner Frau zu. Irgendwie glaube ich, das sei der sicherste Platz im Haus. Zumindest befindet es sich im unteren Stockwerk. Wir laufen hinein, und ich mache die Tür hinter mir zu. Die Kleine schreit weiter, ich kann ihr Gesicht in der Dunkelheit nicht erkennen.

Ich lege sie in die Badewanne. Sie schreit, und ich kauere mich über sie. Meine Handflächen berühren den Boden der Wanne, mein Körper bedeckt die Kleine, ohne über den Rand hinauszuragen. Das ist der sicherste Platz, denke ich. Meine Frau weint neben uns, auf dem Badezimmerboden, auch sie hat sich hingelegt. »Leg die Hände über den Kopf«, sage ich.

Weitere Salven von Schüssen sind zu hören. Es klingt, als würde auf unser Haus geschossen, oder jedenfalls ganz in der Nähe. Unser Haus ist nur an der Nordseite offen. Wenn die Schüsse von dort kommen und nicht von der Absperrung, müssten die Kugeln durch drei Wände schlagen, um das Badezimmer zu treffen, und um mich oder die Kleine zu verletzen, müssten sie auch noch den Badewannenrand durchschlagen. Die Kleine weint weiter, und ich versuche, sie zu beruhigen. »Pssst, Papa ist da.«

In der Pause zwischen den Salven sage ich zu meiner Frau, sie solle mit mir den Platz tauschen. Sie kriecht in die Wanne, über die Kleine, und ich lege mich auf den Fußboden. Als das Schießen wieder anfängt, stoße ich einen Schrei aus, sicher, am Rücken getroffen zu sein. Ich drücke den Kopf zwischen Hände und Beine und lege mich auf die Seite, mit dem Kopf zur Wanne. Schüsse, Pause, Schüsse, wieder Pause. Als es still wird, hört man das Weinen von Babys und Kindern und die Schreie von Eltern aus den umliegenden Häusern. Ich denke an meine Eltern, an meinen älteren Bruder und seinen kleinen Sohn. Sie befinden sich in dem Haus, das am wenigsten gegen Kugeln geschützt ist, weil es höher ist als unseres, und ich hoffe, dass sie nicht getroffen sind. Ich versuche mich zu konzentrieren und herauszufinden, ob ich unter den Stimmen, die in den Pausen zwischen den Schüssen an mein Ohr dringen, die ihren heraushören kann, aber es gelingt mir nicht.

Noch einmal wird geschossen, aber jetzt klingt es schon weniger schrecklich als vorher. Erstaunlich, wie schnell Menschen sich an Situationen gewöhnen, die sie noch nie erlebt haben. Ich höre die Schüsse und warte auf die Pause, irgendwie sicher, dass sie kommen wird. Ich versuche, meine Frau und meine Tochter zu beruhigen. »Das hört sich nur so nah an«, sage ich, »aber in Wirklichkeit ist es weit weg.« Ich spreche überzeugt, obwohl ich gar nicht so denke. »Bestimmt schießen sie auf irgendein Ziel«, sage ich zu meiner Frau, von der nur Weinen zu hören ist. »Pssst, das ist gleich vorbei, bleib unten, es ist in Ordnung, sie haben bei uns nichts zu suchen, es ist nur das Echo, sie schießen in eine andere Richtung, es wird alles gut.«

Die letzte Pause war viel länger, zwischen dem Weinen der Kinder und den Schreien ihrer Eltern konnte man auch das Dröhnen der Panzer hören, nicht weit entfernt. Was tun sie da, verdammt? Was haben sie vor? Auf wen schießen sie? Was ist los mit ihnen? Was wollen sie jetzt? Oh Gott. Wir bleiben im Badezimmer, obwohl schon nicht mehr geschossen wird. Nun wage ich es sogar, mich vom Boden zu erheben, die Hände noch immer um den Kopf gelegt. Ich streichle meiner Frau über die Haare und fühle, dass sie am ganzen Körper zittert. »Es ist vorbei, hörst du? Aus. Aber wir bleiben bis zum Morgen hier, es dauert nicht mehr lange.«

Ich lege mich mit dem Rücken auf den Fußboden des Badezimmers. Es ist fast vollkommen dunkel. Durch das kleine, hohe Fenster dringt ein wenig Licht, vielleicht vom Mond, vielleicht von den Scheinwerfern der Panzer. Was wollen sie, zum Teufel? Vielleicht üben sie bloß, vielleicht wollen sie nur Angst verbreiten, als hätten wir nicht sowieso schon Angst. Vielleicht sind sie mit den Panzern ins Dorf gekommen, es könnte doch sein, dass dies die Aktion ist, die sie die ganze Zeit vorgehabt haben, und jetzt haben sie alles erledigt. Ich warte darauf, dass der Strom angeschaltet wird, bestimmt haben sie ihren Auftrag erfüllt und schon den Befehl erhalten, sich zurückzuziehen und die Abriegelung des Dorfes aufzuheben. »Ich glaube, es ist alles vorbei«, sage ich zu meiner Frau. »Ich denke, sie haben ihren Auftrag endlich erfüllt. Morgen wird alles gut sein, es wird alles wieder wie vorher.«

Mein Herz klopft, als ich Schläge an der Tür höre. Mein Körper krümmt sich zusammen, ich kann nicht atmen, ich habe das Gefühl, als würde mein Puls plötzlich rasen. Ein paar Sekunden vergehen, bis ich kapiere, dass es nur mein Vater ist, der an die Tür klopft. »Ist alles in Ordnung bei euch?«, kommt es von draußen. »Bist du in Ordnung?« Er ruft laut meinen Namen.

»Ja«, antworte ich und versuche, mich zu beruhigen. Ich atme tief und lange und bemühe mich, das Zittern zu beherrschen, das mich gepackt hat. Mit gebeugtem Rücken und vorgeneigtem Kopf taste ich mich zum Eingang, drehe den Schlüssel um und mache meinem Vater die Tür auf. »Ich wollte nur nachschauen, ob alles in Ordnung ist«, sagt er. »Ich war sicher, dass sie hier schießen, hinter dem Haus.«

Woher hat er den Mut genommen, jetzt das Haus zu verlassen? Woher hat er diese Gelassenheit? Er spricht normal, während ich versuche, das Zittern in meiner Stimme zu unterdrücken. »Deine Mutter hat sich Sorgen um euch gemacht, deshalb bin gekommen, um nachzuschauen. Auch dein Bruder ist in Ordnung, ich habe vorher bei ihm angeklopft. Seine Frau und der Junge haben geweint, der arme Kleine, er hört nicht auf zu weinen und zu zittern. Ich habe gesagt, dass sie zu uns kommen sollen, ihr auch, obwohl es nicht so aussieht, als würde noch mal geschossen, sie scheinen aufgehört zu haben. Aber kommt zu uns, wenn ihr Angst habt, es wird sowieso bald hell.«

Der Besuch meines Vaters hat mich beruhigt. Allein der Gedanke, dass man draußen herumlaufen kann, dass sie nicht auf jedes Ziel schießen, das sie durch ihre Nachtsichtgewehre wahrnehmen. Sie sind nicht wirklich an uns interessiert, an den einfachen Bewohnern, sie suchen nach bestimmten Menschen. Schließlich ist jeder Soldat auch ein Mensch, sage ich mir, und ein Mensch kann einen anderen nicht so ohne weiteres verletzen. Es ist nicht anzunehmen, dass sie einfach so geschossen haben. Niemand will das, einfach so Menschen umbringen, ganz ohne Grund.

Meine Frau zieht es vor, um diese Uhrzeit nicht hinauszugehen, sie meint, wir sollen vorläufig zu Hause bleiben. Wir werden das Badezimmer verlassen, aber im unteren Stockwerk bleiben. Ich bringe zwei Decken aus dem Schlafzimmer. Die Kleine legen wir auf das Sofa und decken sie zu. Sie ist schon wieder eingeschlafen. Ich setze mich neben meine Frau. Jedes Geräusch bringt uns dazu, den Kopf zu wenden. Ich fühle, dass sie immer noch zittert, und lege die andere Decke um sie. »Genug, es ist vorbei. Hör auf, sage ich dir, gut, dass es endlich passiert ist. Die ganze Geschichte ist damit zu Ende, aus.«

»Du hast Recht gehabt, wir hätten uns der ganzen Sache gegenüber anders verhalten müssen. Du hast Recht gehabt, wir hätten uns auf das Schlimmste gefasst machen müssen.«

»Jetzt gibt es nichts mehr, worauf wir gefasst sein müssten. Ich sage dir, die Sache ist vorbei. Du wirst schon sehen, morgen gibt es wieder Wasser, Strom, Telefon. Man wird alles, was wir hinter uns haben, in den Nachrichten erzählen, wir werden wieder zur Arbeit gehen, und alles ist in Ordnung.«

Sie legt ihren Kopf auf meine Schulter, ihre warme Wange jagt mir einen angenehmen Schauer über den Körper. Zum ersten Mal fühle ich, dass sie in mir einen Halt für ihre Empfindungen sucht, zum ersten Mal fühle ich, dass sie von mir beschützt sein will. Ich lege den Arm um ihre Schulter und stopfe mit der anderen Hand die Decke um sie, wie eine Mutter, die ihr Kind zudeckt. Ich küsse sie auf ihre von Tränen nasse Wange. Sie schläft an meiner Schulter ein, und ich bleibe neben ihr sitzen, spüre die Wärme ihres Körpers, ihre Atemzüge an meinem Hals.

Die Dunkelheit wird langsam blasser, aber es ist noch nicht hell draußen. Vorsichtig befreie ich den Arm, mit dem ich meine Frau festgehalten habe. Ich bewege mich behutsam und lege ihren Kopf, der an meiner Schulter geruht hat, sachte auf das Sofa. Ich suche die Schachtel Zigaretten, die ich auf der Kommode liegen gelassen habe, stecke mir eine an und stelle mich ans Fenster. Wenn man vom Lärm der Motoren im Hintergrund absieht, macht alles den Eindruck, als würde der Morgen einen besonders zarten Sommertag verheißen.

Dann gehe ich zu meinem Arbeitszimmer im unteren Stock und stelle leise das Radio an, um die Frühnachrichten um sechs Uhr morgens zu hören. Das Erste, was berichtet wird, ist, dass israelische Araber aus unserem Dorf Soldaten angegriffen hätten. Zum ersten Mal würden arabische Israelis Anschläge vorbereiten. Den Nachrichten zufolge wurde das Feuer von unserem Dorf aus eröffnet und auf eine Patrouille geschossen, die in unserem Bezirk unterwegs war. »Es gab auf unserer Seite keine Verwundeten. Die Soldaten erwiderten das Feuer an den Stellen des Dorfes, von wo aus geschossen wurde.«

Jetzt ist mir klar, dass nichts zu Ende ist, im Gegenteil, den Nachrichten zufolge wird alles noch schlimmer werden. Es fällt mir schwer zu glauben, dass jemand auf die Soldaten geschossen haben könnte, wer aus unserem Dorf wäre zu so etwas fähig? Hier gibt es weder Hammas noch Dschihad oder eine andere derartige Organisation. Möglicherweise haben die Soldaten eine Explosion gehört und gedacht, es würde auf sie geschossen. Aber es kommt mir viel wahrscheinlicher vor, dass das Militär sich die Geschichte mit den Schüssen aus unserem Dorf nur ausgedacht hat, um eine Ausrede für seine Reaktion zu haben. Und was für eine Patrouille sollte das sein, die in den Nachrichten erwähnt wurde? Und warum sagen sie kein Wort von der Abriegelung, die uns erstickt? Bestimmt haben sie Anweisungen bekommen, in den Nachrichten den Begriff »Patrouille« zu verwenden, oder etwa nicht? Warum sollten sie plötzlich Absperrungen und Abriegelungen erwähnen?

In den Nachrichten wird noch von der vollkommenen Beruhigung der Städte im Gazastreifen und im Westjordanland berichtet und über die intensiven Treffen zwischen Israelis und Palästinensern. In mir steigt ein Verdacht auf, dass diese Beruhigung und diese Treffen, von denen ständig berichtet wird, nichts anderes als ein weiterer Propagandatrick der Medien sind, der eine ganz bestimmte Aktion verbergen soll, und warum sollte das keine Lüge sein, wenn sie die neue Situation dieses Dorfes vollkommen ignorieren, und vielleicht nicht nur dieses Dorfes, sondern aller arabischen Dörfer in Israel? Doch auch bei den arabischen Sendern, die ich mit diesem Radio hören kann, wie zum Beispiel der Stimme Kairos und den jordanischen Sendern, wird von den Treffen berichtet und über die Ruhe in den besetzten Gebieten. Es gibt keine Hoffnung, dass sich ein arabischer oder ein internationaler Radiosender mit den Arabern mit israelischer Staatsbürgerschaft beschäftigt. Wer sind sie überhaupt?

5. TEIL

Die Parade der Bewaffneten

1

Meine Frau und die Kleine schlafen noch. Ich beschließe, heute das Frühstück für die Kleine zu machen. Ich werde meiner Frau noch ein bisschen Zeit lassen, sich zu beruhigen. Milchpulver gibt es genug, denke ich, es wird für eine weitere Woche reichen. Ich halte ein Glas direkt unter den Hahn am Spülbecken in der Küche, um ja nichts von dem Wasser zu vergeuden. Ich drehe den Wasserhahn auf, aber außer ein paar Tropfen kommt nichts, obwohl wir nach meinen Berechnungen noch einen halb vollen Behälter auf dem Dach haben müssten.

Ich gehe die Treppen hinauf, steige aufs Dach, schaue zum Horizont hinüber und sehe, dass die Panzer noch da sind, umringt von kleinen grünen Gestalten. Dann wende ich den Kopf zum Wassertank und sehe, dass der Deckel abgenommen und zur Seite geworfen ist. Ich schaue in den Behälter hinein, er ist vollkommen leer. Jemand hat mir das Wasser gestohlen, ich fasse mir an den Kopf. Mein Atem geht schneller. Von unserem Dach aus kann ich das Dach meines Bruders sehen und stelle fest, dass auch sein Wasserbehälter offen steht. Hurensöhne, ich bringe euch um, ihr Hurensöhne. Warum habe ich nicht an so etwas gedacht, zum Teufel? Wie konnte ich mir erlauben, in einer solchen Situation wie ein Rindvieh schlafen zu gehen? Schließlich gibt es nichts Leichteres, als auf ein Dach zu klettern und Wasser zu stehlen, aber wer ist dieser Hurensohn, der es wagt, das zu tun? Ein heftiger Schmerz breitet sich in meinem Kopf aus. Ich versuche tief ein- und auszuatmen, aber vergeblich. Ich empfinde das starke Bedürfnis, laut zu schreien, und presse die Zähne so fest zusammen, dass sie knirschen. Ohne zu überlegen, was ich tue, schlage ich mit der Faust auf den leeren Wasserbehälter ein, aus dem ein lauter Widerhall aufsteigt.

All meine Berechnungen sind wertlos. Aber es wird in Ordnung sein, sage ich mir, wenn es nötig ist, werden wir ebenfalls Wasser stehlen. Das Problem ist nur, wo sollten wir es stehlen, gibt es überhaupt noch jemanden, der Wasser übrig hat? Bestimmt haben diese Hunde, die auf unser Dach geklettert sind, ihren Augen nicht getraut, als sie diesen Überfluss an Wasser sahen, diese Hurensöhne, sie haben alles genommen und keinen Tropfen zurückgelassen.

Ich gehe wieder hinunter, versuche, mich zu beruhigen und zu überlegen, wie wir mit den Flaschen, die ich gekauft und im Schuppen versteckt habe, zurechtkommen könnten. Ich zähle sie wieder und wieder. Fünf Flaschen Wasser und sieben Flaschen Cola. Meine Eltern haben bestimmt auch noch ein paar Flaschen, ich muss unbedingt nachschauen, was mein Bruder noch hat. Das reicht uns höchstens für drei Tage. Wir werden das Wasser nur zum Trinken verwenden, für sonst nichts. Wir werden alles für die Kinder aufheben, für meines und das meines Bruders. Ich rede mir ein, dass wir nur einen Vorrat für drei Tage brauchen. Nach weiteren drei Tagen in solch einer Situation werden die Leute vor uns verhungern, und kein Militär irgendeines Landes auf der Welt würde Menschen so untergehen lassen und zuschauen, wie kleine Kinder vor ihren Augen an Hunger und Durst sterben. Die militärischen Befehlshaber wissen bestimmt über unsere Situation Bescheid, bis ins kleinste Detail. Sie wissen genau, dass hier noch keiner an Unterernährung gestorben ist. Zweifellos beobachten sie das Dorf ständig durch ihre Ferngläser, und ich halte es für gut möglich, dass sie Helfershelfer im Dorf haben, die ihnen von allem, was geschieht, berichten. Hurensöhne, bestimmt sind es diese Kollaborateure, die mir das Wasser gestohlen haben, man müsste sie umbringen.

Ich hole eine Flasche Wasser aus dem Schuppen und kippe eine genau abgemessene Menge in das Fläschchen meiner Tochter. Ich selbst werde nichts trinken. Plötzlich tut es mir Leid, als ich daran denke, wie ich am Wasser gespart habe, wieso habe ich nicht an die Möglichkeit eines Diebstahls gedacht, zum Teufel, habe ich denn vergessen, wo ich lebe? Hätte ich gewusst, dass das Wasser gestohlen würde, hätte ich mich vorher geduscht. Noch nie war ich so schmutzig und stinkend.

Die Flasche der Kleinen ist schon fertig, ich stelle sie auf die Marmorplatte und zünde mir, am Fenster stehend, noch eine Zigarette an. Noch immer ist es früh am Morgen, und die Leute kommen noch nicht heraus. Von den benachbarten Häusern dringt Kinderweinen an meine Ohren. Meine Eltern sind jetzt bestimmt schon auf, aber ich werde warten, bis meine Frau und meine Tochter wach sind, bevor ich zu ihnen gehe.

Die Kleine wacht als Erste auf. Ich hebe sie vom Sofa hoch, streichle sie, sage ihr in dem Ton, den sie gewöhnt ist, guten Morgen, und frage mich, ob sie überhaupt etwas von dem spürt, was um sie herum geschieht. Ich halte ihr die Milchflasche an den Mund, sie schließt die Lippen fest um den Schnuller und beginnt zu saugen. Seit ihrer Geburt mache ich mir Sorgen. In den ersten Monaten hatte ich Angst vor dem plötzlichen Kindstod, vor heftigen Reaktionen auf Impfungen, vor einem Verkehrsunfall, vor Krankheiten, die kleine Kinder bekommen können. Manchmal wachte ich mitten in der Nacht erschrocken auf und schaute nach, ob die Kleine noch atmete. Nie wäre es mir in den Sinn gekommen, dass ich mir eines Tages Sorgen darüber machen müsste, ob meine Tochter genug zu essen bekommt, nie habe ich geglaubt, dass ich mir eines Tages vorstellen würde, wie meine Tochter an Hunger stirbt oder wie sie, getroffen von einer Kugel, in ihrem Bett verblutet. Bilder von Kindern, die im Lauf der Intifada gestorben sind, zucken mir durch den Kopf. Ich erinnere mich an die Beerdigungen und an die Bilder von palästinensischen Kindern, denen der halbe Schädel abgerissen wurde, an Fotos, die in Krankenhäusern aufgenommen wurden, auf denen man Babys mit blutgetränkten Windeln sah, Babys, die gestorben sind und aussehen, als würden sie schlafen. Bilder von getöteten jüdischen Babys werden in den israelischen Medien nicht gezeigt, da begnügt man sich mit einem Foto des Kindes, als es noch gelebt hat. Ich drücke meine Tochter fester an mich, und das Geräusch des Nuckelns, das sie von sich gibt, vergrößert meine Angst nur noch. Es ist das erste Mal, dass ich mich hoffnungslos fühle. Denn bisher, trotz allem, was wir durchzumachen hatten, wusste ich, dass ich zurechtkommen würde, dass ich irgendeine Möglichkeit finden würde, mit meinen Lieben zu überleben.

Meine Frau wacht auf, dreht unruhig den Kopf hin und

her, bis ihr Blick auf mich und die Kleine fällt. »Was ist passiert?«, fragt sie erschrocken.

»Alles in Ordnung«, beruhige ich sie schnell. Ich gehe zu ihr hin, streichle ihr über die Haare und hoffe, dass sie noch immer meine Unterstützung braucht.

Sie senkt den Kopf, versucht herauszufinden, wie viel von dem, was heute Nacht geschehen ist, Traum war und wie viel Wirklichkeit. Sie nimmt mir die Kleine, die ihre Flasche noch immer im Mund hat, aus dem Arm, setzt sie auf ihren Schoß und fragt: »Gab es noch Schüsse, nachdem ich eingeschlafen bin?«

»Nein, sie haben nicht mehr geschossen, und ich weiß nicht, ob sie schon weg sind«, lüge ich. »Ich war noch nicht draußen. Gleich gehen wir zu meinen Eltern und schauen nach, was geschehen ist. Ich glaube jedenfalls, dass es auch heute keine Schule geben wird.«

2

Die Einzigen, die auf der Straße zu sehen sind, sind die palästinensischen Arbeiter, die vom Bürgermeister den Auftrag bekommen haben, den Müll zu sammeln und auf dem Fußballplatz abzuladen, der sich innerhalb der Grenzen des Dorfes befindet. Die Bewohner haben es an diesem Morgen nicht eilig, ihre Häuser zu verlassen. Sie sind misstrauisch, es ist ihnen noch nicht klar, was in der Nacht passiert ist und was der Grund für die Schüsse war. Die palästinensischen Arbeiter sind die Einzigen, die weiterhin arbeiten. Einige von ihnen sehen, wie wir zum Haus meiner Eltern gehen, und bedeuten uns »essen«, indem sie die Hand zum Mund führen. Ich ignoriere diese Bewegungen, nicht weil sie mir egal sind, sondern weil ich nicht den Eindruck machen will, als sei uns noch etwas zu essen übrig geblieben. Ich zucke mit den Schultern, als würde ich sagen, ich wollte, ich hätte was.

Das Haus meiner Eltern ist schmutziger als sonst, auf dem Fußboden sind klebrige Flecken, trotz der Versuche meiner Mutter, sie mit trockenen Lappen wegzuwischen. Es ist vorauszusehen, dass der Dachbehälter meiner Eltern schnell leer ist. Ihr Haus ist eigentlich immer das Zentrum des Geschehens, eine Art Wohnzimmer für die ganze Familie. Dort haben wir auch schon vor den aktuellen Ereignissen die meisten Mahlzeiten eingenommen, und meine Mutter hat noch nie sparen können, weder mit Essen noch mit Wasser. Doch meine Berechnungen sind müßig, denn nun sind die Wasserhähne im Haus meiner Eltern die letzten, aus denen noch ein paar Gläser Wasser kommen können.

Mein Bruder empfängt mich mit den Worten: »Hast du schon gesehen? Das Wasser wurde gestohlen. Sie sind auf unsre Dächer gestiegen, auf meins und auf deins, und haben das Wasser gestohlen.« Er erzählt es, als würde er eine Neuigkeit verkünden. Für ihn ist es auch etwas Neues, und er erzählt es aufgebracht, viel aufgebrachter von der Tatsache selbst als von den Konsequenzen. Ich nicke und schaue meine Frau an, deren Panik noch zunimmt. »Das ist nicht schlimm«, sage ich schnell zu meinem Bruder, meine aber meine Frau. »Ich habe ein paar Getränkeflaschen gekauft, die uns noch lange reichen werden. Ich verspreche dir, dass wir trotz des Diebstahls die Letzten in diesem Dorf sein werden, denen es an Wasser fehlt. Und bis dahin wird alles schon wieder gut sein.«

Meine Worte beruhigen die Anwesenden ein wenig, obwohl ich den Mund ein bisschen zu voll genommen habe. Ich erkläre, dass ab jetzt Wasser nur noch zum Trinken benutzt werden dürfe und es besser wäre, wenn nur die Kinder welches bekämen, wir sollten uns mit Saft und kohlensäurehaltigen Getränken begnügen. »Wir werden nicht mehr mit Wasser kochen«, sage ich zu meiner Mutter, »und an Tee oder Kaffee werden wir nicht mal denken. Und wir müssen unser Essen und die Getränke vor Dieben schützen. Ich schlage vor, dass wir alles, was wir haben, hierher bringen, ins Haus der Eltern, das ist der einzige Ort, an dem immer jemand ist, und es ist besser, wenn die wichtigen Dinge hier sind.«

Meine beiden Brüder schließen sich mir an, zuerst gehen wir zu meinem Haus. Ich hole aus der Küche ein paar schwarze Mülltüten, um die Sachen hineinzupacken. »Es soll keiner sehen, was wir hinüberbringen«, sage ich. Erst lachen sie über die Vorräte, die ich gekauft habe, über die Säcke mit Reis und Mehl und über die Konservendosen. Reis und Mehl nützen uns ohne Wasser nicht viel, deshalb begnügen wir uns damit, die Getränkeflaschen, die Babynahrung und die Konservendosen hinüberzutragen. Im Haus meines größeren Bruders gibt es weniger Brauchbares, als ich erwartet habe. Zu trinken gibt es überhaupt nichts mehr. Er hat vor allem Kartoffeln, Waffeln und Chips.

3

Wieder sind laute Schüsse zu hören, aber es ist ganz anders als in der vergangenen Nacht. Der Lärm kommt aus der Straße gegenüber. Während wir uns alle hinkauern und die Frauen anfangen zu weinen, geht mein Vater ruhig vors Haus und schaut nach, was passiert. »Das ist eine einfache Schießerei«, sagt er. »Es sind nur ein paar junge Kerle aus dem Dorf, die in die Luft schießen, kommt, schaut selbst.«

Mein Bruder und ich gehen hinaus, die Frauen und die Kinder bleiben im Haus. Eine große Gruppe hat sich versammelt, vielleicht ein paar Dutzend junge Männer, die ihre Gesichter hinter Kefijot verstecken, blau karierten und rot karierten. Sie gehen die Straße entlang, halten ihre Waffen in die Luft, und ab und zu drückt einer von ihnen auf den Abzug und schießt eine Salve in den Himmel. Kinder laufen um sie herum, manche schieben ihre Fahrräder und versuchen, näher heranzukommen, um die Waffen genauer zu betrachten. Jedes Mal, wenn einer schießt, klatschen sie Beifall.

Die Leute des Viertels kommen nun auch heraus, stehen vor ihren Türen und betrachten das Schauspiel. So etwas hat man bei uns noch nie gesehen. Viele wissen schon, dass die Jugendlichen auf die Soldaten geschossen haben, manche Nachbarn behaupten, sie hätten Soldaten an der Absperrung getötet, deshalb sei das Dorf in der vergangenen

Nacht beschossen worden. Einige Häuser seien getroffen worden, aber niemand getötet. Kinder erzählen, sie hätten die Häuser, die getroffen wurden, schon gesehen, die Kugeln seien riesengroß gewesen und hätten Löcher in die Wände gerissen, es sei ein Wunder, dass kein Mensch getroffen worden sei.

Ein paar ältere Frauen weinen vor Freude beim Anblick der bewaffneten jungen Männer, als handle es sich um Krieger, die bereit sind, das Dorf von der Belagerung zu befreien. Die Tücher, mit denen die Jugendlichen ihre Gesichter bedeckt haben, können ihre Identität nicht verbergen, im Gegenteil, alle sind sofort zu erkennen, alle sind bekannte Rowdys, Mitglieder von Banden, die Autos stehlen und mit Drogen handeln, Banden, die zu einem untrennbaren Bestandteil ihrer dörflichen Umwelt geworden sind. Jetzt weinen die Frauen und verhalten sich ihnen gegenüber, als wären sie wirkliche Kriegshelden. Dabei ist es nur ein armseliger Versuch, die Palästinenser nachzuahmen, die man vom Fernsehen kennt. Was bilden sie sich bloß ein? Und zu welcher Organisation gehören sie? Der pathetische Anblick der Drogenhändler und Diebe, die als neue Helden durch die Straßen unseres Dorfes ziehen, kann nur Schlimmes bedeuten. Immer mehr Menschen schließen sich ihnen an, als handle es sich um einen Siegesmarsch, sie folgen ihnen, geben ihnen Rückendeckung und Bestätigung und klatschen ihnen Beifall. Die Dorfbewohner haben sich zweifellos für eine neue Führung entschieden, für eine Führung, an deren Spitze Rowdys stehen, die sich ihre Waffen ursprünglich besorgt haben, um Verbrechen zu begehen, keinesfalls für patriotische Zwecke. Welche Art Nationalbewusstsein haben sie denn? Aber das ist jetzt nicht wichtig, sie sind im Besitz von Waffen, sie sind jetzt die größte Macht im Dorf, man muss sie bejubeln und vor ihnen salutieren.

Die Nachbarn stehen immer noch auf der Straße, sie versuchen, abwasserfreie trockene Inseln zu finden, und folgen dem bewaffneten Aufmarsch, bis er ihren Augen entschwindet. Sie zählen die jungen Männer auf, die sie erkannt haben. Manche sind der Meinung, die Tatsache, dass sie über Nacht zu Mudschahedin geworden sind, sei bloß ein Witz, doch andere unterstützen das, was sie tun, und argumentieren, dass das Militär vielleicht auf diese Art dazu gebracht werde, sich zurückzuziehen.

»Hoffentlich schießen sie die nächste Nacht nicht wieder, damit die Kinder ruhig schlafen können«, sagt einer.

»Erst muss man die neuen Krieger davon überzeugen, dass sie nicht schießen sollen. Wer ist eigentlich ihr Anführer?«

»Warum sollen sie nicht schießen? Sie sollen sie treffen, ihnen auch ein bisschen wehtun. Ist es denn nichts, was sie uns antun? Unsere Kinder haben nichts mehr zu essen. Wir haben nur noch altes trockenes Brot, und Wasser haben wir überhaupt nicht mehr. Wie lange sollen wir den Mund halten?«

»Dafür ist der Bürgermeister verantwortlich. Sein Haus ist bestimmt noch voller Essen.«

»Was wollen die bloß von uns? Wenn sie heute das Wasser nicht anstellen und kein Essen ins Dorf bringen, müssen wir verhungern. Was passiert hier? Wo bleibt unser Parlamentsmitglied, wo sind die Leute von der linken Partei? Es ist nun schon der vierte Tag, und keiner sagt ein Wort. Was ist, wollen sie uns verdursten lassen?

Sogar in den besetzten Gebieten haben sie so etwas nicht getan.«

»Aber wenn die Bewaffneten auf die Soldaten schießen, wird die ganze Situation noch gefährlicher, und angenommen, sie hatten vor, sich heute zurückzuziehen, dann wird es jetzt noch ein paar Tage dauern.«

»Was heißt da, noch ein paar Tage? Wir haben keine paar Tage mehr Zeit. Bis dahin ist das halbe Dorf an Hunger gestorben, was, sind sie verrückt geworden? Was heißt da, noch ein paar Tage?«

4

Der Aufmarsch der Bewaffneten hat zu schrecklichen Ausschreitungen geführt. Die Jugendlichen, die sich ihnen anschlossen, hatten keine Lust, so schnell nach Hause zurückzugehen, alle hatten das Gefühl, nichts sei mehr verboten und das Gesetz, das sie noch immer bedrohte, obwohl seine Vertreter das Dorf schon nicht mehr betraten, gelte nicht mehr. Ganze Gruppen von Menschen, vor allem von jüngeren, fielen über die Bank her, obwohl es dort kein Geld mehr gab, wie mein Bruder sagte, zerbrachen die Einrichtung und zündeten sie an. Das gleiche Schicksal ereilte auch die örtliche Postfiliale, praktisch alle staatlichen israelischen Einrichtungen im Dorf. Sogar die Krankenkassenambulanz ging in Flammen auf, obwohl schon niemand mehr dort Dienst tat. Man hatte sie geschlossen, nachdem die Medikamente ausgegangen waren. Die Ärzte empfangen die Kranken zu Hause und verlangen für die Behandlung vor allem Nahrungsmittel, und wenn nicht, dann eine hohe Geldsumme oder Schmuck. Im Dorf wird von den Eltern eines Säuglings erzählt, die ein fiebersenkendes Zäpfchen gegen einen goldenen Ring erworben hätten. Die Randalierer haben ihren Zorn auch an den großen Geschäften ausgelassen, in denen es überhaupt kein Essen gab, sie schleppten Elektrogeräte davon, Toilettenpapier und Kosmetikartikel, als würde es nie wieder ein normales Leben geben. Es handelte sich dabei zwar um kleinere Gruppen, keinesfalls um eine Zusammenrottung aller Bewohner, aber es genügte, um eine Stimmung von totalem Chaos zu verbreiten, das man nur schwer wird überwinden können, auch wenn das Ganze einmal zu Ende sein wird.

Die Soldaten haben bis jetzt nicht reagiert, auch die Bewohner selbst vergaßen die Gefahr, dass die Soldaten schießen könnten. Die bewaffneten Bewohner fühlen sich frei, ihre Waffen offen zu zeigen, als ob Schüsse auf das Dorf, falls es sie wieder geben würde, nur nachts fallen würden, als ob es ein Gesetz gäbe, das zwischen Handlungen bei Tageslicht und Handlungen in der Nacht unterscheidet. Man geht davon aus, dass die bewaffneten Rowdys, wenn sie ihr Glück noch einmal versuchen und auf die Soldaten schießen sollten, dies bei Nacht tun werden, sie würden sich nicht der Gefahr aussetzen, am Tag anzugreifen, wenn sie so sichtbar sind.

Ab und zu gehe ich hinaus und betrachte die Teile des Dorfes, die in Sichtweite vom Haus meiner Eltern liegen. An manchen Stellen steigt schwarzer Rauch auf, und viele Leute laufen ziellos in den Straßen herum. Der Schmutz, die Jauchebäche und die unaufhörlichen Fliegenschwärme scheinen sie nicht zu stören.

Mein Vater und meine beiden Brüder beschließen, einen Kontrollgang durch das Dorf zu machen, um herauszufinden, wie die Lage ist. Ich möchte sie begleiten, aber meine Frau hält mich mit flehenden Blicken zurück, sie möchte nicht, dass ich sie allein lasse. »Ich möchte zu meinen Eltern fahren«, sagt sie müde und schwach. »Ich möchte wissen, wie es ihnen geht. Bitte, bring mich hin.«

Wir steigen ins Auto. Sie schnallt die Kleine nicht in ihrem Sitz fest wie sonst, sondern behält sie, vorn neben mir sitzend, auf dem Schoß. Plötzlich wirkt das Auto wie eine Seifenblase aus einer anderen Welt. Ich stelle die Klimaanlage an, mache das Radio an und suche einen Musiksender, und das Innere des Autos, mit dem angenehmen Geruch, der sich darin gehalten hat, wird zu einer Insel des Überflusses und bringt uns beiden, meiner Frau und mir, etwas von dem Lebensgefühl zurück, das wir vor der neuen Situation gehabt haben. Die Fahrt in dem klimatisierten Auto durch die Jauchepfützen lässt mich den Kummer über die Realität vergessen und schenkt mir Hoffnung, erinnert mich daran, dass mein Leben normalerweise anders aussieht als in den letzten Tagen. Jetzt lerne ich es zu schätzen und wünsche es mir möglichst bald zurück, und die Hoffnung, dass alles schnell zu Ende gehen und wieder so werden wird wie zuvor, steigt, nachdem ich sie schon für trügerisch gehalten habe, für einige Minuten erneut in mir auf. Ich versuche die Ereignisse der letzten Tage als Reportage zu betrachten, eine große, ausgezeichnete Reportage, die mir meine Stellung zurückgeben und eine ehrenvolle Beförderung in der Redaktion bringen werde.

»Warum bist du besorgt?«, frage ich meine Frau, und es gelingt mir sogar, ihr zuzulächeln. »Es wird schon alles gut werden, hör doch, im Radio spielen sie Musik, alles ist in Ordnung.«

»Jetzt bin ich diejenige, die sich Sorgen macht, und du bist der Ruhige, kannst du mir das erklären? Am Anfang, als du dich aufgeregt hast, haben alle gedacht, du wärst verrückt geworden, und jetzt, wo sich alle aufregen, benimmst du dich, als wäre nichts passiert.«

»Was kann schon passieren? Tatsache ist doch, dass sie uns nicht umbringen wollen, das hätten sie in ein paar Stunden erledigen können. Ich verspreche dir, dass die Nachrichtensperre der Medien bald aufgehoben wird, dann werden wir den Grund dafür erfahren, warum sie sich so verhalten haben. Ich bin überzeugt, dass es ein unbedeutender Grund ist, und am Schluss werden wir alle darüber lachen.«

»Ich habe das Gefühl, dass es nicht gut sein wird, nichts wird mehr so sein wie früher.«

Das weiß ich auch, denke ich, nichts wird mehr so sein wie früher. Aber was für einen Sinn hat es jetzt, die Sorgen meiner Frau noch zu vergrößern. Sie betrachtet die Kinder, die durch die Straßen laufen und zuschauen, wie die Brände in einigen Geschäften und Einrichtungen langsam verlöschen. Seltsam, dass die Augen der Kinder, im Gegensatz zu denen der Erwachsenen, nichts von Sorge oder Angst erkennen lassen. Zweifellos sind sie hungrig und durstig, aber es scheint, als sei diese neue Situation für die Kinder, die sich draußen herumtreiben, ein Grund zu einem Fest. Die jetzige Umgebung scheint ihnen viel passender vorzukommen als das ruhige Leben, das vorher im Dorf geherrscht hat. Man sieht, dass sie sich unterhalten und tiefgründige Diskussionen führen, sie eifern miteinander darum, wer mehr Brände gesehen und schon mehr Patronenhülsen gesammelt hat, die von den Kugeln der Soldaten und von denen der Rowdys stammen. Sie prahlen mit den Patronenhülsen, die sie in den Händen halten, und sind stolz auf die großen, die von den Soldaten. Einige der Kinder sind barfuß, andere haben Fahrräder und versuchen, sich ans Auto zu hängen. Sie fahren einhändig, und wenn sie sich dem Fenster nähern, machen sie die zweite Hand auf und zeigen ihre Patronenhülsen, präsentieren mir und den vorbeigehenden Fußgängern ihre Beute und lächeln. Wer weiß, vielleicht waren es ja diese Kinder, die uns das Wasser vom Dach gestohlen haben.

Es ist nicht leicht, zum Haus meiner Schwiegereltern zu gelangen. Die Hauptstraße ist verstopft. Die Bewohner dieses beschissenen Dorfes ziehen es vor, bis zum letzten Tropfen Benzin mit dem Auto zu fahren. Es rührt sie nicht, dass ein Wagen auch mitten auf der Straße stehen bleiben und sie verstopfen kann. Das ist ihnen egal. Wenn sie schon nicht mehr mit ihrem Auto fahren können, dann sollen andere es gefälligst auch nicht können. Allerdings haben doch einige Fahrer, denen der Sprit ausgegangen ist, sich die Mühe gemacht, ihren Wagen an den Straßenrand zu schieben, deshalb schaffen wir es zum Haus meiner Schwiegereltern. Langsam suche ich mir einen Weg zwischen den Autos hindurch, die auf der Straße stehen gelassen wurden. Kaum zu glauben, wie widerlich Menschen manchmal sein können.

5

Meine Frau und meine Schwiegermutter brechen in Tränen aus, als sie sich sehen. Sie umarmen sich heftig und weinen. Mein Schwiegervater bewegt sich gereizt und sagt zu ihnen: »Wozu das alles, was hilft das jetzt?« Aschraf kommt aus seinem Zimmer, sein Gesicht ist von tagealten Stoppeln bedeckt und sieht müde aus. Er versucht das ermunternde Lächeln, das sonst immer auf seinen Lippen lag. Aber dieses Lächeln hat nun einen anderen Charakter bekommen. Noch nie habe ich ihn so gesehen. Er drückt mir die Hand und fragt, wie immer auf Hebräisch: »Was ist los, mein Freund?« Dann erkundigt er sich, ob ich eine Zigarette hätte, und ich sehe, wie verlegen ihn diese Frage macht.

»Ja«, sage ich und ziehe eine volle Schachtel heraus. »Ich habe viele Zigaretten, das Einzige, was mir wahrscheinlich nicht fehlen wird, sind Zigaretten.« Ich sage es, um ihn nicht zu demütigen und um ihn zu überzeugen, dass es in Ordnung ist und er sich nicht zu schämen braucht, denn ich habe wirklich immer noch genug.

Meine Frau und ihre Eltern sitzen auf den Matratzen im Wohnzimmer und berichten sich gegenseitig, was sie in den letzten Tagen erlebt haben, Aschraf und ich gehen hinaus, setzen uns auf die Treppe und rauchen eine Zigarette. Er sieht vollkommen zerbrochen aus, aber wen wundert das.

»Mach dir keine Sorgen«, sage ich. »Es kommt schon alles in Ordnung.«

Er schaut mich an, während ich den Rauch einziehe, und beginnt zu weinen. Es ist das erste Mal, dass ich ihn weinen sehe. »Was kommt in Ordnung? Bestimmt haben sie schon irgendeinen anderen, der meinen Job bei der Telefongesellschaft übernimmt«, sagt er. »Endlich habe ich diese Arbeit gefunden, und jetzt verliere ich sie einfach so, wegen etwas, wofür ich nichts kann.« Er wischt sich die Tränen aus den Augen. Ich weiß, wie schwer er es gehabt hat, nach seinem Studium eine Arbeit zu finden, noch nicht einmal eine Arbeit in dem Fach, das er studiert hat, im Gegenteil. Der Job im Servicecenter einer Telefongesellschaft verlangt keine besondere Bildung. Aber ich erinnere mich noch, wie alle Mitglieder seiner Familie sich gefreut haben, als er endlich diesen Job fand. Um die Wahrheit zu sagen, es überrascht mich etwas, dass sich jemand in einer solchen Situation Sorgen um seinen Arbeitsplatz macht. Die Menschen haben kaum noch Wasser, keine Spur eines komfortablen modernen Lebens ist geblieben, und er sitzt da und weint darüber, dass er vermutlich einen Job verliert, für den er nur ein minimales Gehalt bekommen hat.

»Das ist alles wegen dieser Hurensöhne«, sagt er. »Ich sage dir, es ist alles wegen denen, die jetzt wie Helden mit ihren Uzis in der Hand herumlaufen. Ich weiß, viele denken, dass es zu dieser Militäraktion gegen das Dorf wegen der islamistischen Bewegung oder wegen geplanter Terroranschläge gekommen ist, aber das ist Bullshit. Natürlich sind es die Terrorbanden, die der Staat sucht. Sie haben dort kapiert, dass es in unserem Dorf mehr Waffen gibt als in allen Städten des Westjordanlands zusammen. Bestimmt stört sie das so langsam, denn die Banden haben angefangen, den Leuten von Hamas Waffen zu verkaufen. Erst hat der Staat dafür gesorgt, dass das Verbrechen, die Drogen, die Waffen und die ganze Scheiße des Landes in die arabischen Siedlungen kommt, und jetzt erkennen sie, dass es unbeherrschbar geworden ist. Sie haben ihnen freie Hand gelassen, die Schießereien haben die ganze Nacht gedauert, und kein einziger Polizist ist ins Dorf gekommen. Man könnte bei der Polizei anrufen und sagen, man hätte eine Leiche im Hof, und sie würden erst nach fünf Stunden kommen, nachdem sie sich versichert haben, dass ihnen keinerlei Gefahr droht und dass niemand etwas gegen ihr Kommen hat. Jetzt wissen sie, dass nur Soldaten, Panzer und Abriegelungen das Problem noch lösen können. Erst jetzt verstehen sie, diese Hurensöhne, dass das, was sie hier geschaffen haben, viel gefährlicher ist als alle palästinensischen oder moslemischen Organisationen, die es gibt. Sie wollen nur, dass diese Banden ihre Waffen abliefern, sie werden nicht wagen, das Dorf zu betreten, denn sie wissen, wie viele Waffen es hier gibt, ein Teil dieser Verbrecher hier hat Raketen. Sie werden nicht hereinkommen, sie werden warten, bis die hier sich selbst ausliefern. Das Problem ist, bevor das passiert, wird unser aller Leben zerstört sein. Als ob es den Bandenmitgliedern an Essen und Trinken fehlt, sie gehen doch einfach in die Häuser und nehmen sich, was sie wollen, es gibt einen ganzen Haufen Leute, die sie mit Essen versorgen. Sie sind jetzt Götter. Die Wahrheit ist, dass sie schon immer Götter waren.«

Aschraf schweigt einen Moment, zieht an der Zigarette. Meine Schwiegermutter fragt, ob ich etwas zu trinken möchte. »Nein«, sage ich laut, »nein, danke.« Ich weiß nicht, wie viele Vorräte die Eltern meiner Frau im Haus haben, aber ich weiß genau, dass diese Frage nur aus Höflichkeit gestellt worden ist, denn normalerweise servieren sie einfach etwas, bevor sie fragen. Ich schaue Aschraf an, er kratzt sich am Kopf, seine Augen sind noch immer geschwollen. »Ich weiß es nicht«, sage ich, »das kommt mir etwas übertrieben vor. Das alles für ein paar Verbrecher?«

»Ein paar Verbrecher«, sagt er spöttisch. »Du hast keine Ahnung, was hier passiert. Das ganze Dorf hier ist eine einzige große Verbrecherhöhle. Was glaubst du denn, wer hier bestimmt, na? Die Frommen? Der Bürgermeister?« Er grinst. »Du verstehst nicht, was hier abläuft, denn du weißt noch nicht wirklich, wie die Dinge funktionieren. Es ist alles nur eine Frage der Macht, alles hängt davon ab, wer mehr Waffen und mehr Leute hat. Weißt du, dass die Arbeiter mit israelischem Pass alle Wettgeschäfte im Land organisieren? Weißt du, dass jedes arabische Dorf für einen jüdischen Bezirk verantwortlich ist? Wer, glaubst du, wacht in Tel Aviv oder in Kefar Saba über die Bordelle, das Kasino und die Geldwechsler und alles, was du willst? Wer? Die Polizei? Sie kontrollieren alle Protektionsgeschäfte in der ganzen Gegend, und wehe, jemand legt sich mit ihnen an, oder jemand weigert sich, ihnen Schutzgeld zu bezahlen. Jetzt ist es dem Staat eingefallen, sich darum zu kümmern, als wir angefangen haben, ihnen in ihren Städten vor den Füßen herumzulaufen. Leute wie Basil machen ihnen mehr Angst als Bin Laden, glaub mir.«

Aschrafs Worte lassen mich erstarren. Nicht weil ich glaube, dass er Recht hat, im Gegenteil, ich glaube, dass es ein großer Irrtum ist. Meiner Meinung nach hatte er schon immer eine Neigung, den Banden eine übertriebene Macht zuzuschreiben. Zu dem Wenigen, das ich verstanden habe, seit ich hierher zurückgekommen bin, gehört allerdings, dass das Verbrechen ein ernstes Problem ist und dass die meisten Menschen in ständiger Angst leben, mit den Bandenmitgliedern aneinander zu geraten. Aber trotzdem kann man nicht von einer Situation sprechen, die das Militär zu einer derartigen Aktion veranlasst haben könnte, auf gar keinen Fall. Was mich an der Geschichte am meisten erschreckt, ist der Name Basil. »Sag«, frage ich, »wer ist das, dieser Basil?«

»Er ist im Moment der stärkste Mann im Dorf«, sagt Aschraf. »Du kennst ihn, er ist so alt wie du.« Und er nennt noch Basils Familiennamen. »Glaub mir, wenn jemand hier Verhandlungen mit der Polizei und dem Militär über unsere Situation führt, dann ist er es und nicht der Bürgermeister.«

6

Das Dorf ist vollkommen still. Die drückende Hitze, die um die Mittagszeit herrscht, hat die Menschen in ihre Häuser getrieben, möglicherweise haben sie auch verstanden, so wie wir, dass es leichter ist, die Gefühle des Hungers und des Durstes zu beherrschen, wenn man sich hinlegt und döst. In unserem Haus haben sich alle hingelegt, manche ins Bett, andere auf die Matratzen, mein kleiner Bruder und ich liegen auf den Sofas im Wohnzimmer. Außer den beiden kleinen Kindern schläft niemand. Anscheinend sind alle in sich versunken, grübeln über die Situation nach und haben keine Lust, die anderen an ihren Gedanken zu beteiligen. Was nützt es schon, andere in die eigenen Überlegungen einzubeziehen? Ich überlege, wie man Wasser beschaffen könnte. Diebstahl kommt nicht in Frage, und mit Gewalt wird es nicht gelingen, nicht, wenn es um eine Familie geht, die keine Erfahrung in Streit und Kriminalität hat. Ich frage mich, was wohl passierte, wenn wir im Dorf tiefe Löcher graben würden. Vielleicht würde das Grundwasser hervorsprudeln und nicht nur unseren Bedarf stillen, sondern auch den aller Bewohner. Und vielleicht verlaufen unter unserem Boden ja auch staatliche Bewässerungsleitungen, die Wasser von den gestauten Flüssen im Galil zu den Städten im Zentrum und im Süden führen. Hätten die Dorfbewohner es geschafft, sich zu organisieren, wäre es vielleicht möglich gewesen, einen gemeinsamen Plan zur Wasserversorgung zu entwickeln. Natürlich würde ein einzelner Grabender oder eine einzige Familie nichts erreichen, es müssten viele zusammenarbeiten. Aber jetzt kann nichts die Dorfbewohner vereinen, sie ziehen es vor, schnellere Lösungen zu suchen, wie zum Beispiel Diebstahl. Ich wünschte, diejenigen, die uns das Wasser gestohlen haben, hätten sich vergiftet, ich wünschte, sie würden sterben.

Nahrung ist viel weniger problematisch als Wasser, obwohl im Dorf fast kein Boden mehr übrig ist, auf dem man Nutzpflanzen ziehen könnte. Aber die Nahrung ist noch nicht ganz verbraucht, und vielleicht könnte man ja Vögel jagen. Durch meinen Kopf schwirren Bilder aus unserer Kindheit, meiner und der meiner Brüder. Ganze Tage versuchten wir, Tauben und andere Vögel mit Hilfe von Dosen, Stöcken und Schnüren zu fangen. Man braucht ein bisschen Geduld, doch am Schluss klappt es. Ich versuche, meine Gedanken vom Essen abzulenken, ich versuche, nicht an Wasser zu denken, denn das macht mich noch durstiger. Seit gestern Abend habe ich nichts getrunken. Obwohl heute alle hier ein Glas getrunken haben, habe ich es bisher vorgezogen, nichts zu nehmen, aus dem Wunsch heraus, ihnen ein Beispiel für Opferbereitschaft zu geben. Nicht, dass irgendjemand mich besonders beachtet hätte. Ein Glück, dass ich Zigaretten habe, sie sind das Einzige, womit ich jetzt nicht geizig bin, denn ich weiß genau, dass alles andere viel eher aufgebraucht sein wird als die Zigaretten, die ich gekauft habe. Und was für einen Sinn hat es schließlich, noch immer Zigaretten zu besitzen, wenn das Wasser aufgebraucht ist?

Ich stehe langsam vom Sofa auf, nehme eine Schachtel vom Tisch gegenüber und gehe hinaus, um eine zu rauchen. Mein kleiner Bruder sieht mich und steht ebenfalls auf, ohne ein Geräusch zu machen. Alle anderen bleiben liegen, nur wir beide zünden uns vor dem Haus eine Zigarette an. Jetzt hat er schon viel weniger Angst vor meinem Vater.

»Wenn er mich mit einer Zigarette erwischt, sage ich, dass ich erst jetzt angefangen habe zu rauchen, weil man sagt, dass Rauchen den Hunger und den Durst abschwächt«, witzelt er, und ich sage kein Wort.

»Was meinst du?«, versucht er es noch einmal, und ich nicke mit dem Kopf und streiche mir über die Haare auf der linken Hand. »Ich weiß nicht, aber das muss aufhören, so kann es nicht weitergehen, nicht einen Tag lang.«

»Was sagen sie im Radio? Du hörst doch Nachrichten, oder?«

»Sie sagen gar nichts. Nach allen Diskussionsrunden von Sachverständigen über israelische Araber ist klar, dass es ein großes Problem gibt, denn sie reden die ganze Zeit von uns wie von einer Bedrohung, wie über etwas, für das man eine Lösung finden müsse, aber sie sagen nichts darüber, was passiert.«

»Interviewen sie Araber?«

»Nichts, keinen einzigen. Auch das ist beängstigend, es macht den Eindruck, als seien alle, nicht nur unser Dorf, in der gleichen Situation.«

»Was? Sogar die Mitglieder der Knesset, die Bürgermeister?«

»Kein einziger Araber wird interviwt, niemand. Bestimmt gehört das zu den neuen Sicherheitsvorschriften. Aber vielleicht gelingt es ihnen auch nicht, an sie heranzukommen. Wie könnten sie zum Beispiel den Bürgermeister unseres Dorfes interviewen? Es gibt keine Möglichkeit.«

»Interessant, und dabei ist das Parlamentsmitglied sein Freund, oder? Und wie viel Humus sie schon miteinander gegessen haben.« Mein Bruder lacht.

»Ja. Aber wenn das Problem alle betrifft, dann ist es auch beruhigend, schließlich können sie nicht alle Dörfer in diesem Zustand halten, bestimmt haben sie nicht vor, uns alle verhungern zu lassen. Sicher ist etwas ganz Außergewöhnliches passiert.«

»Was? Arabische Israelis, die das Sicherheitsministerium eingenommen haben?«

»So etwas Ähnliches.«

»Und vielleicht hat einer aus unserem Dorf mit einem Messer den Ministerpräsidenten als Geisel gefangen, und sie halten uns alle fest, bis er befreit ist?« Mein Bruder lacht wieder, und jetzt lache ich auch.

»Sicher ist jedenfalls, dass ich ein Studienjahr verloren habe«, sagt er.

»Sag das nicht«, sage ich. »Sie werden für die Araber spezielle Examina abhalten.«

7

Mein Bruder und ich sitzen auf der Eingangstreppe und schauen zum Dorf hinüber, das plötzlich erwacht. Alle haben ihre kurze Mittagsruhe beendet, sind wieder wach und auf den Beinen. Als hätte eine Sirene mit einem Schlag alle aufgeweckt, sind die Straßen wieder voll. Erst erscheinen die Kinder, dann die Erwachsenen. Sie laufen durch die Straßen, als würden sie etwas suchen, Essen oder Trost, aber vielleicht auch nur, um in dieser Situation mit möglichst vielen Menschen zusammen zu sein. Auch unsere Familie wacht auf, erst die Kinder, dann die Erwachsenen. Die Kinder haben Hunger, zum Glück für die beiden fehlt es noch nicht an Essen, sie fühlen den Mangel nicht so, wie wir es tun.

Meine Frau kommt mit der Kleinen auf dem Arm heraus, während sie gleichzeitig das Fläschchen schüttelt. Und ich versuche, nicht wütend zu werden und sie wegen ihrer Dummheit zu beschimpfen. Ich flüstere ihr nur leise zu, sie solle doch nicht alle sehen lassen, dass wir noch Babynahrung haben. Sie, als verstehe sie es erst jetzt, dreht sich um und läuft schnell ins Haus. Aber es ist bereits zu spät. Die Nachbarin hat sie gesehen und kommt auf uns zugelaufen, die wir noch draußen sitzen. »Bitte, ich habe nichts zu essen für meine Kinder, bitte, gebt uns ein bisschen Milch.«

»Wir haben keine halbe Schachtel mehr«, lüge ich. »Was wir haben, wird für die Kleine noch nicht einmal für einen Tag reichen.«

»Bitte, nur zwei Löffelchen«, sagt sie. »Nur für meine Jüngste, sie schreit vor Hunger.«

Immer mehr Menschen versammeln sich vor unserem Haus und beobachten interessiert die Szene, die sich vor ihren Augen abspielt.

»Wir haben nichts«, sage ich. »Ich wäre froh, wenn wir etwas hätten.« Ich spreche lauter, damit alle anderen es hören. Ich weiß genau, wenn ich ihr oder einer anderen etwas abgäbe, würde es nie aufhören, dann würden alle anderen auch etwas wollen. Jetzt schreie ich: »Verstehen Sie! Sie müssen uns in Ruhe lassen, Sie haben uns gerade noch gefehlt!«

Aber sie lässt nicht locker. Die kleine dicke Nachbarin, die uns noch nie besucht hat und die wir auch nie besucht haben, ist nun überzeugt, dass wir verpflichtet sind, ihr etwas zu essen zu geben, jetzt ist nicht mehr die Rede von »bitte«, sie verlangt es, es ist ihr gutes Recht, das wir ihr verweigern. »Aber ich habe gesehen, dass ihr Essen habt«, schreit sie, und dabei ist ihr sehr wohl bewusst, dass alle zuhören. »Wenn ich es nicht mit eigenen Augen gesehen hätte, hätte ich Ihnen vielleicht geglaubt.«

»Und ich habe Ihnen gesagt, dass das alles gewesen ist, dass unsere Kleine nur noch diese eine Flasche hat.«

Jetzt kommen die anderen Familienmitglieder heraus, alle, nur meine Frau nicht, die Schuld an unseren neuen Schwierigkeiten hat. Aber ich muss mich zusammennehmen, ich darf ihr gegenüber nicht die Nerven verlieren.

»Was wollt ihr?«, mischt sich nun mein Vater ein. »Geht weg, was ist das hier, eine Theatervorstellung?«

»Gebt ihr Milch«, schreit einer der Zuschauer, die sich vor unserem Hauseingang zusammendrängen, und ich erkenne die Stimme des höflichen Lebensmittelhändlers, der uns seit vielen Jahren kennt. »Sie haben doch selbst meinen halben Laden leer gekauft«, schreit er mich an, und die Nachbarin steht vor uns, als habe sie eine weitere Erlaubnis für ihre Forderungen erhalten. Ihr harter, böser Blick zeigt, dass sie nicht weggehen wird, bevor ihre Forderung erfüllt ist, und ich vermute, dass es ihr nicht nur darum geht, für ihre Kinder etwas zu essen zu bekommen, sie ist auf eine größere Beute aus. Hungrige Kinder weinen, und das Weinen ihrer kleinen Tochter haben wir vorher schon gehört.

Dutzende Menschen stehen bereits da und warten auf das Ende der Vorstellung. Die Nachbarin schreit etwas Unverständliches, flucht und versucht, in unser Haus einzudringen. »Ich hole es mir selbst«, kreischt sie. Ich halte ihren dicken Körper fest und versuche, ihr den Weg zu versperren. Sie ist sehr stark, es fällt mir schwer, die Oberhand zu behalten.

»Verschwinde, verrücktes Weib«, schreie ich und schiebe sie zurück, aber sie versucht erneut, ins Haus zu gelangen. Jetzt kommen andere näher und wollen ebenfalls hinein. Mein Herz klopft schnell. Mein Bruder versperrt mit seinem Körper den Eingang. Weitere Menschen nähern sich. Ich werde es nicht schaffen, sie zurückzustoßen, und sie werden ins Haus einbrechen. Ich bekomme keine Luft, und mein Gesicht glüht. Mit einer Hand halte ich die hässliche Nachbarin vom Eindringen ab und hasse sie mehr, als ich je etwas gehasst habe. Und ich denke an meine Frau, die werde ich nachher in der Luft zerreißen. Ich balle die rechte Hand zur Faust und stoße sie mit voller Wucht in den Bauch der Frau, die sich vor Schmerz krümmt und mit den Händen nach ihrem Bauch greift. Ich höre mich selbst brüllen.

Meine Mutter baut sich hinter uns auf, flucht, so laut sie kann, und hält einen Besenstiel in der Hand. Ich nehme ihr den Besenstiel ab und schlage auf jeden ein, der es wagt, näher zu kommen. Nie hätte ich geglaubt, dass ich so viel Kraft aufbringen würde, noch nie hatte ich es nötig, brutal zu sein. Ich stoße Kinder zu Boden, lasse meinen Bruder hinter mir und gehe auf die Menge zu, die immer größer wird, obwohl es nur Einzelne sind, die tatsächlich versuchen, ins Haus zu gelangen. Ich schwenke den Besenstiel und schreie: »Ich bringe euch um, jeden, der näher kommt, werde ich hier begraben.« Ich drohe ihnen mit dem Stock, und das bringt sie dazu, etwas zurückzuweichen. »Haut ab, ihr Hunde. Wir haben nichts. Schämt euch.«

Jetzt kommt auch mein kleiner Bruder heraus und stellt sich neben mich, mit einer Hacke in der Hand, drohend, jeden zu erschlagen, der es wagen würde, näher zu kommen. Einige aus der Menge fangen an, Steine auf uns und das Haus zu werfen. Ein Stein trifft mich an der Hand, und ich stehe da, zwischen den Jauchepfützen, spüre den Schlag an der Hand und sehe, wie die Steine auf uns zufliegen, und ich weiß, dass wir nichts zu verlieren haben. Nicht, dass ich viel nachdenke, aber statt dass mir die Steine Angst einjagen, vergrößern sie nur noch meinen Zorn. Ich renne auf die Steinewerfer zu, und mein kleiner Bruder folgt mir. Ich schreie aus voller Kehle, und der Stock landet auf dem

Rücken eines kleinen Jungen, der in die Jauche fällt. Die anderen ziehen sich zurück, aber der Steinhagel nimmt zu, und jetzt treffen mich die Steine am ganzen Körper, doch sie halten mich nicht zurück. Ein Stein trifft mich direkt auf den Mund, und ich stürme vorwärts.

Laute Schüsse lassen alle erstarren. Die Leute kauern sich zusammen und halten sich die Ohren zu. Sie werfen schon keine Steine mehr. Ich wende den Kopf und sehe, dass auch mein Bruder auf dem Boden kauert und die Hände an die Ohren gelegt hat. Nur ich stehe da, den Stock in der Hand, schwer atmend, meine Brust hebt und senkt sich mit einer Geschwindigkeit, die ich noch nie erlebt habe, und Blut läuft mir aus dem Mund und tropft auf mein Hemd.

Zwei Bewaffnete der siegreichen Bande des Vormittags trennen mich von der Menge, die versucht hat, in unser Haus einzudringen. Sie schwenken ihre Waffen durch die Luft und schreien: »Was ist hier los? Schluss jetzt. Es reicht.« Und aus der Menge, die jetzt der neuen Macht gehorcht, kommt ein Aufschrei: »Sie haben Essen.«

Einer der Bewaffneten, der aussieht, als würde er keine Gelegenheit zum Schießen auslassen, ballert noch eine Salve in die Luft, und der andere schreit: »Ruhe!« Der eine, der der Anführer zu sein scheint, fragt mich, was passiert ist. Und ich erkläre ihm, dass sie in unser Haus einbrechen wollten, weil sie denken, wir hätten Essen.

Langsam beruhige ich mich. Ich drehe mich zu ihm um, mit der gebührenden Achtung vor dem neuen Herrn, und merke selbst, dass ich eine andere Sprache benutze, in der Hoffnung, dass er mich besser verstehen wird. »Sie wollen in das Haus einbrechen, dass voller Frauen und Kinder ist, ohne Scham, meine Frau ist darin, sie versucht, unsere Tochter zu füttern, um sie zu beruhigen, und die da wollen einbrechen, ohne das zu bedenken.« Ich weiß, dass Ehre das Schlüsselwort für die neuen Herren ist.

»Sie kennen keine Scham, diese Leute«, sagt mein Vater von hinten.

»Sie haben Essen«, schreit der Ladenbesitzer, der jetzt vor der Menge steht. »Der, mit dem Sie sprechen, hat meinen halben Laden leer gekauft, er hat eher als alle anderen gewusst, dass es Krieg gibt, bestimmt haben sie es ihm bei der Zeitung gesagt.«

Ich schüttle den Kopf. »Ich habe es wie alle anderen gemacht«, sage ich ruhig zu dem Bewaffneten, der vor mir steht und keine Ahnung hat, was er tun soll, sich trotzdem aber verpflichtet fühlt, Ordnung zu schaffen, es macht ihm sogar Spaß. »Wenn ihr noch Essen habt, müsst ihr etwas abgeben«, sagt er. »Die Leute sterben vor Hunger. Gebt einen Teil ab, in Ordnung?«

»In Ordnung«, sage ich und lasse den Stock sinken. Ich weiß, dass mir nichts anderes übrig bleibt. Die Leute sind schon in ganz andere Häuser eingebrochen, weil sie deren Besitzer für reich hielten. Wir gehören zwar nicht zu dieser Kategorie, aber nichts würde die vor mir stehende Menge zurückhalten, die glaubt, es fehle uns an nichts. »In Ordnung«, sage ich wieder und hebe meine Stimme. »Im Haus meiner Eltern gibt es noch nicht mal ein einziges Stück Brot, alles ist in meinem Haus.«

Nach diesen Worten stürmen alle auf die neuen Häuser hinter dem Haus meiner Eltern zu. Diesmal lassen sich die Leute nicht davon zurückhalten, dass die Bewaffneten in die Luft schießen, sie rennen wie verrückt, bücken sich, rennen weiter auf die zu erwartende Beute zu. Die Bewaffneten rennen hinter ihnen her, um Ordnung zu schaffen.

Ich drehe mich um und sehe die Mitglieder meiner Familie, die mich mitleidig anschauen. Wir hören das Splittern der Tür, die gewaltsam aufgebrochen wird, und es rührt uns nicht. Kinder und Erwachsene mit einem breiten Lächeln auf den Lippen kommen herausgerannt, auf die Straße, mit Reis, Zucker, Salz, Kaffee und Mehl. Sie dringen auch in das Haus meines Bruders ein, wo es weniger zu holen gibt. Diese Vorräte, die sie wegschleppen, brauchen wir nicht. Alles, was uns nützt, haben wir bereits am Morgen ins Haus meiner Eltern gebracht.

Ich setze mich auf die Treppe am Eingang, senke den Kopf und betrachte die Menschen. Die meisten erkenne ich, schließlich handelt es sich um Bewohner unseres Viertels, sogar um unsere nächsten Nachbarn. Die Unruhe verpufft ziemlich schnell, alle verschwinden, bestimmt eilen sie jetzt zu anderen Ereignissen im Dorf.

Die beiden Bewaffneten kommen zu mir zurück. »Es tut mir Leid«, sagt der Anführer. »Wir wollten, dass ihr einen Teil abgebt, aber sie haben alles genommen. Macht euch keine Sorgen, ich kenne die Betreffenden, wir werden euch einen Teil des Essens zurückbringen. Mein Versprechen gilt. Und wir haben aufgepasst, dass sie nichts von den Möbeln oder den elektrischen Geräten mitnehmen. Sie haben nur Essen genommen. Macht euch keine Sorgen, wir kommen bald wieder zurück.«

Ich bleibe auf der Treppe sitzen. In unserem Haus wissen sie, dass wir gesiegt haben. Mein Bruder und mein Vater schauen nach, was in den beiden Häusern passiert ist. Ich gehe hinein, wische mir mit einem Stück Papier das Blut ab. Meine Frau bringt mir ein Glas Wasser. Ich trinke die Hälfte und gebe es ihr zurück. Dann gehe ich in mein altes Kinderzimmer, lege mich aufs Bett und drücke das Gesicht ins Kissen. Mein Körper zittert, mein Gesicht brennt. Ich mache die Augen zu und weine leise.

8

Meine Mutter kommt ins Zimmer. Ich schaffe es, die Augen ein wenig zu öffnen, und sehe sie durch die nassen Wimpern. Sie verlässt das Zimmer wieder, flüstert: »Pssst, er schläft«, und macht die Tür hinter sich zu. Ich denke jetzt an sie, an meine Mutter, sehe sie vor mir, wie sie früher, vor ihrem jährlichen Urlaub, in der Küche herumgerannt ist und belegte Brote vorbereitet und in Silberpapier gewickelt hat, belegte Brote, wie mein Vater sie liebt, mit gebratenem Hackfleisch und mit sauren, der Länge nach durchgeschnittenen Gurken, er würde sie nicht anrühren, wenn sie in Scheiben geschnitten wären. Vier solcher belegter Brote für ihn und zwei für sie, mit Schnittkäse, sie isst alles. Proviant für unterwegs. Sie läuft in der Küche herum, ein buntes Kopftuch umgebunden, sie schwitzt, sie ist klein und dick. Ich habe das Aussehen meiner Mutter gehasst. Es hat lange gedauert, bis ich verstand, dass sie als schöne Frau angesehen wurde, noch immer angesehen wird, wenn man ihr Alter bedenkt.

Meine Brüder schlafen schon, aber ich kann nicht einschlafen. Ich kann an dem Tag, an dem meine Eltern im Sommer für zehn Tage zu ihrem festen Urlaub aufbrechen, nie einschlafen. Immer zehn Tage, immer im Juli, manchmal in die Türkei, manchmal nach Eilat, zum Sinai, nach Ägypten, und in der letzten Zeit auch nach Jordanien. Das ist jedes Jahr so, doch ich kann mich an die Vorstellung nicht gewöhnen, im Gegenteil, jedes Jahr fällt es mir schwerer. Ich stehe ruhig da, in der Küche, lehne mich an eine Wand und schaue ihr zu. Sie kocht Kaffee, gleich wird sie ihn in die Thermoskanne füllen, weil mein Vater es keine halbe Stunde ohne Kaffee Sada aushält, ohne Zucker.

Es ist schon spät, mein Vater ist längst schlafen gegangen. Der Koffer steht bereit, bald werden sie sich auf den Weg machen. Meine Mutter füllt noch ein paar Flaschen mit Wasser und legt sie ins Gefrierfach, bis zum Morgen werden sie zu Eis gefroren sein, und dann haben sie genügend kaltes Wasser für die ganze Strecke bis Kairo. Sie ist fertig, wirft noch einen Blick in den Kühlschrank, zählt die belegten Brote, murmelt vor sich hin, versucht sich zu erinnern, ob sie auch nichts vergessen hat. Gleich wird der Bus kommen, um fünf Uhr fahren sie los, ihr bleiben nur noch zwei Stunden. Alles ist bereit.

»Los, ins Bett«, sagt sie zu mir, nimmt das geblümte Kopftuch ab und wischt sich damit den Schweiß von der Stirn und von den Wangen. Wie habe ich diese Bewegung immer gehasst. Meine Mutter kümmert sich nicht um mich, ich weiß das genau, meine Mutter hat nie verstanden, was mit mir los ist, wenn sie es verstünde, würde sie nie wegfahren und mich allein zu Hause lassen. Als ich abends zu ihr gesagt habe, dass ich nicht einschlafen kann, weil ich mittags zu lange geschlafen habe, hat sie mir geglaubt, und als ich ihr jetzt gute Nacht wünsche und ins Kinderzimmer gehe, ist sie sicher, dass ich schlafen werde. Meine Mutter gehört nicht zu der Art Mütter, die ihre Kinder abends zudecken, sie sagt immer, sie würde die Frauen nicht verstehen, die wegen ihrer Unfruchtbarkeit trauern, nur Verrückte machen Kinder. Meine Mutter hat drei Kinder auf die Welt gebracht, und immer wieder hat sie zu ihren Freundinnen und zu uns gesagt, dass das zu viele sind. Meine Mutter liebt uns nicht. Jedenfalls hat sie nie zu einem von uns gesagt, dass sie ihn liebe. Manchmal scheint es mir, dass meine Brüder damit gut zurechtkommen, denn sie sehen fröhlich aus. Ich habe immer ein bisschen darunter gelitten, dass meine Mutter uns hasst, aber das habe ich nie jemandem erzählt.

Ich bleibe wach. Ich weiß, dass auch meine Mutter noch wach ist. Wie sehr sie diese Ausflüge liebt. Die ganze Zeit erzählt sie den Leuten, ohne diesen jährlichen Urlaub würde sie zusammenbrechen. Wer das ganze Jahr wie ein Esel arbeite, dem stünden zehn Tage ohne Spülen und Kochen zu, und vor allem ohne Kinder. Ich höre, wie sie ins Badezimmer geht, sich wäscht, stelle mir ihren dicken Körper eingeseift vor. Mein Vater wacht eine halbe Stunde später auf und beginnt sich anzuziehen. Sie reden miteinander, leise, um niemanden aufzuwecken. Ich kann nicht verstehen, was sie sagen. Ich warte noch ein paar Minuten, wische mir die Tränen ab und gehe hinaus. Bald werden sie weggehen. Ich sage ihnen guten Morgen, und sie antworten mir nicht, sie kontrollieren ihre Papiere und die Pässe. »Warte draußen«, sagt mein Vater zu mir. »Pass auf die Koffer auf und ruf uns, wenn der Autobus kommt.«

Ich setze mich auf die Treppe, neben ihr Gepäck. Es wird langsam hell und es ist ein bisschen kalt, trotz des Sommers. Die Härchen auf meinem Arm richten sich auf, ich bekomme eine Gänsehaut, streichle die kleinen Hubbel, die auf meiner Haut wachsen, und genieße kurz die Berührung.

Was kann schon passieren, frage ich mich und versuche, diese Frage nicht zu beantworten, schließlich fahren sie jedes Jahr weg und kommen jedes Jahr zurück. Ich bemühe mich, nicht an all die schlimmen Dinge zu denken, die mir durch den Kopf schwirren, denn ich weiß, wenn ich darüber nachdenke, werden sie bestimmt passieren. Ich weiß genau, wenn meinen Eltern etwas passiert, wird es immer meinetwegen sein. Ich muss an gute Dinge denken. Ich werde versuchen, mich auf die Geschenke zu konzentrieren, die sie mitbringen. Bestimmt bringen sie Turnschuhe mit, diesmal vielleicht in einer Größe, die mir passt.

Ich sehe den Autobus von weitem kommen und rufe, wie der glücklichste Junge der Welt: »Der Autobus kommt.« Meine Eltern rennen fix und fertig aus dem Haus, als ob der Bus, wenn sie sich nur um eine Sekunde verspäten, ohne sie wegfahren würde. Mein Vater schleppt den großen Koffer, meine Mutter die Tasche mit dem Essen, und ich laufe hinter ihnen her und trage mit beiden Händen den Wasserkrug, der in Styropor verpackt ist. Sie stopfen alles in den Gepäckraum des Autobusses, nur nicht das Wasser, den Kaffee und die kleine Tasche, die meine Mutter über der Schulter hängen hat. Im Autobus sitzen vor allem Erwachsene, aber manche Leute haben auch ein oder zwei Kinder dabei. Meine Eltern steigen ein, setzen sich an das Fenster, das mir am nächsten ist, schauen mich an und sagen kein Wort, sie winken noch nicht einmal zum Abschied, und ich winke auch nicht. Der Autobus setzt sich in Bewegung. Ich warte, bis er unten auf der Straße verschwunden ist, dann kann ich meinen Körper entspannen und ihm erlauben zu zittern.

Zehn Tage muss ich nun warten. Ich tröste mich immer

damit, dass es nur neun Nächte sind. Die Nächte sind das Hauptproblem. Ich ziehe die Tabelle heraus, die ich schon vorher gemacht habe, von Tagen und Nächten, und erlaube mir, den ersten Tag mit einem Kreuz durchzustreichen, obwohl er gerade erst angefangen hat. Bald wird Großmutter ankommen, wie jedes Jahr, sie wird auch Großvater mitbringen, und beide werden zehn Tage hier bleiben. Neun Nächte.

Sie kommt, noch bevor meine Brüder aufgewacht sind. Wie jedes Jahr. Die Großeltern wohnen nicht weit von uns, fünf Minuten zu Fuß. Wenn sie genug Platz hätten, würde meine Mutter uns zu ihnen schicken, aber sie haben nur ein Zimmer. Der Rest des Hauses steht meinem einzigen Onkel zur Verfügung, dem Bruder meiner Mutter. Meine Großmutter kommt früh, denn sie will nicht, dass jemand sieht, wie sie Großvater auf der Schulter schleppt. Sie ist alt, sieht aus wie hundert, aber sie ist noch immer kräftig, und mein Großvater wiegt kaum so viel wie ein kleines Kind. Meine Großmutter schwitzt, mit derselben Bewegung wie immer legt sie Großvater auf das Bett im Schlafzimmer meiner Eltern, da liegt er, auf dem Rücken, und schaut die Decke an. Mein Großvater steht nie allein auf. Er bewegt sich überhaupt nicht. Seit ich ihn kenne, ist er so, liegt einfach nur auf dem Rücken. Meine Eltern erzählen die ganze Zeit, was für ein starker Mann er war, bevor er krank wurde. Sie reden vom reichsten Mann des Dorfes, dem besten Kaufmann, dem ersten Mann, der ein Auto gekauft und ein prachtvolles Steinhaus gebaut hat. Aber so kennen wir ihn nicht. Manchmal erzählen sie, dass er schon im Bett gelegen habe, als er von seiner Pilgerreise nach Mekka zurückgekommen sei. Dort habe man, so sagen sie, mitten in der Stadt einen Dieb geköpft, vor allen Leuten, so ist das, nach dem Islam, und wir bekamen große Angst und klauten nie etwas. Sie sagen, dass dieser Anblick ihn vollkommen zerstört hat, von diesem Moment an ist er ein anderer Mensch gewesen.

Ich betrachte meinen Großvater sehr gern, sein magerer Körper gefällt mir, das kleine Gesicht, die eingefallenen Wangen, der ewig offene Mund, die hervorquellenden Augen, die ständig zur Decke starren. Immer haben alle gesagt, dass er bald stirbt, aber jetzt sind schon viele Jahre vergangen, und er lebt immer noch. Meine Mutter hat manchmal gesagt, wenn Gott ihn lieben würde, ihn und uns, müsste er ihn zu sich nehmen. Sie hat darauf gewartet, dass er stirbt, und ich habe nicht verstanden, warum irgendjemand wünschen kann, dass sein Vater stirbt. Was macht es schon aus, wenn er die ganze Zeit auf dem Bett liegt. Meine Großmutter beugt sich vor, hält sich eine Hüfte und murmelt, wie schwer ihr schon alles fällt und dass sie eine alte, schwache Frau wird. Für einen Moment setzt sie sich auf das Sofa im Wohnzimmer, steht dann aber schnell wieder auf und geht in die Küche, sucht Töpfe und Pfannen, macht den Kühlschrank auf, holt Tomaten und Eier heraus und fängt an, das Frühstück vorzubereiten.

Meine Großmutter hört kein einziges Wort. Das liegt nicht am Alter, sie hat noch nie etwas gehört. Aber sie kann sprechen, und wenn man an sie gewöhnt ist, kann man auch verstehen, was sie will. Meine Eltern sagen, dass man ihr Problem behandeln könne, in den Krankenhäusern der Juden hätten sie jetzt alle möglichen Hilfsmittel, aber meine Großmutter will das nicht, sie sagt, sie brauche das nicht, sie höre sowieso schon viel zu viel.

Ich bin neidisch auf meine Brüder, ihnen macht es nichts aus, dass meine Eltern nicht da sind, im Gegenteil, manchmal habe ich das Gefühl, dass die Abwesenheit meiner Eltern sie glücklicher macht. Sie können die ganze Zeit spielen, sie können schlafen gehen, wann sie wollen, und sie sagen, dass unsere Großmutter hervorragend kocht, besonders das Frühstück mit der großen Auswahl, das sie immer herrichtet, nicht wie meine Mutter, bei der es immer nur eine Sache zum Frühstück gibt. Sie lachen die ganze Zeit über Großvater, und wenn die Großmutter nicht in der Nähe ist, bringt mein älterer Bruder ein Stöckchen und stößt Großvater damit. Manchmal schiebt er es ihm in den Mund, manchmal in die Nase und platzt vor Lachen, wenn Großvater nicht reagiert.

Meine Großmutter arbeitet die ganze Zeit, obwohl es gar nicht viel zu tun gibt, entweder ist sie in der Küche und kocht, oder sie putzt, oder sie versorgt Großvater. Sie bringt ihm Joghurt, rührt es mit dem Löffel und stopft es ihm mit Gewalt in den Mund. Manchmal läuft ihm das Joghurt aus dem Mund, und meine Großmutter wischt es ab und murmelt vor sich hin, und es ist nicht klar, ob sie zu ihm spricht oder zu sich selber. Manchmal trägt sie ihn auf der Schulter ins Badezimmer, dann bringt sie ihn wieder zurück ins Bett meiner Eltern, oder sie legt ihn aufs Sofa und geht hinaus, um weiße nasse Tücher aufzuhängen. Morgens trägt sie Großvater hinaus und legt ihn auf eine Matratze, in die Sonne, mittags bringt sie ihn wieder ins Bett, nachmittags trägt sie ihn wieder hinaus auf die Matratze.

Die Tage bringe ich irgendwie hinter mich, ich spiele mit meinen Brüdern und mit den Kindern der Nachbarschaft. Die Nächte sind ein Problem. Aber mein Großvater hilft mir dabei sehr. Meine Großmutter schläft niemals neben Großvater, und meine beiden Brüder wollen auch nicht neben ihm schlafen, sie behaupten, er würde sehr schlecht riechen. Ich bin froh, dass Großmutter in meinem Bett schläft und ich neben Großvater liege und mich damit trösten kann, dass ein erwachsener Mensch neben mir liegt. Mein Großvater macht nie die Augen zu, und das ist ausgezeichnet. Und trotz des starken Geruchs, den er verströmt, kann ich in ihren Betten die vertrauten Gerüche meiner Eltern wahrnehmen. Bevor ich ins Bett gehe, streiche ich immer eine weitere Nacht aus. Es ist dunkel, und ich schlafe sowieso, dann ist es schon fast wie morgen. Obwohl es mir sehr schwer fällt einzuschlafen und ich fast jede Nacht weine.

Was ist, wenn meinen Eltern jetzt was passiert, denke ich. Wie lange wird es dauern, bis wir es erfahren? Wie viel Zeit braucht eine Nachricht von Kairo bis zu uns nach Hause? Der Gedanke, dass sie vielleicht schon tot sind und wir es nur noch nicht wissen, quält mich. Ich sehe vor meinem geistigen Auge einen umgestürzten Autobus und zwei Leichen. Immer renne ich zu der Leiche meines Vaters, nur zu der meines Vaters. Meine Angst gilt nur ihm, nie habe ich daran gedacht, dass auch meiner Mutter schlimme Dinge passieren könnten, das hätte mich nicht so gestört. Von mir aus hätte sie sterben können.

In den Nächten, in denen ich nicht einschlafen kann, erzähle ich meinem Großvater alles. Nicht laut, sondern flüsternd, direkt in sein Ohr. Ich erzähle all die schlimmen Dinge, die ich sehe, und ich fühle mich besser. Ich erzähle ihm, dass immer jemand nachts heftig an die Tür klopft, wenn einer in der Familie stirbt, und welche Angst ich habe, wenn meine Eltern weggehen. Ich erzähle ihm, dass ich die Leichen meiner beiden Onkel im Sarg gesehen habe und danach nicht schlafen konnte, dass ich sicher bin, mein Vater wird in die Hölle kommen, weil er nichts von dem tut, was meine Religionslehrer sagen, und dass ich sicher bin, ins Paradies zu kommen, und mein Vater nicht. Mein Großvater starrt weiter an die Decke, und manchmal decke ich ihn zu und frage: »Ist dir warm?«, oder: »Ist dir kalt?«, und er antwortet nicht.

Die letzte Nacht streiche ich nicht schon vor dem Schlafen durch. Ich warte bis zum nächsten Morgen, erst dann tue ich es. Wenn sie Kairo so früh verlassen, wie sie von hier weggefahren sind, um fünf Uhr morgens, müssten sie gegen fünf Uhr am Nachmittag hier sein. Ich tue alles, um einzuschlafen, denn dann vergeht die Zeit schneller. Ich erzähle meinem Großvater alle Geschichten vom Anfang an, presse die Augen zu, denke an schöne Dinge, aber nichts hilft. Ich schlafe keine Sekunde, denn die schlimmen Dinge passieren immer am Schluss, immer dann, wenn man etwas Gutes erwartet, und gibt es etwas Besseres als die Rückkehr der Eltern nach Hause? Was ist besser, als den Vater wieder heil und gesund im Haus zu sehen? Auch das erzähle ich meinem Großvater, und er sagt kein Wort. Ich erzähle ihm, dass meine Mutter uns nie umarmt, und dabei steht in Büchern, wie Mütter sich um ihre kranken Kinder kümmern, und ich kenne Lieder auswendig, von guten Müttern, die die ganze Nacht am Bett ihres Kindes wachen, wenn es Fieber hat. Ich singe ihm die Lieder vor, von Anfang bis Ende, sogar zweimal.

Am Morgen habe ich keine Lust zu frühstücken, und

Großvater spuckt alles, was Großmutter ihm in den Mund schiebt, wieder aus. Ich stelle mich schlafend und höre, wie sie sich neben ihn auf das Bett setzt und sagt: »Stirb schon, es stinkt mir, stirb schon. Was habe ich getan? Warum hasst Gott mich so sehr?«

Dann, als sie ihn nach draußen auf die Matratze gebracht hat, sitze ich den ganzen Tag neben ihm. Ich weiß, dass es noch zu früh ist, aber ich schaue die Straße entlang und warte darauf, dass meine Eltern kommen. Darauf, dass ich den Autobus sehe.

Meine Brüder sprechen über die Geschenke. Mein älterer Bruder möchte, dass sie ihm noch einmal ein Auto mit Fernlenkung kaufen, das sich überschlagen kann, an die Wand fährt, die Richtung wechselt und weiterfährt. Mein kleiner Bruder möchte dasselbe, aber in einer anderen Farbe. Sie spielen den ganzen Tag lang Computerspiele, immer abwechselnd. Ich sitze den ganzen Tag auf derselben Stelle und warte. Mittags bringt meine Großmutter meinen Großvater ins Haus, wegen der Hitze, und schreit mich an, ich solle zum Essen kommen, dann, ich solle mich hinlegen, wie meine Brüder, aber ich bleibe sitzen, wo ich bin.

Am Nachmittag bringt sie Großvater wieder heraus, und er liegt neben mir. Je näher die Stunde rückt, die in meinem Heft steht, umso nervöser werde ich, ich rutsche unruhig herum. Jetzt ist es schon nach fünf, und ich weiß, dass etwas Schlimmes passiert ist. Jetzt müssen wir nur noch den Boten abwarten. Jedes Auto, dass sich nähert und mir nicht bekannt ist, erschreckt mich.

Der Autobus kommt nicht viel zu spät, vielleicht eine Viertelstunde. Mein Herz klopft heftig, und ich stoße einen Schrei aus: »Sie kommen!« Meine Brüder rennen schnell aus dem Haus, dem Autobus entgegen, so wie ich. Meine Eltern steigen aus. Ich beruhige mich, ein breites Lächeln erscheint auf meinen Lippen. Sie öffnen die Laderaumtür. Neben den Sachen, die sie mitgenommen haben, sehe ich neue Tüten. Sie verteilen sie an uns, und wir tragen sie ins Haus. Meine Mutter drückt ihrer Mutter die Hand und schreit Großvater zu, als würde er nur etwas verstehen, wenn man schreit: »Wie geht es dir, Vater?«

SECHSTER TEIL

Eine neue Epoche

1

Ich habe ein paar Stunden hintereinander geschlafen, die längste Zeit seit Anfang der Woche, und wache erst gegen Abend auf. Die ganze Familie sitzt im Wohnzimmer meiner Eltern, die Haustür ist verschlossen, trotz der drückenden Hitze. In dieser Nacht würden alle hier schlafen, damit wir notfalls gemeinsam unsere wenigen noch verbliebenen Essensvorräte verteidigen könnten. Wir wären auch näher zusammen und geschützter, falls es wieder Schießereien geben würde. Die beiden Kinder schlafen. Meine Mutter hat ihnen Matratzen in ihr Schlafzimmer gelegt.

Für einen Moment nimmt mir eine Stimme von draußen den Atem, dann verstehe ich, dass es die Stimme des Muezzin ist, die zum Abendgebet ruft. Sie hört sich anders an, denn seit der Strom abgestellt ist, ruft er selbst zum Gebet, nicht wie früher vom Tonband mit Schaltuhr. Endlich wird der Turm neben der Moschee wirklich benutzt, der eigentlich als Bühne für den Muezzin gedacht ist. Zum ersten Mal im Leben höre ich eine menschliche Stimme, keine mechanische, die zum Gebet ruft, so wie in den Filmen über die Zeit des Propheten Mohammed.

Mein älterer Bruder beschließt, in die Moschee zu gehen, um zu beten. »Wozu?«, fragt seine Frau. »Es ist besser, du betest hier, man weiß doch nicht, was im nächsten Augenblick passieren könnte.«

Aber mein Bruder beharrt auf seinem Vorhaben. »Darum geht es doch, dass man nicht weiß, was im nächsten Augenblick passieren wird. Und wenn etwas passiert, werde ich wenigstens wissen, dass ich meine Pflicht Allah gegenüber erfüllt habe.«

Meine Mutter springt auf und bittet meinen Bruder inständig, er solle zu Hause beten. »Im Namen Gottes, wozu willst du jetzt, in der Dunkelheit, das Haus verlassen?«

Mein Bruder achtet nicht auf die dringenden Bitten seiner Frau und unserer Mutter. Er nimmt seine Sandalen und verlässt das Haus. Ich schließe die Tür hinter ihm zu. Meine Mutter flüstert ein Gebet zu seinem Schutz, mit offenen Händen und zum Himmel gewandtem Gesicht.

»Es wird nichts passieren«, sagt mein Vater. »Die Moschee ist doch ganz in der Nähe, was kann auf diese paar Meter Entfernung schon passieren?«

Erstaunlich, dass noch vor ein paar Tagen diese Stunden die lautesten im Dorf waren, die Stunden, in denen alle das Haus verließen. Laute Musik aus Radios und von Hochzeiten ist sonst an Sommerabenden der gewohnte Hintergrundlärm hier im Dorf. Wer hat denn früher um diese Uhrzeit den Muezzin überhaupt gehört? Kein Mensch, trotz des hervorragenden Lautsprechersystems auf den Türmen der fünf Moscheen.

»Ich habe Angst, dass er verhaftet wird«, sagt meine Mutter.

Mein Vater fängt an zu schimpfen. »Hör endlich mit diesem dummen Gerede auf. Wer soll ihn verhaften? Was ist denn los mit dir?«

»Was weiß ich«, sagt sie. »Heutzutage passt man auf,

wer eine Moschee betritt. Vielleicht machen sie eine Razzia in der Moschee und nehmen ihn fest.«

Die Frau meines älteren Bruders rutscht bei diesen Worten gereizt hin und her.

»Stimmt«, sagt mein Vater. »Dein Sohn ist Bin Laden. Hör jetzt auf mit deinem dummen Gerede, niemand wird irgendjemanden festnehmen, er hat noch nicht mal einen Bart, was ist los mit dir? Er wird bald zurückkommen.«

»Und ob er verdächtig aussieht!«, sagt mein kleiner Bruder und kichert. »Er hat sich schon seit vier Tagen nicht rasiert.«

Ich fühle die Wunden von den Steinwürfen am Mittag, die Bilder der Nachbarn, der Kinder und der Menschenmenge vor unserem Haus lassen mich nicht los. Ich spüre ein starkes Bedürfnis nach Rache, ein seltsames Bedürfnis, meine Ehre wiederzuerlangen, die in kürzester Zeit verloren gegangen ist. Aber was kann ich tun? Ich wünschte, ich hätte eine Waffe, ich wünschte, ich hätte einen Revolver, ich wünschte, ich hätte eine Verbindung mit einer der Verbrecherbanden, dann würde keiner es wagen, mir oder meiner Familie zu nahe zu treten. Aber wie? Das würde ich im Leben nicht schaffen, nie würde ich von diesen Kreisen akzeptiert werden. Jetzt hasse ich mich für meine Unfähigkeit, stark zu sein, bedrohlich, ein Mann mit Ehre.

Mein Vater macht das Transistorradio an, das von vornherein auf den ägyptischen Sender eingestellt ist. Es gibt eine Musiksendung. Mein Vater schaut auf die Uhr und macht das Gerät wieder aus. »Sie feiern die ganze Zeit«, sagt er. »Man könnte beinahe glauben, sie hätten einen Grund zur Freude.«

Meine Frau steht vom Sofa auf und kommt zu mir. Der

Schatten, den ihr Körper im Kerzenlicht wirft, bedeckt die ganze Wand und krümmt sich dort, wo er auf die Decke trifft. Sie legt eine Hand auf meine Schulter, eine tröstende Hand, kommt mit ihrem Mund näher an mein Ohr und flüstert: »Du hast heute noch nichts gegessen, möchtest du, dass ich dir ein paar Kartoffeln brate? Wir haben auch noch ein paar Dosen Thunfisch.«

Ich schüttele ablehnend den Kopf.

»Warum?«, fragt sie. »Alle haben etwas gegessen, nur du nicht ...«

»Ich habe jetzt keinen Hunger.«

Mein Vater macht wieder das Radio an. Eine arabische Werbung für »head and shoulders«, dann für »Chevrolet, das Wüstenschiff«. Die Nachrichtensendung beginnt mit einem Besuch des ägyptischen Staatspräsidenten im Süden des Landes und der Grundsteinlegung einiger neuer Nahrungsmittelfabriken. Dann erfahren wir vom Besuch der Frau des Ministerpräsidenten in einer Klinik für krebskranke Kinder in Kairo. In Radio Kairo wird berichtet, dass der ägyptische Staatspräsident die israelischen Araber für ihre fieberhaften Anstrengungen segnet, die Krise zu beenden, und dass er die historische Aufgabe würdigt, die der amerikanische Präsident auf sich genommen hat. Man hört die Stimme des Präsidenten: »Beide Seiten wollen kein Blutvergießen mehr, wir stehen an der Schwelle einer neuen Epoche, einer Epoche des Friedens und der Zusammenarbeit, einer Epoche, die unseren Kindern ein Leben in Frieden verspricht, damit sie die Leiden, die unsere Generation ertragen musste, nie kennen lernen.«

Mein kleiner Bruder lacht. Mein Vater sagt, dass wir an dem Tag, an dem Radio Kairo die Wahrheit berichtet, wissen werden, dass der Nahe Osten dabei ist, die größte Macht des Universums zu werden.

Mein Vater dreht am Suchlauf und findet Nachrichten auf Hebräisch. Es ist jetzt acht Uhr, man bringt eine ausführliche Ausgabe der Nachrichten. Auch in Israel wird von beträchtlichen Fortschritten bei den Verhandlungen der beiden Seiten berichtet, man hört, wie sich der israelische Ministerpräsident und der palästinensische Ministerpräsident gegenseitig auf Englisch Komplimente machen.

Was passiert hier, zum Teufel? Ist das, was wir hören, die Wirklichkeit?

Mein älterer Bruder, der natürlich genau weiß, in welcher Anspannung wir uns befinden, klopft leise an die Tür und flüstert zugleich: »Ich bin's«, damit wir nicht erschrecken. Seine Frau springt auf, um ihm die Tür zu öffnen und sie hinter ihm wieder zu verschließen. Er sagt, es gäbe keinen Grund zur Angst, niemand treibe sich draußen herum, wir sollten vielleicht die Tür ein bisschen aufmachen, um frische Luft zu bekommen. »Wollt ihr an Sauerstoffmangel sterben?«, fragt er. Aber die Tür bleibt verschlossen.

Ich gehe in die Küche und stecke mir eine Zigarette an, mein kleiner Bruder gesellt sich zu mir, bedeutet mir mit einer Handbewegung, ich solle ihn einmal ziehen lassen. Er wirft einen Blick auf meinen Vater, und als er sieht, dass er im Wohnzimmer in ein Gespräch vertieft ist, schnappt er sich meine Zigarette und nimmt einen tiefen Zug. Er hustet und gibt mir die Zigarette sofort zurück. Mein Vater dreht den Kopf Richtung Küche, und mein kleiner Bruder sagt gespielt böse zu mir: »Am Ende wirst du uns noch alle ersticken, hör auf mit diesen Zigaretten.« Er grinst.

Die Situation des Dorfes ist noch nie schlechter gewesen, vielleicht haben die Menschen sich im Krieg von 1948 ähnlich gefühlt. Die Berichte in den Nachrichten, der Frieden stehe vor der Tür, beruhigten die Stimmung im Haus. Wir wissen zumindest, dass uns kein Unheil so großen Ausmaßes wie zum Beispiel ein Weltkrieg bedroht. Vielleicht ist alles, was passiert, trotzdem nichts als eine Art Taktik, Teil der Bemühungen, mit den Palästinensern zu einer absoluten Beruhigung zu kommen. Vielleicht soll es die palästinensischen Gruppierungen, die nicht an Verhandlungen mit den Israelis glauben, daran hindern, die politischen Fortschritte durch irgendein Selbstmordattentat zu gefährden, das die Standpunkte der israelischen Bevölkerung vollständig ändern könnte. Vielleicht war es von israelischer Seite keine böse Absicht, als sie den Strom und das Wasser abgestellt haben, vielleicht handelt es sich wirklich nur um einen kleinen Fehler. Schließlich reicht ein Stromausfall aus, um die Wasserversorgung lahm zu legen. Es genügt, dass irgendein Bagger oder ein Panzer eine Stromleitung trifft, um dieses ganze Tohuwabohu zu verursachen.

Meine Mutter geht in ihr Schlafzimmer und legt drei Matratzen auf den Boden, denn die Kinder haben die Ehebetten besetzt. Dann kommt sie ins Wohnzimmer zurück und verkündet, dass sie jetzt versuchen wolle, ein bisschen zu schlafen. Auch die Frau meines älteren Bruders verabschiedet sich mit einem »gute Nacht« von den Anwesenden und schließt sich meiner Mutter an.

»Ich gehe auch schlafen«, sagt meine Frau, aber bevor sie zum Schlafzimmer meiner Eltern geht, kommt sie noch einmal in die Küche und fragt mich, ob ich vielleicht jetzt hungrig sei. »Nein«, sage ich.

Jetzt schaut sie mich an, wie sie mich schon lange nicht mehr angeschaut hat. »Gute Nacht«, flüstert sie, und ich habe das Gefühl, dass sie mir, wären nicht andere Leute dabei, vielleicht einen Kuss gegeben hätte. Das Blut steigt mir in den Kopf, ich werde rot.

»Gute Nacht«, antworte ich und begleite sie mit Blicken, bis sie im Schlafzimmer verschwindet.

Mein Vater und mein älterer Bruder gehen ins Kinderzimmer. Mein älterer Bruder schläft in seinem alten Kinderbett, mein Vater in meinem. Mein kleiner Bruder beeilt sich, mich um eine Zigarette zu bitten, und setzt sich neben mich an den Küchentisch. Ich strecke die Hand aus und spiele mit dem Salzfass, unser altes Salzfass, das noch nie gegen ein neues ausgetauscht worden ist, das war nicht nötig, es funktioniert noch immer. Meine Mutter legt jedes Mal ein paar Reiskörner in das Salz. Der Reis zieht die Flüssigkeit heraus und verhindert, dass das Salz klumpt.

»Weißt du«, sagt mein kleiner Bruder, »jetzt wäre ich bestimmt mit meinen Kommilitonen zur Allenbystraße gezogen. Nach einer Prüfung trinken wir immer etwas, nach Prüfungen trinken wir am meisten.« Er spricht flüsternd und schaut nach hinten, um sich zu versichern, dass die Luft rein ist. Er flüstert weiter, so leise, dass ich ihn kaum verstehen kann: »Tel Aviv ist eine tolle Stadt, sage ich dir. Nach Prüfungen trinken wir nicht einfach ein Bier, so wie sonst, wir drehen richtig auf. Ich würde jetzt locker vierhundert Schekel fürs Trinken vergeuden. Ich wäre auf teuren Whisky umgestiegen, oder auf Jägermeister. Magst du Jägermeister? Mit Zitrone schmeckt er prima. Weißt du was? Ich kapiere wirklich nicht, warum du hierher zurückgekommen bist, ich verstehe dich nicht. Ich wäre im Leben nicht zurückgekommen, ich wäre immer in Tel Aviv geblieben oder in irgendein europäisches Land geflohen. Oder nach Kanada. Für Kanada kriegt man ganz leicht ein Visum. Ich hätte irgendeine kanadische Frau geheiratet und die Staatsbürgerschaft bekommen. Dort Staatsbürger zu sein, das ist nicht wie hier. Dort wirst du voller Staatsbürger. Stimmt, es gibt Hass gegen Muslims, aber ich sage dir, nach allem, was ich von christlichen Freunden gehört habe, deren Brüder ausgewandert sind, bedeutet rassistisch sein dort, sagen wir in London, ungefähr so viel, wie wenn man hier zu den Anhängern von Merez gehört. Das ist eine andere Welt. Das Problem mit London ist nur, dass die Pubs ungefähr um acht Uhr abends schließen, ich verstehe das überhaupt nicht. Wenn ich mit Freunden ausgehen will, ziehen wir erst nach elf oder zwölf in der Nacht los.«

Mein kleiner Bruder schaut mich an und fragt: »Warum ist das so, denkst du manchmal darüber nach, warum wir so sein müssen? Und nicht nur wir, alle Araber. Warum?« Er nimmt noch einen Zug, reibt sich die Augen, weil ihm Rauch hineingekommen ist. »Manchmal, wenn ich im Fernsehen all diese Musikfestivals sehe, in Kairo, in Beirut, sogar in Jordanien, du weißt schon, dann sage ich mir, was für ein Spaß, diese Leute haben Festivals mit den besten arabischen Sängern, was für ein Spaß, du kaufst eine Karte und gehst zur Veranstaltung, immer wollte ich einmal zu einem Konzert in einem arabischen Staat gehen oder das Opferfest zum Beispiel in Damaskus feiern, was für ein Spaß das ist, wenn das ganze Land feiert, es ist ein offizieller Feiertag, nicht wie hier, wo du noch nicht mal einen freien Arbeitstag bekommst ... Aber zugleich tun mir diese Leute Leid ..., verstehst du, all die jungen Leute, die bei einer Veranstaltung tanzen oder in Damaskus feiern, jedes Mal, wenn ich daran denke, unter welchen politischen Bedingungen sie leben, sehe ich, wie sie tanzen, und bin ganz traurig und bekümmert, und ich verstehe nicht, warum sich die Situation nicht ändert. Warum nur sind die arabischen Länder so, warum?«

Ich schaue ihn an und er lächelt, stößt ein »Hmm« aus. Ich spiele weiter mit dem Salzfass und gebe meinem Bruder keine Antwort, obwohl ich weiß, dass er auf irgendeine Reaktion wartet. Schließlich sage ich: »Ich denke über solche Dinge nicht nach.«

»Ich bin anders, ich bin nicht wie du«, sagt er, drückt seine Zigarette im Aschenbecher aus, der auf dem Tisch steht, und schnaubt den letzten Rauch aus den Nasenlöchern. »Ich habe keine Lust, neben unserem Vater einzuschlafen«, sagt er. »Ich glaube, ich schlafe lieber auf dem Sofa, und du schläfst im Bett, in Ordnung?«

Ich nicke und weiß schon, dass ich diese Nacht nicht schlafen kann. »Ich bin noch nicht müde«, sage ich zu meinem Bruder.

»Ich auch nicht, aber wir sollten es versuchen, so vergeht die Zeit schneller, und bald ist es schon wieder Morgen.«

Mein Bruder streckt sich auf dem abgeschabten dreisitzigen Sofa aus, das für ihn zu kurz ist. Er legt den Kopf auf die eine Seitenlehne, seine Füße ragen über die andere. Im Haus herrscht fast vollkommene Stille, nur ab und zu sind ein paar laute Atemzüge zu hören, ein Husten.

Ich ziehe mein Hemd aus. Es ist bereits schmutzig, obwohl ich es erst vor wenigen Stunden angezogen habe. Seit Beginn der Abriegelung habe ich nicht mehr geduscht, aber ich habe dauernd saubere Sachen angezogen, in der Hoffnung, das könnte mich vor dem Schmutz schützen. Ich lege die Hand in den Nacken und kratze vorsichtig an meiner Haut. Eine dicke Schmutzschicht bleibt unter meinen Nägeln hängen. Ich nehme einen Zahnstocher aus der Schachtel, die auf dem Tisch steht, und versuche, den Schmutz zwischen den Nägeln und der Fingerkuppe zu entfernen.

Ich möchte nicht hier bleiben, ich werde bei der ersten Gelegenheit von hier weggehen, denke ich. Wie soll ich unter Nachbarn leben, die mich auf diese Art angegriffen haben? Wie soll ich sie Tag um Tag treffen können? Wie soll ich je wieder das Lebensmittelgeschäft betreten, nach allem, was mir der Besitzer an diesem Nachmittag angetan hat? Wie soll ich es schaffen, mich hier sicher zu fühlen? Ich werde weggehen, das ist eine endgültige Entscheidung. Ich fühle, dass meine Frau verstehen wird, was jetzt in mir vorgeht. Als sie sich von mir getrennt hat, bevor sie ins Schlafzimmer ging, habe ich gespürt, dass ich ihr alles sagen kann, auch, dass ich eigentlich keine Arbeit mehr habe. Ich habe gespürt, dass sie mich hätte umarmen können, mich trösten und sogar unterstützen. Ich werde es tun, ich werde ihr alles erzählen, und wir werden neu anfangen. Ich bin überzeugt, dass sie verstehen wird, was mit mir passiert. Ich werde eine andere Arbeit finden, und ich werde weiterhin bei der Zeitung jobben, in der Hoffnung, dass sich etwas ändert. Man weiß nie, was passiert. Aber ich werde mir noch etwas anderes suchen, egal was. Und vielleicht hat ja eine von den Firmen, an die ich meine Bewerbungsunterlagen geschickt habe, in den letzten Tagen vergeblich versucht, mit mir Kontakt aufzunehmen. Wir werden in einer kleinen Wohnung wohnen, in einem einfachen Viertel. Vorläufig können wir sogar eine Einzimmerwohnung nehmen, die Kleine kann in ihrem Bettchen neben dem unseren schlafen, bis sie ein Jahr alt ist. Danach sehen wir weiter. Bis dahin habe ich etwas anderes gefunden, da gibt es keinen Zweifel, die Dinge werden sich zum Guten wenden, und wir werden es uns erlauben können, in eine größere Wohnung zu ziehen. Zwei Zimmer mit einer kleinen Küche, das reicht uns, wir brauchen kein Wohnzimmer, uns besucht sowieso keiner. Eine kleine Küche mit einem Tisch für drei ist genug.

Ich muss bei der ersten Gelegenheit von hier verschwinden. Bestimmt wird meine Frau sich freuen, schließlich war ihr von Anfang an die Idee verhasst, ins Dorf zurückzukehren. Die Arbeit wird sie hinkriegen. Arabische Lehrer werden immer gesucht, besonders wenn wir nach Tel Aviv oder Jerusalem ziehen. Sie wird in Jaffa oder in Ostjerusalem arbeiten können, nur wenige der arabischen Einwohner in den gemischten Städten beenden das Gymnasium, deshalb gibt es keine ortsansässigen Lehrer, immer gibt es freie Stellen zu besetzen, es sind die Zugezogenen, die das Erziehungssystem aufrechterhalten. Ihre Chance, vorwärts zu kommen, ist in einem arabischen Viertel in einer Stadt der Juden viel größer.

Aber wir werden auf keinen Fall in einem dieser Viertel wohnen, das wäre wie hier, sogar noch schlimmer, wir werden lieber in einem anderen Viertel wohnen. Trotz allem ist es viel sicherer, in einem jüdischen Viertel zu wohnen. Bei all der Scheiße, die wir dort erlebt haben, hat man mich nie angegriffen, vor allem nicht physisch. Dort gibt es zumindest eine Polizei, und man nimmt die Gesetze ernst.

Jetzt, während ich darüber nachdenke, wird mir klar, dass ich über zehn Jahre dort gelebt und nie, wirklich nie, einen einzigen Schuss gehört habe.

2

Plötzlich ist das ganze Haus von hellem Licht erfüllt. Ich höre mich selbst vor Angst aufschreien, dann bücke ich mich und schlage die Hände vor die Augen, so weh tut mir das Licht. Mein Herz klopft heftig, obwohl ich jetzt verstehe, dass der Strom wieder angestellt wurde. Das plötzliche Licht weckt auch meinen Bruder, der mir gegenüber auf dem Sofa liegt. »Es ist wieder da«, sagt er. »Das war's?«
Fast jede Stromquelle im Haus war noch eingeschaltet. Auch im Schlafzimmer meiner Eltern ist das Licht angegangen. Die beiden Kinder wachen auf und beginnen sofort zu weinen. Mein Vater reißt die Tür des Kinderzimmers auf und kommt als Erster heraus. Meine Mutter taucht mit einem strahlenden Lächeln aus dem Schlafzimmer auf. Sie klatscht leise in die Hände, wie ein kleines Mädchen, das ein neues Spielzeug geschenkt bekommen hat. »Al-chamdulillah«, sagt sie. Meine Frau und die Frau meines älteren Bruders bleiben mit den Kindern im Schlafzimmer, um sie zu beruhigen, aber auch ihre Freude kann ich deutlich hören, sie lachen und sprechen mit einem neuen Ton in der Stimme, und ich fühle, wie mir ein großer Stein vom Herzen fällt. Jetzt liebe ich die Geräusche, die plötzlich überdeutlich zu hören sind, das bekannte Brummen des Kühlschranks und der Klimaanlage, das ständige Surren des Fernsehapparats im Haus meiner Eltern. Mein Vater

geht zur Klimaanlage, legt sein Gesicht fast an das Gerät und redet mit ihm: »Gut, dass du wieder da bist, Alan wasahlan, wir haben uns sehr nach dir gesehnt.«

Das war's, sage ich mir, jetzt ist alles zu Ende. Meine Mutter dreht den Wasserhahn am Spülbecken auf. Das Wasser strömt noch nicht, aber man hört ein Gurgeln, wie immer, wenn das Wasser abgesperrt war. Mein Vater sagt, das sei die angesaugte Luft, bald werde es auch Wasser geben, es dauere nur ein bisschen, aber das Gurgeln beweise, dass auch die Wasserversorgung funktioniere. »Es kann ein paar Stunden dauern, vielleicht sogar weniger«, sagt er, steckt sich eine Zigarette an und schaltet den Fernseher ein, auf dem aber nichts zu sehen ist. Es ist fast zwei Uhr nachts, im israelischen Fernsehen wird nichts mehr gesendet, und auf den Satellitenstationen der arabischen Sender ist alles wie immer, libanesische Sängerinnen singen ihre Liebeslieder, schlanke Tänzerinnen in verführerischen Kostümen tanzen sinnliche Tänze. In den saudi-arabischen Sendern werden kleine Kinder unterrichtet, wie man den Koran liest, und in den ägyptischen gibt es Wiederholungen bekannter Sendungen. Meine Frau kommt heraus, die Kleine auf dem Arm schaukelnd. Sie lächelt, man sieht ihr an, wie sie sich freut. Sie wirft einen Blick auf den Bildschirm und sagt: »Schaut, Nur al-Sharif, alles ist in Ordnung.« Sie und die Frau meines älteren Bruders lachen.

Ich hebe den Telefonhörer neben mir auf, höre das Freizeichen und sage den anderen Bescheid. Das verstärkt nur noch das Siegesgefühl, das alle ergriffen hat. Ich atme erleichtert auf. Gleich morgen früh werde ich in der Zeitung anrufen, vielleicht klappt es doch, dass ich einen Bericht über die ganze Sache schreibe. Schade, dass es nicht in der morgigen Ausgabe kommt, der Redaktionsschluss für die Morgenausgabe war um Mitternacht.

Mein Vater schließt die Haustür auf und geht hinaus. Alle folgen ihm. Das ganze Dorf ist erleuchtet. Auch wir machen die überflüssigen Lampen nicht aus, es ist eine Art Stromfest, das uns versichert, dass wir uns nicht täuschen. Das ganze Dorf scheint zu neuem Leben erwacht zu sein. In allen Häusern brennt Licht. Und alle sind wach, wie am Vorabend eines Festes. Der bekannte Lärm von Sommernächten ist auf einmal zurückgekommen, von Fernsehgeräten, von Menschen, die ihrer Freude Ausdruck geben, und von anderen, die ihre spielenden Kinder zur Ruhe mahnen.

Manche unserer Nachbarn kommen nun ebenfalls lachend auf ihre Terrassen. Die Nachbarin, die erst am Nachmittag versucht hatte, in unser Haus einzudringen, unterstützt von Dutzenden von anderen Nachbarn, lacht uns an und ruft: »Es gibt wieder Strom, es gibt wieder Strom.« Als sei nichts geschehen, als hätte sie schon vergessen, was sie uns angetan hat und was wir ihr angetan haben. Auch der Ladenbesitzer ruft fröhlich lachend zu uns herüber: »Endlich kann man sich wieder duschen.«

Mein Vater erinnert sich daran, dass wir den Gipspfropfen aus dem Abflussrohr ziehen müssen. »Das übernehme ich«, sage ich fröhlich.

Ich gehe ins Haus zurück. Alle anderen bleiben draußen. Ich suche die Wasserflasche und trinke sie fast leer. Ein ägyptischer Sänger singt auf dem ägyptischen Sender Liebeslieder. Ich schaue aus dem Küchenfenster, von dem aus man mein Haus und das Haus meines Bruders sieht. Auch dort brennt Licht. Ich gehe hinüber.

Mein älterer Bruder kommt mit mir, und mein kleiner Bruder beschließt, uns zu begleiten. Die Frauen und Kinder sollen bei unseren Eltern bleiben, das ist vorläufig das Beste. Die Eingangstür meines Hauses ist kaputt, aber das ist nicht schlimm, man kann sie noch abschließen, ich muss nur einen neuen Griff besorgen. Überall brennt Licht. Im Haus sieht es schrecklich aus, schmutzig. Küchenschränke sind offen, nichts ist mehr drin. Die Kühlschranktür steht offen, Licht scheint aus ihm heraus. Auch hier haben sie nichts zurückgelassen. Mein Bruder und ich machen die Tür zu. Sie haben alles Essbare mitgenommen, sonst nichts. Im Vorratsraum entdecke ich, dass sie auch den Kanister mit Olivenöl und die Behälter mit den eingelegten Oliven entwendet haben. Das macht nichts. Die Wasserhähne geben ebenfalls ein gurgelndes Geräusch von sich, und ab und zu kommen tatsächlich ein paar Tropfen Wasser heraus.

»In Ordnung, alles ist ein bisschen schmutzig, aber das ist nicht so schlimm«, sagt mein kleiner Bruder und bittet mich um meine Zigarettenschachtel und das Feuerzeug.

Ich gehe in den oberen Stock hinauf. Das Schlafzimmer ist noch so, wie es war, als wären wir, meine Frau und ich, gerade aufgestanden, an einem ganz normalen Morgen, um zur Arbeit zu gehen. Ich mache das Licht aus, dann schaue ich noch ins Kinderzimmer, betrachte all die Spielsachen der Kleinen. Morgen werden wir wieder hier mit ihr spielen. Auch in diesem Zimmer lösche ich das Licht.

Dann gehe ich hinauf auf das Dach. Erst recke ich den Kopf und spähe in nördlicher Richtung, zu den Panzern. Ich kann ihr Dröhnen hören, allerdings viel schwächer. Der wieder erwachte Lärm im Dorf übertönt die Motorengeräusche, die ich in den letzten Nächten sehr laut gehört hatte. Langsam hebe ich den Kopf und sehe, dass sich die Lichter der Panzer bewegen, sie bewegen sich, sie fahren davon und ziehen eine Staubwolke hinter sich her. Jetzt weiß ich wirklich, dass alles vorbei ist.

Mein kleiner Bruder ist mir gefolgt. »Sie fahren weg«, sage ich zu ihm.

Er lächelt, schaut zu den Panzern und Jeeps hinüber, die den Bereich des Dorfes verlassen. »Für was war das alles gut?«, fragt er.

»Morgen werden wir es wissen«, antworte ich und gehe hinüber zum Wasserbehälter. »Ich habe das Gefühl, dass alles viel besser wird.« Ich bücke mich, hebe den Deckel hoch und schaue hinein. Er füllt sich langsam wieder mit Wasser. »Ich sage dir, alles wird viel besser werden, als es vorher war. Du wirst schon sehen.«

Mein kleiner Bruder winkt mit der Hand zum anderen Haus hinunter. »Ist bei dir alles in Ordnung?«, fragt er, und ich höre meinen älteren Bruder von unten antworten: »Ja. Blödsinn, sie haben fast nichts mitgenommen, und bei euch?«

»Das Gleiche«, sagt mein kleiner Bruder. »Ich sehe die Panzer, sie fahren weg, Salamat.«

Mein kleiner Bruder wendet sich zu mir. »Gib mir noch eine Zigarette, feiern wir ein bisschen, bevor ich nach Hause zurückgehe.«

3

Es ist fast vier Uhr morgens. Ich gehe ins Badezimmer und stelle mich bewegungslos unter den Wasserstrahl. Ich senke den Kopf, lasse das Wasser auf meinen Schädel prasseln und über meinen ganzen Körper laufen. Zu meinen Füßen zeigt sich eine bräunliche Pfütze. Allmählich verblasst die bräunliche Farbe, aber der Schmutz geht nicht so leicht von mir ab. Ich seife meinen Kopf mit einer großen Menge Shampoo ein. Nie haben sich meine Haare so angefühlt, so wirr und so hart. Eine Waschung reicht nicht, ich nehme noch einmal eine ordentliche Portion und massiere mir die Haare, so fest ich kann. Doch sie sind noch immer nicht wie früher, obwohl sie jetzt sauber sind. Ich seife mein Gesicht ein. Die Wunden brennen, als die Seife sie berührt. Ich wasche weiter, vorsichtig, ignoriere das Brennen. Ich kann mich noch nicht rasieren, ich muss warten, bis die Wunden geschlossen sind, das wird nicht lange dauern, es ist nur eine Frage von zwei oder drei Tagen. Ich bürste lange und ausführlich meine Hände, den Bauch, den Rücken, die Beine. Dazwischen ruhe ich mich immer einen Augenblick aus, hebe den Kopf, lasse das Wasser über mein Gesicht strömen, auf die Augen, ich mache den Mund auf und lasse mir das Wasser in den Mund laufen.

Ich werde morgen nicht zur Arbeit fahren, ich werde einen der Redakteure anrufen und fragen, ob sie Interesse an der Story haben. Wenn ja, schreibe ich meinen Bericht zu Hause und maile ihn. Aber ich kann damit nicht bis morgen früh warten. Oder vielleicht fahre ich doch? Schluss jetzt, ich werde mich nicht mehr lächerlich machen, ich werde nicht mehr hinfahren und unnütz herumsitzen, nicht, nachdem ich diese Woche hinter mir habe, mit diesen Wunden. Außerdem könnte es, wenn ich morgen hinfahre, aussehen, als würde ich um eine milde Gabe betteln.

Ab jetzt werde ich nur zur Redaktion fahren, wenn sie mich darum bitten, diese Hurensöhne, und wenn sie diese Story nicht haben wollen, heißt das vermutlich, dass sie keine Lust haben, mich überhaupt noch zu sehen. Im Allgemeinen feiern es die Zeitungen, wenn einem ihrer Reporter etwas passiert, irgendetwas, das längst nicht an das heranreicht, was mir passiert ist. Zum Teufel, Reporter, die in einen Verkehrsunfall verwickelt waren und mit einer Schramme an der Hand davongekommen sind, bekamen eine Titelseite mit Fotos und Schlagzeilen, auf denen vielleicht stand: »Wie ist das, wenn man dem Tod ins Auge blickt? Unser Reporter erlebte einen Verkehrsunfall und überlebte durch ein Wunder.« Wenn sie meinen Bericht nicht wollen, werde ich versuchen, ihn an eine andere Zeitung zu verkaufen, das werde ich ihnen sagen, vielleicht wird ihnen das ein bisschen Angst machen. Aber vielleicht wird sie das auch gar nicht besonders berühren. Wir werden sehen. Doch hinfahren werde ich nicht, nur telefonieren.

Meine Frau kommt ins Badezimmer und betrachtet mich lächelnd. »Sie ist eingeschlafen«, flüstert sie und zieht sich aus. »Wie ich mich nach Wasser gesehnt habe«, sagt sie. »Ich gehe nach dem Duschen sofort zur Schule, aber erst dusche ich mindestens zwei Stunden lang.«

Ich betrachte meine Frau, prüfe ihren Körper. Wie die Schwangerschaft und die Geburt ihn vergrößert haben. Ich schaue ihr Gesicht an, und wieder kommt sie mir zart und schüchtern vor, wie sie da nackt vor mir steht. Wie an jenem Tag, wie beim ersten Mal, als ich sie gesehen habe. »Du wirst nie eine andere Frau wie sie finden«, hatte meine Mutter gesagt, und mein Vater hatte entschieden: »Sie kommt aus einer sehr guten Familie.« Und dann sprachen meine Eltern mit ihren Eltern und bekamen ihre grundsätzliche Zustimmung. Schließlich gingen wir zu dritt zu ihnen und hielten um die Hand ihrer Tochter an.

Wir saßen im Wohnzimmer, dem aufwändigsten Zimmer im Haus, groß, bunt, mit schwarzen Ledersofas und ringsherum in den Vasen Plastikblumen. An einer Wand hing ein Bild von einem Wasserfall und vielen grünen Bäumen. In der Mitte des Tisches stand eine riesige Schale mit Früchten, daneben, wie eine Skulptur, ein kupfernes Gerät zum Kaffeekochen. Sie wartete nicht im Zimmer, erst nachdem ihre Eltern uns empfangen und wir uns auf die Sofas gesetzt hatten, erschien sie ebenfalls, in einem grünen Kleid, das raschelte wie die Plastiktüten vom Supermarkt.

Ich betrachte sie und erinnere mich an das kleine Mädchen, das ich damals vor mir sah, der Körper verschluckt von dem Kleid, mit gesenktem Kopf, während sie mir mit weichen Fingerspitzen die Hand gab, so weich, dass ich die Berührung kaum spürte. Ich war verwirrt, denn ich hatte einen richtigen Händedruck erwartet, mit der ganzen Hand. Aber sie gefiel mir, die Art, wie sie mir die Hand gab, nie hatte mir jemand so die Hand gegeben, so zart, so schüchtern. Sie war wirklich ein schönes Mädchen, noch nie hatte ich mit solch einem Mädchen zusammengesessen, nie hatte ich davon geträumt, solch ein Mädchen zu heiraten. Sie sah aus wie die Schülerin eines Gymnasiums, obwohl sie schon vor zwei Jahren das Abitur gemacht hatte. Dünn, mit einem weißen Gesicht. Alles an ihr war zu klein. Sie erinnerte mich an die guten Mädchen in ägyptischen Serien, und das erregte mich sehr.

Ich hatte nicht geglaubt, dass es solche Mädchen in Wirklichkeit gibt. Frauen, die eigentlich noch kleine Mädchen sind. Ich versuchte, sie nicht allzu oft anzuschauen, ich begnügte mich damit, sie verstohlen zu betrachten und sofort den Kopf abzuwenden. Ich wusste, dass ich mich nicht wie ein Stück Vieh aufführen durfte, aber ich wusste auch, dass ich sie heiraten wollte. Nach einigen Tagen des Wartens kam die offizielle Zustimmung. Unser nächstes Treffen endete mit einem Händedruck und mit dem Austausch von Segenswünschen, nach dem Vorlesen aus dem Koran während der Verlobungszeremonie. Als ich ihre Hand nahm, um ihr den Ring anzuziehen, den meine Mutter nach der Größe der Braut gekauft hatte, spürte ich meine Erektion, die mich sehr verwirrte. Solch eine zarte Hand und so weiße dünne Finger hatte ich noch nie gehalten. Zwei Monate später heirateten wir. Zehn Monate danach wurde uns eine Tochter geboren.

»Mach Platz«, sagt sie kichernd, und ihr Körper berührt den meinen unter dem Wasser. Sie umarmt mich, und ich schiebe sie sofort weg. »Jetzt muss ich mich gleich wieder waschen«, sage ich, und das bringt sie zum Lachen, obwohl ich es ernst gemeint habe. Ich verlasse die Dusche und wickle mich in ein Handtuch. »Wohin gehst du?«, fragt sie mit einem entschuldigenden Blick. »Bleib da, ich habe Sehnsucht nach dir, du nicht?«

»Doch«, sage ich, »aber ich ziehe das Bett vor, ich werde draußen auf dich warten.«
»Schlaf nur nicht ein.«
»Nein, ich werde wach bleiben.«

4

Ich kleide mich an, bevor ich den Vorhang im Schlafzimmer zurückziehe und das Dorf betrachte. Alle sind wach, heute Nacht, so scheint es, hat keiner vor, wieder schlafen zu gehen. Als könnten der elektrische Strom und das Wasser wieder verschwinden und man müsste sie möglichst lange ausnutzen. Der Lärm eines Hubschraubers ist zu hören, bestimmt begleitet er die Soldaten bei ihrem Rückzug. Morgen wird die Bank anrufen, nein, nicht morgen, es kann ein bisschen dauern. Die örtliche Filiale ist ja verbrannt. Ich hoffe, dass mein Minus verschwindet, ich hoffe, dass die letzte, manuell erfolgte Abhebung gar nicht mehr auftaucht. Es gab ja keinen Strom, und ich habe nur auf einem Formular unterschrieben, das aller Wahrscheinlichkeit in Flammen aufgegangen ist. Dieser Gedanke erfreut mich. Ich hoffe nur, dass mein Bruder mir nicht dazwischenkommt, ich kenne ihn, wenn er sich daran erinnert, wird er mich noch einmal belasten. Ich werde kein Wort zu ihm sagen, soll er machen, was er will, aber ich fände es nicht fair, alle anderen frei ausgehen zu lassen und nur mich zu belasten. Die letzte Abhebung ändert sowieso nicht viel, es ist nur eine kleine Regelwidrigkeit, es wird hoffentlich gut gehen.

Meine Frau ist noch immer im Bad. Ich gehe einstweilen hinunter. In meinem Arbeitszimmer im Untergeschoss hüpfe ich zwischen den Schmutzflecken herum, die sich auf dem Boden gebildet haben, ich möchte meine Füße nicht gleich wieder schmutzig machen. Ich knipse das Licht an, ich möchte nachschauen, ob ich Mails bekommen habe. Seit ich nicht mehr arbeite, schaue ich dauernd die Post nach, ich warte auf eine Nachricht, dass sich alles ändern wird. Wenn ich nicht zu Hause bin, höre ich ungefähr alle fünf Minuten meinen Anrufbeantworter ab, und jedes Mal, wenn ich an einem Internetcafé vorbeikomme, gehe ich hinein, um zu kontrollieren, ob ich eine neue Mail bekommen habe.

Um die Wahrheit zu sagen, auch zu Hause neige ich dazu, den Telefonhörer hochzuheben, denn es könnte ja das Zeichen kommen, dass eine Nachricht auf dem Anrufbeantworter ist, wer weiß, vielleicht habe ich das Klingeln überhört, vielleicht hat das Gerät nicht funktioniert. Es gibt keine neuen Nachrichten. Ich denke, dass wegen der Strom- und Wasserabsperrung möglicherweise auch keine Nachrichten ankommen konnten. Natürlich weiß ich, dass das nicht stimmt, aber trotzdem, vielleicht, vielleicht war es eine ganz besondere Störung.

Ich werde bis morgen früh, wenn ich den Redakteur anrufe, ohnehin nicht mehr schlafen können. Vielleicht um acht, vorher wäre es übertrieben, acht ist auch noch früh für den Redakteur, der die Redaktion um Mitternacht schließt. Bis acht Uhr habe ich noch ungefähr vier Stunden hinter mich zu bringen. Ich klicke mich in eine Website mit Nachrichten auf Hebräisch ein. Davon gibt es viele, die Leute hier müssen sich die ganze Zeit auf dem Laufenden halten, alle fünf Minuten kann hier was passieren, und niemand bringt es fertig, auf die Nachrichten zu warten, die jede halbe Stunde kommen. Eine halbe Stunde ist zu viel an so einem beschissenen Ort. Der Computer verbindet sich langsam mit dem Y-Net. Schade, dass ich keinen schnellen Anschluss habe. Die Website baut sich langsam auf. Ich kann nur die Überschrift lesen, während der Computer das Foto darunter aufbaut. »Ein historisches Friedensabkommen zwischen Israel und den Palästinensern wurde unterzeichnet«, wird mit riesigen Buchstaben verkündet. Langsam kann ich das Bild erkennen, das immer klarer wird, man sieht den israelischen Ministerpräsidenten und den palästinensischen Präsidenten, die sich die Hände drücken, und im Hintergrund steht der Präsident der Vereinigten Staaten.

Wow, ein historischer Frieden. Ich spüre, wie sich auf meinem Gesicht ein Lachen ausbreitet, ohne dass ich mich beherrschen kann. Das ist es also, alles ist vorbei. Wenn all die Unannehmlichkeiten, die wir in den letzten Tagen ertragen mussten, den Sinn hatten, Frieden zwischen Palästinensern und Israelis zu bringen, verzeihe ich allen alles. Ich weiß, dass ein Frieden mit den Palästinensern alles ändern und einen direkten Einfluss auf die Beziehung der Juden zu den Arabern mit israelischer Staatsbürgerschaft haben wird. Sie werden wieder anfangen, in unserem Dorf einzukaufen, sie werden dauernd hier herumlaufen, die Leute werden öfter lachen, wir werden uns auf den Straßen sicherer fühlen, in den Autobussen, am Strand, wir werden nicht mehr mit misstrauischen Augen angeschaut werden, wir werden wieder fast normale Staatsbürger werden. Alles wird sich ändern. Ich weiß noch genau, wie es in der Phase nach Oslo war, alle redeten davon, dass es Zeit wäre, die Situation der Araber mit israelischer Staatsbürgerschaft zu verbessern. Nun, jetzt wird es also geschehen. Ich erinnere mich daran, wie die Medien damals arabische Journalisten suchten, als sichtbares Beispiel für die Veränderung, die sich vollzog. Nach dem ersten Friedensabkommen tauchten im Fernsehen arabische Moderatoren auf. Die zweite Intifada ließ sie allerdings wieder verschwinden, aber nun ändert es sich, jetzt wird alles gut. Genau genommen wurde auch ich nach den ersten Friedensverhandlungen von der Zeitung angestellt, und um die Wahrheit zu sagen, ich verlor meinen Posten erst, nachdem sie wegen dieser beschissenen Intifada eingestellt wurden. Aber das ist nicht alles. Wenn es Frieden gibt, wird sich die wirtschaftliche Situation verbessern. Ich bin sicher, dass die Wirtschaftsjournalisten morgen mit den Börsenanlegern feiern, schon morgen werden die Aktienkurse steil nach oben gehen, und der Kurswert des Schekel im Vergleich zum Dollar wird steigen.

Endlich ist auf dem Bildschirm das ganze Foto zu sehen. Endlich sieht man auch den Rasen unter den Füßen der lächelnden Staatsmänner. Unter dem Bild erscheint die Unterschrift: »Die drei Führer nach der Unterschreibung des Abkommens.« Wer hätte geglaubt, dass Israelis und Palästinenser ein Abkommen unterschreiben. Das ist es also, keine Verhandlungen mehr, keine Krisen, keine gebrochenen Versprechungen, keinen Streit mehr über den Status Jerusalems, über das Rückkehrrecht von Flüchtlingen und über die Auflösung von Siedlungen, ein Abkommen ist ein Abkommen.

In der zweiten Überschrift steht: »Nach intensiven Verhandlungen wurde gestern die endgültige Fassung des Friedensabkommens mit den Palästinensern unterschrieben. Jerusalem wird geteilt werden, die Altstadt wird unter die Aufsicht der UNO gestellt, die Juden werden einen freien Zugang zur Klagemauer bekommen. Die meisten Siedlungen werden aufgelöst, statt der Siedler werden sich palästinensische Flüchtlinge aus den Lagern im Libanon und in Syrien dort niederlassen. Große Siedlungsgebiete werden zu einem untrennbaren Teil des israelischen Territoriums. Im Austausch dafür erhalten die Palästinenser ebenso große Gebiete von Israel.«

Wow, kaum zu glauben, offensichtlich ein beachtlicher Erfolg für die Palästinenser, es kann nicht sein, dass Israel einer Teilung Jerusalems, einer Rückkehr der Flüchtlinge und der Auflösung der meisten Siedlungen zugestimmt hat, das ist ausgeschlossen. Aber es ist eine Tatsache. Da, noch ein Foto erscheint auf dem Bildschirm, eine Landkarte mit der Unterschrift: »Endlich klare Grenzen für den Staat Israel.« Die Palästinenser haben bekommen, was sie wollten, fast das ganze Westjordanland. Nach dem Farbenschlüssel unter dem Bild ist palästinensisches Territorium in Rot, israelisches in Grün markiert. Siedlungsgebiete, die unter israelischer Herrschaft bleiben, sind orange und umfassen nur wenige Orte wie Ariel, Gilo und Pisgat Zeev, die ziemlich nahe an der grünen Grenze liegen. Die Gebiete, die die Palästinenser dafür bekommen, sind blau markiert. Unser Dorf ist blau ummalt. Das ganze Dreieck von Wadi A'ara ist blau gekennzeichnet. Das ist sicher ein Irrtum. Irgendein idiotischer Graphiker, der immer gedacht hat, dass das Dreieck und Wadi A'ara innerhalb des Westjordanlands liegen.

5

Das Klingeln des Telefons weckt mich früh am Morgen. Erschrocken springe ich hoch. Es dauert ein paar Sekunden, bis ich mich beruhige und merke, dass es nur das Telefon ist. »Hallo!« Ich schreie fast und bin sicher, dass irgendeine Katastrophe passiert ist, Anrufe so früh am Morgen erschrecken mich immer.

»Schläfst du?«, fragt mein Vater. »Mach den Fernseher an, das zweite Programm.«

»Was ist los?«

»Mach den Fernseher an.«

»Ist etwas passiert?«, fragt meine Frau, die sich schon im Bett aufgesetzt hat.

»Nein«, sage ich, »nein, es ist nichts passiert, vermutlich bringt man unser Dorf im Fernsehen. Ich werde hinuntergehen und schauen. Schlaf weiter.«

Es ist sechs Uhr. Bevor ich den Fernseher einschalte, überzeuge ich mich, dass es Wasser gibt. Es strömt. Ein Nachrichtenteam des zweiten Programms sitzt im Studio. Darüber steht »Sondersendung«, und darunter, auf der rechten Seite, erscheint ein Logo »Der Frieden ist gekommen«. Im Studio sitzen einige Gäste. Araber sind nicht darunter. Zwei Chefnachrichtensprecher sitzen Seite an Seite. Auf der rechten Seite sitzen viele Gäste, auf der linken die Kommentatoren für die Bereiche Sicherheit,

Araber, Wirtschaft. Im Moment wird der Verwaltungsratsvorsitzende von Judäa, Schomron und Gaza interviewt.

»Der Verwaltungsrat hat einstimmig das Abkommen gewürdigt. Es ist ein harter Preis, wir verzichten auf Häuser, die wir erbaut, für die wir teures Blut vergossen und für die wir jahrelang gekämpft haben. Ich bin überzeugt, dass die Öffentlichkeit in Judäa, Schomron und Gaza die Entscheidung respektiert und dass die Räumung relativ glatt vonstatten gehen wird. Ich verurteile von vornherein die Ausschreitungen jener Extremisten, die unter keinen Umständen die Siedler vertreten«, hört man den Vertreter der Siedler sagen. Er sagt weiter, er sei überzeugt, dass die Palästinenser die Vereinbarungen ziemlich bald brechen würden und dass die Regierung den schrecklichen Fehler einsehen müsse, den sie begehe. Im Hintergrund werden Aufnahmen gezeigt, die nach den Datumsangaben unten auf dem Bildschirm gestern und vorgestern gemacht worden sind. Auf ihnen sieht man Siedler, die Lastwagen beladen und ihre Häuser verlassen.

Der nächste Interviewgast ist der Vertreter der israelischen Linken, der lächelnd im Studio sitzt. Eigentlich sehen alle an diesem Morgen ziemlich ruhig aus. »Dies ist zweifellos ein historischer Schritt«, sagt der jüdische Knessetabgeordnete der äußersten Linken. »Ein historischer Schritt, dass wir aufgehört haben, ein ganzes Volk zu unterdrücken und sein Land zu besetzen. Ein wichtiger und entscheidender Schritt für die Demokratie im Staate Israel. Wir haben uns von der Last der Besetzung befreit und Grenzen für unser kleines Land festgelegt. Ich beglückwünsche den Ministerpräsidenten zu seinem mutigen Schritt. Unsere Partei wird alles tun, damit dieses Friedensabkommen auch bei uns, bei der Opposition in der Knesset, eine breite Unterstützung findet.« Während er spricht, sieht man Demonstrationen der Freude in den Städten des Westjordanlands und Gazas. Viele Autobusse laden freigelassene palästinensische Gefangene aus, die glücklich ihre Angehörigen umarmen. Verschleierte Frauen werfen Bonbons in die Menge, Kinder tragen das Foto des palästinensischen Präsidenten.

»Endlich erfüllt sich der zionistische Traum«, sagt einer der bekannteren Professoren des Landes zu einem Fernsehsprecher. Unten auf dem Bildschirm erscheint der Name des Professors und der Name der Universität, zu der er gehört, und in kleineren Buchstaben auch »Experte für Demographie«.

»Diese Bedrohung«, erklärt der Professor, »in der das Land Israel gelebt hat, existiert nicht mehr. Die jüdische Identität des Staates war noch nie so klar. Der kluge Schritt, den die gegenwärtige Regierung getan hat, war unbedingt notwendig. Eigentlich ist er in der letzten Minute passiert. Nach unseren Daten hätte in weniger als zwei Jahren die Zahl der Palästinenser, die zwischen Meer und Fluss wohnen, die Zahl der dort lebenden Juden übersteigen können. Die jüdische Mehrheit ist nun gesichert. Die Bevölkerung des Landes ist nun zu fast hundert Prozent jüdisch. Endlich ein wirklicher jüdischer Staat.«

Auf dem Bildschirm erscheint nun die neue Karte Israels. Was passiert da, zum Teufel?, frage ich mich. Wieder klingelt das Telefon.

»Hast du es gesehen?«, fragt mein Vater.

»Ja«, antworte ich und verstehe nicht, was er meint, das Friedensabkommen, das unterschrieben wurde, die Gesichter der Siedler oder die israelische Landkarte, die gerade auf dem Bildschirm zu sehen ist. Jetzt erscheint eine in alphabetischer Reihenfolge zusammengestellte Liste der Ortschaften, die von Israel an die palästinensische Verwaltung übergeben werden. Jetzt verstehe ich ihn.

»Was heißt das? Diese Hurensöhne, das kann doch nicht sein«, sagt mein Vater.

Ich schweige, ich weiß nicht, was ich sagen soll. »Schau nur, da erscheint unser Dorf«, sagt mein Vater.

Ich sehe es, ich sehe es. Man hört die Stimme des Nachrichtensprechers, der davon berichtet, wie die besetzten Gebiete in palästinensische Verwaltung überstellt werden. Auf dem Bildschirm erscheinen Bilder von der vergangenen Nacht, man sieht, wie die Panzer sich von den arabischen Dörfern und Städten entfernen. Da, jetzt sehe ich Um al-Pachem, Taiba, Nazareth … »Außer in einigen wenigen Fällen«, sagt der Sprecher, »ist die Übergabe unter palästinensische Verwaltung vergleichsweise ruhig vonstatten gegangen.«

»Ist etwas passiert?«, fragt meine Frau, die gerade die Treppe herunterkommt.

»Ich glaube, wir sind jetzt Palästinenser«, sage ich. »Man hat uns der palästinensischen Verwaltung übergeben.«

»Sind dann die Schulen heute offen?«

6

Oh Gott, Gott, Gott. Was sollen wir jetzt tun? Das ist es also, alles ist vorbei. Meine Eltern und mein älterer Bruder stehen auf der Terrasse, schauen hinaus auf die Straße, auf das Dorf. Das Gesicht meines Vaters zeigt seine Trauer. Meine Mutter legt ihre linke Hand auf seine Wange, und er sagt kein Wort. Nur mein jüngerer Bruder lächelt und macht mir, ohne dass einer der anderen es sieht, mit der Hand ein Zeichen, dass er eine Zigarette haben will. Ich wage nicht zu lachen, denn es ist nicht angenehm, während einer Trauerzeit zu lachen.

Mein älterer Bruder sagt, das sei der Wille Gottes, und zitiert den Koranvers, dass seinem Mund nichts verhasst ist, denn es wird sich als nutzbringend erweisen.

»Was heißt da nutzbringend?«, sagt mein Vater. »Manchmal solltest du lieber den Mund halten.«

Bei seinen Worten wird das Lächeln auf dem Gesicht meines jüngeren Bruders noch breiter. Doch auch er wird von meinem Vater angefahren: »Schweig.«

Er räuspert sich und versucht, das Lachen zu unterdrücken.

Ein grüner Militärjeep kommt vorbei, mit dem Zeichen des Adlers und einer palästinensischen Flagge. Die Nachbarn folgen ihm mit den Augen. Niemand geht hinaus auf die Straße, so als herrsche Ausgangssperre. »Es lebe

Palästina, es lebe Palästina«, schallt ein Lied durch das ganze Viertel. Alle kennen es und wissen, dass es aus Turmos' Tonbandgerät kommt. Turmos fährt mit seinem Wagen durch die Straßen, mit seiner Musik und seinem Topf mit Lupinenkernen. »Heute ist ein Freudentag«, schreit er, »Lupinenkerne, ja walad, gesalzene Lupinenkerne.«

Mein kleiner Bruder biegt sich vor Lachen. »Ich habe gar nicht gewusst, dass Turmos noch lebt«, sagt er. Jetzt lächeln alle ein bisschen.

Und was nun? Niemand weiß es so genau. Gibt es Arbeit bei der Bank? Gibt es Schulunterricht? Darf man das Dorf verlassen? Was genau sollen wir jetzt tun? Langsam wagen die Nachbarn, aus ihren Häusern zu kommen. Einige verstehen noch nicht, was passiert ist. Sie reden miteinander. »Die Juden haben uns verkauft«, höre ich den Ladenbesitzer rufen.

Ab und zu fährt ein weißer Jeep vorbei. Es ist das erste Mal, dass UNO-Leute bei uns zu sehen sind. Sie schauen die Bewohner an und winken. Bestimmt gehen sie davon aus, dass wir uns jetzt so freuen wie die Leute in den Städten des Gazastreifens.

Niemand hat die neue Situation wirklich begriffen. Es scheint, als sei die Freude über die erneute Wasser- und Stromversorgung und das Ende der Gefahr, in der wir geschwebt haben, noch immer das vorherrschende Gefühl. Die illegalen Arbeiter haben heute den Müll nicht weggeräumt, man kann eine Gruppe sehen, die am Hang des Viertels entlanggeht, nicht weit von der Moschee. Noch ein Jeep voller palästinensischer Polizisten in blauen Uniformen kommt vorbei. Er hält neben den Arbeitern, die strahlen und in die Hände klatschen.

»Schaut nur, diese beschissenen Dafawi«, schreit einer der Nachbarn. Seine Frau legt ihm die Hand auf den Arm, und ihm fällt sofort ein, dass es nicht sinnvoll ist, unter der neuen Herrschaft so zu schimpfen.

Mein Vater hat den Fernseher angelassen, die Sondersendung zum Friedensvertrag läuft noch. Jetzt kommt Werbung für eine neue Eissorte. Danach höre ich jemanden im Fernsehen sagen: »Die arabischen Israelis haben sich nie als Teil des Staates Israel gefühlt, eigentlich sind es Palästinenser, deren Verwandte in Gaza und im Westjordanland leben. Die Übergabe der Gebiete unter palästinensische Verwaltung befreit Israel von der großen, schrecklichen Gefahr, die islamistische und internationale Bewegungen innerhalb des Landes bedeuten. Sie sollen sich freuen, dass wir ihnen die gemeinsame Verwaltung geben, schließlich haben sie sich immer darüber beklagt, dass sie als Minderheit diskriminiert würden, und wir können froh sein, dass unsere Demokratie endlich verwirklicht wird. Ich hoffe, dass die palästinensische Bevölkerung, die man einmal israelische Araber genannt hat, eine Brücke zwischen der arabischen Welt und dem Staat Israel bilden wird. Sie kennen uns doch gut. Sie kennen die israelische Gesellschaft, die Sprache und die Demokratie. Sie werden in den demokratischen Veränderungen, die in einem palästinensischen Staat stattfinden, eine wichtige Aufgabe übernehmen müssen, falls solche Veränderungen überhaupt stattfinden.«

»Demokratie?«, sagt mein Vater. »Wenn jetzt jemand den Mund aufmacht, wird er ungesalzen verschluckt. Auch so hat man uns immer für Kollaborateure gehalten, die sich an die Juden verkauft haben. Aber das ist es, was hier alle möglichen Parlamentsmitglieder und ihre Anhänger gewollt haben, stimmt's? Nun, jetzt habt ihr's, ihr werdet bekommen, was ihr wollt. Wir werden ja sehen, ob sich jemand traut, ein Wort gegen unsere neue Regierung zu sagen.«

»Es ist der Scheiße von den Juden vorzuziehen«, sagt mein kleiner Bruder plötzlich in entschiedenem Ton.

Mein Vater schaut ihn mit brennenden Augen an. »Halt den Mund. Du verstehst nichts von deinem Leben, und ich weiß nicht, warum du überhaupt etwas sagst.« Mein Vater schreit jetzt. Er sieht sehr bedrückt aus. »Hast du darüber nachgedacht, was jetzt mit deinem Studium ist? Wo wirst du es fortsetzen? Wo wirst du überhaupt arbeiten? Hast du daran gedacht? Falls es überhaupt einen Gerichtshof in deinem Land gibt.«

»Jetzt wird sich wenigstens nicht jeder Hund für einen König halten«, sagt mein kleiner Bruder. »Jetzt werden wenigstens Polizisten in unser Dorf kommen und für die Einhaltung der Gesetze sorgen. Sie werden all diesen Helden mit ihren Waffen zeigen, was eine starke Regierung bedeutet. Wir werden schon sehen, ob diese Rowdys, die sich für Männer halten, etwas mit der Sicherheit zu haben, wir werden sie schon sehen, die jetzigen Helden.«

»Schweig«, sagt mein Vater. »Halt den Mund.«

Mein kleiner Bruder schweigt.

»Was ist mit den Banken?«, fragt mein älterer Bruder.

Im Fernsehen berichten sie jetzt, dass einige tausend israelische Araber, die in Haifa, in Jaffa und anderen Städten mit gemischter Bevölkerung wohnen, vorläufig auf israelischem Territorium bleiben, aber einen palästinensischen Pass bekommen und palästinensisch wählen werden. So etwas wie vorübergehender Einwohner, so etwas wie Fremdarbeiter. Man spricht von Entschädigungen, über die Art, wie die neuen Palästinenser in den Armen ihres Volkes empfangen würden.

Mein Handy klingelt, es ist mein Chefredakteur. »Herzlichen Glückwunsch«, sagt er. »Nun, seid ihr jetzt zufrieden? Ihr habt euren eigenen Staat bekommen. Einfach so, ich lache. Hör zu, ich möchte, dass du uns etwas schreibst.«

»Ja, klar.«

»Ich will überhaupt, dass du unser Vertreter in Palästina wirst, dein Hebräisch ist ausgezeichnet, und wir brauchen dort jemanden, der uns vertritt.«

»Okay.«

»Schon heute bringe ich das Thema in der Redaktionssitzung auf den Tisch, und ich hoffe, dass ich es schaffe, dich wieder mit einer festen Anstellung in die Zeitung zurückzubekommen.«

»Okay.«

»Jedenfalls will ich, dass du für morgen einen Bericht über den Verwaltungswechsel schreibst, von mir aus sogar tausend Wörter. Bis vor zwei Stunden gab es eine Nachrichtensperre, deshalb steht in der heutigen Zeitung noch nichts. Fühl dich frei, alles zu erzählen, bring vielleicht ein paar Zeilen über deinen persönlichen Standpunkt, gib dem Ganzen einen menschlichen Touch, vielleicht in der Einleitung, oder am Schluss.«

»Aha.«

»Ich werde später mit dir sprechen, ich werde dich auf dem Laufenden halten, was bei der Sitzung passiert, ich glaube, es wird alles in Ordnung gehen. Hör zu, es könnte ein kleines Problem mit der Bezahlung geben, wir haben wahnsinnige Einsparungen. Es wird also nicht so sein wie früher, aber jetzt wird es auch bei euch viel niedrigere Preise geben als hier, oder nicht?«